骆宾基全集

结婚之前

基

著

山西出版传媒集团 山西人民出版社

图书在版编目（CIP）数据

结婚之前／骆宾基著 . —太原：山西人民出版社，
2022.7
（骆宾基全集）
ISBN 978-7-203-12214-2

Ⅰ . ①结… Ⅱ . ①骆… Ⅲ . ①剧本—作品集—中国—
当代 Ⅳ . ① I230

中国版本图书馆 CIP 数据核字（2022）第 038315 号

结婚之前

著　　者：骆宾基
责任编辑：赵晓丽
复　　审：武　静
终　　审：姚　军
装帧设计：张镤尹

出 版 者：山西出版传媒集团·山西人民出版社
地　　址：太原市建设南路 21 号
邮　　编：030012
发行营销：0351 - 4922220　4955996　4956039　4922127（传真）
天猫官网：https://sxrmcbs.tmall.com　电话：0351 - 4922159
E — mail：sxskcb@163.com　发行部
　　　　　sxskcb@126.com　总编室
网　　址：www.sxskcb.com

经 销 者：山西出版传媒集团·山西人民出版社
承 印 厂：山西出版传媒集团·山西新华印业有限公司

开　　本：720mm×1020mm　　1/16
印　　张：19
字　　数：280 千字
版　　次：2022 年 7 月　第 1 版
印　　次：2022 年 7 月　第 1 次印刷
书　　号：ISBN 978-7-203-12214-2
定　　价：98.00 元

如有印装质量问题请与本社联系调换

目录

五月丁香

人物表

曲大德媳妇——市民家庭出身。

古大姨妈——体质臃肿，围着厨裙，腰间挂着一串钥匙，发髻挽在头顶上，六十多岁。

曲大德母亲——女地主，高个子，体态雄健，拖着鞋，两耳吊着银质大耳环，近肩胛之上衣襟悬着眼镜盒。口含长烟管。五十四岁。

曲秀芳——女地主孙女儿，古大姨妈的外甥女儿，县城的初级师范生，十七岁。

老魏头儿——曲家捞金，蓝布围腰上，挂着长长的鹿皮烟口袋。四十多岁。

郝家骥——地邻之子。

小升子——郝家窝堡的车夫。

小更倌——曲家大院的雇工。

曲大德——由北平回乡度暑假的大学生。

严辑五——曲大德同学。

老洪盖——朝鲜族农民。

第一幕

时——一九三一年六月某日黄昏。

地——曲家窝堡。

景——看不见围墙的大庄院，古式地主家宅，门窗毕现，窗角有丁香树一株，四周是向日葵倒影。另一端是大草垛、喂猪槽、打水桶、双股草叉、石滚子……正中拉着一条晒衣绳，垂挂着各式衣裳，包括满清式紫缀子坎肩……

幕开时——古大姨妈在向盆子里倒猪槽里剩余的猪食，手里还握着喂猪时所持的拌料棍子。

古大姨妈　（喃喃自语）我可不是唠叨……我这条老命就算是伺候你们一辈子。一天吃五遍，还是哼哼，哼哼，这回可一个一个像衙门里的老爷似的，晃着尾巴走啦。把泔水弄了一地，你看看，弄得满地净是豆饼渣子……这些畜生，我是一天到晚，生不了的气。

曲媳　（以厨裙擦着两手上）大姨妈，菜都老早整好！倒是怎么样呢，得等到下半夜吗？

古　什么！我听不清楚你说的，上半夜，下半夜的。

曲媳　我说，菜都凉啦！你问一声，若是等着，回头老当家的可别埋怨。

古　我可不问，等就等，埋怨就埋怨。反正天也快黑了（做赶鸡势），这些一天挨三遍骂也没有记性的杂种，噢儿哧，噢儿哧，一转眼就又来了，噢儿哧……（捧盆下）

曲媳　老糊涂虫。

曲母　（拖鞋上）天快黑啦！（见媳）晒的衣裳也好收进去！（叹息）

曲媳　是啦！（收衣下）

曲母　大姨妈！你那儿做什么呢？

古 （由草垛背后上）我还能做什么呀！整天价光是鸡呀狗呀的就伺候不定，刚才——就是拿进去晒的鱼干儿那一会儿，那个不合群的高丽鸡，就拖着一只鞋躲到谷仓底下去！我说这半天怎么没有影儿呢？这才多一会儿，一转眼，就是事儿。

曲媳 （搬出大靠椅，并划火给曲母点烟）妈！大姨妈刚才说，再等菜凉得就不好吃！怕吃的时候申斥，让我先问一声。

曲母 不要紧哪？这么一会子就饿死人！我看这会子，他们也该来到了，日头还没贴地呢！

曲媳 是。

曲母 明儿个记住，把仓子里的烟叶子都拿出个晒晒吧！我也没有看看，是不是都发霉了。（见秀芳上）你是到哪儿去，跑得腮帮子红红的。

秀芳 和美姬他们到南泡子捞菱角去啦！奶奶……

曲母 怎么去和高丽孩子捞菱角呀？我看看哪！

芳 奶奶，我们坐着大木盆子，划着划着，差点儿没有翻到水里去，美姬的裙子都弄湿了，把我们吓得什么似的。

曲母 你看你把鞋湿的，还有脸说哪，我不愿意听，别站在眼前来气我啦！还不赶快进屋换鞋去。

芳 是你叫住人家的！（娇嗔）给人家的小筐！

曲母 听。

芳 什么?

曲母 大德媳妇！你听听，是不是马蹄子响。

芳 什么也没有！奶奶……

曲母 好像是大车。

芳 奶奶……奶奶……

曲母 你是围着我叫什么！叫得我心里直烦。

芳 人家有话说呢！

曲母　什么话？

芳　不说啦！（走开）

曲母　这孩子，我看你出了门对你的老婆婆怎么办！你老婆婆可是有名的强亮人，（见芳做鬼脸下）这小坏蛋。（问曲媳）水萝卜切好了吗？

曲媳　都切好啦！酱也炸了。

曲母　你怎么老是皱着眉呢……我也不知道说了多少回，一个年轻人，明明长得不丑，可是眉毛一皱，不丑也就丑啦！人家谁不欢喜那种高高兴兴的爽快脸子，再说大德也大了……（低叹）咸茄子也捞出来了吗？

曲媳　捞出了。

曲母　没有捣点大蒜吗？

曲媳　捣好啦！

曲母　放半碗醋，再滴上点香油，拌一拌浇在茄子心里……大德就是喜欢吃这个，和你过世的那个老公公一样。（抽烟自遣，媳下。古大姨妈在收最后几件衣裳。曲母闻声，回头望了一下，仍抽烟自遣，听见赶鸡声——）那个芦花鸡，今天下蛋了吗？

古　（做轰鸡声）天快黑啦，还不进窝去，早晚你将给黄鼠狼子拖了去，就是你呀，还瞅什么？

曲母　我问你话哪！

古　呵！

曲母　（仍不回头）那个芦花鸡今天下蛋了吗？

古　那个芦花鸡呀，还不是隔两天下一个蛋。呵！天色可要黑下来了。我说老当家的呀！怎么还没有一点动静呢！也该是到的时候了。去打接迎的，又是那匹花腰马，到火车站总共不是六七十里路吗？你看呀！那不是北山上的星星都出来了吗？亮晶晶的哪。

老魏头儿　（由草垛背后上）在哪儿？可不是星星都出来了！南

边还有一颗呢，明儿个八成是个大晴天嘛。（蹲下）

曲母 夏天嘛！星星出得早。（向古）可是那捆麻线泡到后河沟子里去了没有？

古 泡上啦！我看也出不多少麻了，都给雨水糟蹋了。

曲母 够自己家里用的就成，不是省了向外掏钱买吗！

魏 那几天发大水，这几天旱得河沟子又快露出沙滩来了。你看头上的小咬儿，嘛！像赶庙会似的。

曲母 老魏头儿就是会说，烧把艾子草，咳呛不就得了！

魏 （呵呵地笑起来）我这刚打扫完牲口棚，想明儿个出车呢！

曲母 歇一天也好。愿意出车呢，半宵得爬起来给辕马多加两遍料，袋子里也剩下不多了，不够喂的就不如歇一天，省了苦啦牲口。明儿个把菜园子锄锄，浇浇水，一天工夫，两个人就干完了……是不是八大屯的狗叫？

魏 少东家不会走到八大屯去呀！好像有大鞭子声……小更倌的鞭子甩得可没有这么脆快……还有铃铛响嘛！（起身正视，就便抖烟灰）不是……今年夏天，老当家的，咱们就出过八趟车。若是天一变，下点雨，咱们的庄稼该忙了，我看明儿个赶趟八棵树，山上堆的木头样子，多着伙儿……

古 我也听不出是不是到咱们窝堡来的！（因芳上险被撞倒）哎……这孩子，动不动就跳，蛤蟆托生的。（下）

芳 （两手环抱曲母颈子）奶奶……

曲母 出车就出车吧，反正牲口闲着也腻得慌……挺热的，拿开手，你那是吃什么？

芳 奶奶，你咬一口呀！

曲母 （以手抵芳）辕马家私得配两套铜环子，别喝点酒什么都忘了。老是那么凑合，人能受罪，牲口可受不起罪。（向芳）你这是做什么呀？

芳　奶奶呀！我告诉你，今晚上八大屯有跳大神的，你叫老魏领着我去看看呀！

魏　（向芳着眼示意）有什么好看的，还不是蹦蹦跳跳的那一套。

芳　奶奶，有大过阴呢？

曲母　有什么好看的，老魏喝醉了，我看你一个人怎么摸回来。

魏　（被揭穿秘密地笑了）如今儿的酒，还能醉人呀！四两酒里倒有五两白水。

芳　奶奶，我要去。

曲母　你不知道你奶奶这两天心里烦得慌，你二叔今晚上就要回来了。你也是个大姑娘啦！怎么一点正事也不沾呀！念书念得倒什么事也不懂了。

芳　我知道你喜欢二叔。

曲母　你二叔是曲家的根子嘛！你呢！你是外头人，送出去还要首饰，还要嫁妆。

芳　（以手捂曲母口）我不要你说，我自己慢慢也会挣钱。

曲母　那么挣钱给你奶奶花呀！

芳　给大姨妈一个人。你看着吧。

曲母　老魏头儿，那边发亮的是什么？

魏　在哪儿？

曲母　就是你脚边那儿，踹着了，（向芳）拿过来。

芳　一个扣子。

古　（双手端着簸箕上）都着虫子啦！啧啧！

曲母　（接过扣子）什么着虫子了？

古　玲铛麦呀！（向芳）你好好坐在这边，端端正正的像个姑娘样。

芳　呵！是啦！

曲母　（低声）这是哪来的扣子呀！大姨妈，你多拔点玲铛麦，明儿个老魏头儿还要出车！

古　客马怀着驹子，快叫它歇歇吧！

魏　也不套客马呀，那不是有老洪盖的二马子嘛！明儿个就用它来拉外套。

古　瘦的那个样子，还不给人家牵回去，我也不知道把人家的牲口……

曲母　唉，你还是别管这些事吧！光玲铛麦还不够你操心的。

芳　奶奶！人家全家哭的什么似的。

曲母　你在这上，也少说话。人家大人们说话，哪有你插嘴的。你知道去年万宝山闹乱子的时候，他们得着个风就是个雨。他们不是要掘开咱们的河堤呀！（马车声渐扬）秀芳！到门前石岗子上去看看，是什么人的马车呀！

〔芳下，魏随之。

古　怎么这半天不来，说来，一下子就来了！可真是（放下簸箕，解围裙，在门口正遇曲媳）来了，来了！快到大门口去吧！

曲媳　你解开围裙做什么呀！

古　我这……我心慌的呀！都糊涂了。（由门内下）

〔马匹呼啸声，狗吠声，曲媳兴奋地匆匆挽着发髻下。

魏　（声）真是贵客呀，怎么这晷子才到……

小三子　（声）我们少东家到你们后草甸子打围来啦，赶不回去了。

曲母　怎么？是咱们地邻窝堡家的家骥呀！

古　（手拿围裙上）我都糊涂了。一听见大德回来，心就向口里跳。

芳　（突然庄重迎面上）大姨妈，是郝家少东家。

曲媳　（上）带着那么些狼狗……

曲母　你去预备开饭吧！

曲媳　是啦！（下，芳同下）

古　哎呀，真是把我弄糊涂了，（喃喃）我还当是大德，我这心慌的，手脚都没处发放了。

郝家骥　（手提鸭嘴帽上）大姨妈！

古　怎么……你是给什么风吹来啦？

郝　（笑嘻嘻）唔……伯母你好呀！

曲母　还不是老样子！你今年不是在哈尔滨念书了吗？

郝　回来过暑假呀！

曲母　你妈和你爸爸都好呀！

郝　好，还让我给你带好呢！

曲母　去年秋天，你爸爸到屯下头，我俩碰见过。可比在镇守使衙门里做事的程光老多了。我在八大屯碰见他，就是不敢认了，这话说起来有八年啦！（站起来）那时候，你大爷还没有去世，两个人在烟盘旁躺下来，就是一夜……（叹息）我们家送给你爸爸那条狼狗还活着吗？

郝　（两手捏着帽檐旋转）死了两年啦！前年冬天死的。

曲母　也到岁数了，它们一窝四个，五处死得最早，我们家的大处和二处还是去年老死的……进屋去家常话吧……大姨妈，这八成是她过世公公那件大花马褂上的扣子，如今买也没处买的。收衣裳也不查看一下子……（下）

古　回头钉上就是啦！（向郝）你妈的风瘫病好啦？

郝　没有。（随古下）

古　她也不找人治……（下）

郝　（又上）小升子！（大声）小升子！

小　（声）在这儿哪！

郝　听到他们的动静。就在石崖子上向山底下喊两声，他们也许走错了路。

古 （在门口出现）还有谁啦！

郝 两个同学，他们赶水鸭子不知赶到哪里去了。小升子！

小 （声）喂！

郝 回头喂狗的时候，别让沙古拉吃一口，（自语式）今天非饿饿它不解。听见了没有？（下）

小 （声，搬弄马具声）知道啦！喂！老魏头儿，你在那儿做什么？

魏 （声）给你打水饮牲口哪！把牲口牵到这儿来，你这两天怎么样？天天出车吗？我可在家闷坏了，把肠子都闷烂了。（提水桶上）你把牲口牵到院子里来吧！

小 （上）你嗜有烟叶子吧，给咱搓一点！牲口歇会子再说（盘膝坐下）我告诉你呀！我可累坏了，真累坏了。人家是来打鸟，我和三匹马就陪着在草甸子里受罪，烂泥一腿深呀！大车还陷在那里，两个轮子都没进去一尺深，你看我浑身多少泥浆子，鞭杆子又抽断了，你看，正从当中腰一折两截。（抽出烟袋敲着）我可要抽袋烟了。

魏 什么时候陷住车的？

小 就是刚才，天没黑的时候。

魏 你这傻蛋。怎么不到柳条沟去叫我们地户去帮达抬。

小 谁去找呀！那辆小花轴轮车还是在山底下借的呢！我们少东家是连边也不靠，就怕湿了靴子。你这是从酸菜缸底下拿出来的烟叶子呀！怎么这么股大酱味？

魏 别扯淡了，这是地道的大叶子烟。我给你喂牲口去啦！回头哥儿俩喝两盅。

小 你们还没吃饭呀！

魏 没有！我们家的小更倌牵着牲口到车站去啦！一清早去的，

去接我们家的少东家。可是月亮都出来了，还没有一点动静呢！

小　你们家的老更倌呢？

魏　早埋到土里去了，冒一个月了。

小　喂喂！坐坐嘛！牲口忙什么——怎么死的呢？

魏　病死的。

小　那么也该剩几个钱啦！干了半辈子……

魏　敢情是剩了几个，可是都把在老当家的手里，临死，连棺材都没有买，说是给小更倌省着，多得点利息，就用四块板钉了个匣子，抬出去了。

小　老寡妇可好利害——喂！听说你们家的姑娘是不是要和炮台堡子上退亲？

魏　谁说的？没有的事。

小　别在我跟前装傻了。念学堂的姑娘，还有好货色？等会子小酒壶捏到手，哥儿俩再好好地扯。（站起来，以双手拍臂上尘土）

魏　扯淡，你这家伙，我若是知道，我若是在你跟前装疯卖傻，也赚不了你一袋子牲口料，我真没听说，怪不得我们家的姑娘背地哭呢！

小　她哭什么，是她不要嫁给人家，又不是人家不要她。

〔古上，狗吠声突起。

魏　（突然地）我告诉你呀！我们家的那个红客马怀驹子啦！

古　谁在院子里呀！我的天哪！快出来吧！芳姑娘——老当家的呀！怕是二东家来到了。

〔狗吠声大作。

魏　可是有一个人不像小更倌——，小升子，水桶子在那儿，别踢倒呀！（匆匆下）

小　我——八大屯的。（提水桶下）

古　（喃喃）到底是谁呀？我也听不清楚，真是……（叹息，挽发）幸而还有月亮，若是再晚……

曲大德　（匆匆上）谁呀？

古　是芳姑娘他二叔呀，你看看，都是你呀！我们就等着……

大　老姐，你还好呀！妈在屋里吗？（不及答）我还带来一个客人在后边哪！（匆匆下）

古　你看看他，人都到家了，心又慌啦！月亮底下，我怎么认出谁是你带来的客人呀！那是二虎子吗？怎么你们到得这样晚呀！

更　（上）绕了二十里路到立马峰前的大草原上去！怎样还早？牲口都是水淋淋的一身大汗！（提旅行箱下）

芳　（上）大姨妈！

古　哎哟，大姑娘，你可把我吓了一跳，怎么这会子又出来呀！

芳　姨妈！（站古前，以手挽弄古之厨裙带）我有话和你说……只你一个人疼我。

古　你是怎么的啦！抬起头来我看看，头这么热，快进去歇着吧，等会子……

严　（上，左顾右盼）大德呢？

古　大德呀！啧啧，我嗐忘了，你看看，他就把你给搁下了，你就是客人吧！

严　（脱帽）是啦！

古　这是怎么说的？一到家，他心就慌啦！

芳　（向严）我二叔就在屋子里，你呀一声，他就出来了。

严　是吗？我试试呵——大德呀！

大　（声）进来呀！辑五。

〔芳笑，严欣然地伸伸舌头。

严　好——你光急着见老太太了，把我搁在大门口，差点没叫你家的黑狗把我的鞋给拖了去……（见芳笑，又自得地眨眨眼睛）你说（向屋子）把我的鞋拖了去，可怎么得了？（芳回身注视着他的背影，严回头做半敬礼手势）谢谢你，小姐。

古　这是什么派头儿，你看你二叔吧！他们还到立马峰去玩，幸亏不是冬天，要是碰见狼群呢！哪是急着奔家的人，可是一到大门口，心又慌啦……

芳　（如有所思，转身，又注意到适才所谈的）大姨妈，你老是说这些做什么，净说些一点也没有用的话，人家有话告诉你。

古　怎么，我说的话就没有用啦！我从小看着你长大的，可是如今我说的话都没有用啦！

芳　你真是，我不和你说了。

古　我这还指望着你养老哪！你大姨妈若不是嘻有这个指望，早离开这里啦！整日价挨说受气哪赶纠上一个使唤人。

芳　大姨妈，明儿个你就见不着我了。

古　别顺口胡说了，没头没尾的。

芳　真的呀！

古　赶快吃饭去，吃了早点睡，赶明儿个清早，大姨妈叫你到后山去采蘑菇，顺便到瓜地去摘瓜，那瓜才甜呢！快进屋去吧！

更　（过场）当家的叫你们哪！

古　知道啦！（向芳）听大姨妈话，大姨妈喜欢你。

芳　你不要碰人家。

古　这孩子呀！就和你妈的驴脾气一样，你要折磨死我呀！

曲媳　（轻捷上）老姐，妈喊你哪，快去吧！（叹息）

古　你看，我这个命根子又和我斗气哪！他二叔和你说话了吧！

曲媳　还不是那样！（以裙拭目）

古　（自语）哎！真是，又不是冤家对头，哪有回来不和老婆打个招呼的！真正孩子脾气，你也就别拿他当大人看待。（下）

芳　二婶你别难受。

曲媳　（呜咽有声）你二婶心里委屈。

芳　（环抱曲媳颈）我等一会子和二叔吵，我非问问他不解。为什么欺压人。

曲媳　（毅然止声，平静地）我告诉你呀，秀芳，你要自己拿定主意呀！你奶奶刚才又叫郝家骥给炮台堡子捎口信，催他们秋天来迎亲……进屋去吧！

〔芳摇头，魏和小更倌并肩上，媳下。

魏　谁吃啦！你们没回来，老当家的就坐在院心等，我这还打算明儿个出车呢！

更　还出什么车，拉前套的那匹牲口，两天也歇不过来。

魏　明儿个，让老高丽那匹马拉前套。

更　还没叫人家牵去呀！使唤了几天还不够本呀！

魏　小伙子，你可别这么说，咱们罚他一口袋土豆子也不算多，再说它吃了多大一片麦子呀！他们还不认罚……

〔更提行囊由正门下，魏提水桶横下。

〔芳低头沉思时，郝上。

郝　在这儿，你……我刚才看见你走出来了。

芳　（微笑）看，多亮的月明呀！我们刚才还想看跳大神的。

郝　我很久就想和你说了。可是一见你的面，就不知道……我该怎么开口……

芳　说什么？

郝　你是不是挺什么的，见了我，挺讨厌的。

芳　（皱眉）我也不知道——你说的什么。

郝　在县城的时候，我接到你的信……

芳　别说这些吧！（下场时回头）你吃完了饭吗？

〔曲母上。

曲母　你还不去吃饭去！这个丫头，——姨妈，把凳子搬过来。

郝　伯母，我这和秀芳谈天……怎么伯母不叫她再念半年书呢，差半年就毕业了。

曲母 嘻念书呀！没毕业就不听大人说了，再念还不要上天吗？（见芳上）怎么的啦？

芳 头痛。

曲母 我摸摸。（同时回头）姨妈，歇会子记住给牲口炒点料豆。（向芳）可不是发烧怎么的。进屋去躺一会子吧！多盖两床被，听见没有？

芳 听见啦！（又下）

古 （搬长凳子上）豆子还没剥呢！

曲母 不会吃完饭剥吗？（向郝）这儿坐吧！

〔严辑五上。

曲母 我们是庄稼院的菜，不好吃吧！

严 好得很呀！老太太，我们在立马峰就吃过一回了。我的胃口就像一个大布袋，若是没吃那一顿呀！就那个罐子里的肘子，我一个人就吃了，管保连汤都不剩。

曲母 怎么，你们上山去啦！立马峰上有狼窝呀！你们知道不知道？（回头向大德）大德呀！你怎么带着客人到那去玩呀！不是发疯吗？

大 （上）什么呀！

曲母 怎么你们到大草原背后去玩呀！你没听说大前年出的事吗？

大 知道呀！

曲母 知道怎么还去玩呀！（向严）大前年有三个老毛子坐着雪车走迷了路，大雪天，就给狼群盯着车尾追上来了。打着马，也跑不过狼群呀！仗着他们是套三匹马，追着追着眼看要爬上车来了，他们就打下一匹马，丢给狼群吃，可是那么些狼，一匹牲口够吃多一会儿，跑不上两里路，后边又追上来了。

严 怎么不开枪打呢！

曲母 那不是一只两只的呀！那是狼群呀！可打不得。

郝 （心情恍惚）有这样的事吗？

曲母 就在立马峰山下，这是一句白话也没有的。

大 是真的，到后来只剩下一匹马了，狼群还跟着，他们就向车后丢衣裳，最后把裤都脱下来掷了。

严 那为什么？

大 让那些狼群去撕衣裳呀！衣裳上不是有种味儿吗？它们当是什么好吃，等它们再赶，雪车不是又跃出三四里了吗！

〔小更倌上。

曲母 什么东西都收拾好了吗？

更 收拾好了，就是行李还没有打开，那个老洪盖又来了。

大 把我的行李也搬到厢房去，我今天晚上就在那边睡。

曲母 怎么老洪盖半夜三更的来了，叫他有话明天说。

更 可是他老哀告，我没法回他。

洪 （上）地东的回来啦！（脱帽）道喜的有。

曲母 进屋来吧！（起立）你空着手来，怎么办呢！

洪 （环顾苦笑）我的地没有耕……牲口的……

曲母 进来说，（向大德）就坐一会子让客人到厢房去歇着吧！你也别到那里去挤，让客人们躺炕上，宽敞一点，听见没有？

大 我……

曲母 我不要听，怎么那么大一个人，一点情理也不懂。厢房是给客人睡的，你自己又不是没有睡的地方，那得挤成什么样子。老洪盖，咱们进屋。

〔母与老洪盖下。

大 （苦笑）我真不愿意回来，你看，根本就不让你开口。

严 你不对呀！老兄，和我在一个炕上挤，又有什么意思。

大 （向更）你还站在这儿做什么？

更 不做什么，没事儿，我可要吃饭去啦！

大 去吧!

〔更下。

严 老太太可能干呀!

郝 嗯! 今天还算高兴呢!

〔曲媳上。

大 你来做什么?

曲媳 妈说看看壶里有茶没有?

大 去吧! 那里有壶。我们渴了自己会泡。(媳下) 辑五,这就是我的家,你都见过了,刚才那个小伙子是我们家老更倌的儿子。

严 哪一个?

大 就是到车站接我们去的拙头拙脑的,他爸爸是山东人,来的时候,他才两岁,在我们家干活干了一生,一个大钱也舍不得用,就那么死了。(叹息) 我母亲,你是看得出来的,什么都得听她老人家摆布,我怎么会在家里待下去——别谈这些了,我们到外边走走好吧,到瓜地里去看看。

严 瓜地里有瓜吗?

大 有的是,瓜棚里这时候才热闹呢! 那是庄稼人的交际场合,走吧!

严 你呢!

郝 自然陪着你们走走,不过我是没有什么大兴致,我有点累,打了一天围。

严 这里禽鸟很多吗?

郝 多!

大 有鹌鹑,有白头翁,有山鸡,有斑鸠,多得叫不出名字来,若是明天天气好,咱们就到后草甸子去打水鸭子,我们家还有两杆枪,一杆是双筒的——你们等一下,我去拿衣裳,在我们这儿,晚上得披大氅。(下)

严　关外可真不同呀！

郝　唔！我没到过关里。

严　关里哪有你们这里美呀！那大草原，十里二十里就望不见一个村庄，美呀！这月亮，这个大院子，那些牲口棚……真是大有柴霍夫笔下的俄罗斯乡村风味。

〔老洪盖上，手提鸭嘴帽。

洪　晚上好，晚上好。

郝　怎么样？

洪　（苦笑摇头）没有法子，我的吃粮也没有。

〔洪下，狗吠。

严　这里高丽人多吗？

郝　过了岭就是高丽屯子，这里是间岛，你不知道吗？

〔大德上。

严　你穿什么呢？（接大氅）

大　我披这件皮马褂。

郝　小升子，小升子。

更　（声）到山下找人去了。

〔三人下，芳由窗口露出头来。

古　（声）哎呀！我的宝贝，冻着呀！

芳　我睡不着，姨妈，你看今天的月亮多好呀！满地都像铺了一层霜。

古　（声）睡觉吧！（呵欠声）

芳　你倒是看看呀！多美呀！满院子都是丁香花味儿。

——幕落

第二幕

时——一九三一年十月三日，即九一八事变后两个礼拜的黄昏。

景——岭腰间之打稻场，背景有重叠之山峰，峰峦及树林间全是落叶。四分之一的舞台右角是斜坡，有小道、松林，蜿蜒而下。台后随时传出忙场的声音。

幕开时——曲媳提旅行囊及皮箱上，魏迎面由小道间出现，手持短鞭正接取曲媳在悬岩旁递下来的行李。

魏　他们怎么嘻不来呀！老是啰唆什么呀！

曲媳　牲口呢？

魏　牲口拴在大路口那棵老桦树下，就站在呜呜叫的风里头，我可不是说抱怨话，大奶奶，老当家的平常都是有板有眼的，可是年头变了呀！还这么四平八稳，像是太平年月，哪能成呀！我们嘻要傍黑赶到八大屯去，还蘑菇什么呀！

曲媳　别说废话了，他们来啦！

魏　我可不是说废话，再晚了，我可不保险在路上出不出岔子！（下）

〔大德和古大姨妈、严辑五前后上。

曲媳　妈呢？

大　我不知道呀！老魏头儿呢？

曲媳　在下边等着你们呢！我去看看妈，怎么刚才还在那头儿和地户吵什么嘛！（下）

古　真是……啧啧……出趟门这么不容易，往年不是说走就走了，哪有三次五次走不成的。

严　城里若是戒严，说不定嘻回来。（大笑并回顾）说不定呀！大姨妈！再回来，我可就不走了，实在也真不想走——大姨妈（又回顾）你什么时候到关里来呀！到关里来吧！我好好侍候侍候你老人家。

古　我呀！（笑）我哪有那好福气！我的这副老骨头嘻要埋在祖坟旁边呢！

大　（来往踱着）辑五，你把那一小袋子鸡蛋什么的都放进去了吗？

严　都在这手提箱里呢！（又回头）大德，你到哪去了，好半天不见你，我当是你又躲开了，连送送我们都懒得送，是不是？

〔芳上，跳着，并俯身拾取石子，装着向大德身上投的姿态。

芳　你看，你能接着不能？

大　奶奶呢？

芳　我不知道，她不是刚才在这吗？

古　你看你呀！怎么放着你自己的棉袍不穿，倒把你爷爷的皮马褂穿上了，扣也不结……

芳　我不要你整嘛！（第一次向严注目，并很快地做了一个掩饰娇羞的鬼脸，这是除了严，另外的人感受不到的）

严　过来，我给你结上吧！小孩……（以目示意，手中的纸条）

芳　（眼光避开和他接触）不，（转身向大德，同时从背后伸出手来接取纸条）二叔，黑天赶不到八大屯了吧！

大　（突然抬头）嗯？八大屯？赶得到。

古　送到城里，把严先生打发到汽车上，就回来吧，别叫家里人们担心，（向严）真是，担心呀！你们是不知道，光知道玩，你想，你的老太太该怎样挂心吧！你在这住了这么些日子，书也耽误了念，信也不写，你家老太太不心里发慌呀！

芳　姨妈，你老是说什么，唠唠叨叨的。你看你的头发都操心操白了。

古　我说句话，就是唠叨呀！我……

严　来，我给你挑挑有多少白头发吧！

古　呵哟，（笑）我的头发都给你弄乱了。

严　（笑）我摘下这一根来吧！

古　人老了呀！年轻时候，头发也是厚厚的，老了就剩下这么两根了，还摘呀！

严　摘根作纪念呀！

芳 这一根长……

古 我看看哪！唉，都白得发亮了呀！我刚来的那年，头发还是一色黑的。那时候，芳姑娘她妈，我那个没有出息的妹妹，就整天和我吵架，老太爷还活着，常说她，你和你老姐姐吵什么呀！她是个没依没靠的寡妇。老太爷的心真好。那时候，她嘻不知道，她妈为什么和我吵嘴呢？她爸爸刚过世，不到一个月……

〔曲母提口袋上。

曲母 时候不早啦！去吧！老魏头儿呢？

大 在下边等着我们呢！

曲母 去吧！（向右）他老姐，去叫他上来一趟，我嘻有话和他说。（又向大德）我说的话，你都样样记清楚了？

大 记清楚了，妈。

曲母 （向严）若是火车不通，就回来。别给搁到半路上，到了吉林就回来封信，我们好放心，呵——

严 是的，老太太！（微笑）

曲母 记住给你母亲带好，年月若是平稳了，再来过冬天。我们这儿冬天农闲了，嘻要好玩。夜里你就听吧，一会儿是一群鹿，一会儿是一群狼。打围的人也多了，比过夏天好。（时严绕过芳的身后握住她的另一手）

芳 （掩饰内心的慌乱）奶奶，这是什么？

曲母 豆子，我没有说吗？人手不够，一转眼工夫，那些穷高丽就偷，看着看着，就偷，简直是穷红了眼睛。

大 妈，我看你老人家晚上还是躲一躲吧！晚上叫老魏头子和小更倌看看。

曲母 （沉思）把这口袋提到院子里去，回头到那边去看看更倌过斗。（芳下场前回眸向严做笑姿）把我的烟袋带出来！

芳 知道了。（下）

曲母 （向大德）你就别管我了，怕什么？还不知道是真是假呢！再说民国三年的时候，也是什么独立党胡子的，也不是没有闹过。我不信他们就会造反了！再说，你是曲家的命根子，若是有个差错……我可对不住地下的祖宗。（以衣襟指眼）

大 妈！

曲母 快去吧！

〔马蹄飞奔声，台侧忙场声顿止。

古 （声）你怎么又跑来了呀！

郝 （声）谁要出门儿呀！（马蹄声突止）找死呢？他妈的！

〔马啸声。

曲母 快去吧！

大 怎么郝家骥跑来了？

曲母 唉，别管这些吧！你去你的，他来他的。

严 那么再见了！老太太，只要太平了，我还来看你老人家的，我一定路上写信来。

曲母 （微笑）先写家信吧！好啦，我也不远送了。

大 妈，你别大意，还是晚上躲躲。

曲母 好啦！好啦！我知道呀！快去吧！

〔大德与严下。

郝 （声）你要到哪儿去呀？

大 （声）到八大屯去呀！

郝 （声）路上不好走呀！（上，大德与严随上）听说白旗堡子都给独立党占了，日本兵在三棵树设了个卡子，这里还太平吧？

曲母 白天还好，就是前儿个晚上，不知道哪里有两下枪声，都说是高丽要起事了，嘻听说王德林的军队攻进城里去了。

郝 没有的事！我们家是昨天搬到窝堡来的，我们离开县城的时候，日本军队刚刚又开来好几卡车。

大　那么嗐戒严不呢？

郝　白天不，傍晚一点灯，就戒严了，一直到第二天八点钟。

曲母　我问你，过了三棵树一直到我们这儿，嗐好走吧！

郝　这一路嗐没事。

曲母　你们昨天不是就走这条路吗？那么过一下子麻烦不？

郝　不麻烦，日本人也看穿戴，对大粮户嗐是很客气。

曲母　那么就走吧，大德。八大屯有炮台，就是晚上有什么动静，也总比这里好，再说你的这位同学，老是留在这，也不好，去吧！

〔老魏头和古大姨妈上。

古　唉！这个坡呀，真也难走……

魏　怎么的？嗐不走呀？再蘑菇一会儿，天可黑了。

曲母　我问你，带着家伙吗？

魏　那还会忘了！

曲母　押上顶门子了吗？

魏　不押顶门子，哪成？老当家的，你放心……从老爷活着的时候我就在曲家赶大车，你记得多会儿我说过假话，我呀，我是忠心报国，赤肠子忠胆……

曲母　你又喝了酒是不是？

魏　（笑，负罪地）我喝了一点点……喝了两口。

曲母　（向大德）好啦，去吧！到城里给我安排好地方，我再待两三天就把庄稼想法儿运出去啦，家里的事，你就别担心，我有好媳妇在跟前就行。（向郝）你是不是嗐回八大屯？

郝　我歇一会儿再说。

魏　怎么的呀！还等什么？

大　妈，那么我去啦。你老人家保重！

曲母　知道呀！……

大　那么我先走一步了。

郝　回头见！（和严握手）回头见！

严　你老是用马鞭子抽靴子做什么？呵，（笑）好你，再见了！（目注视另一角落，显然在探望）

〔魏、大德、严同下，小更倌上。

更　我说老东家呀！

曲母　（高声）把枪插好，别给马一颠，颠掉了！（向更）什么？你说吧！

郝　（以双手作筒）回头见。

更　我说老东家呀，咱们这时候可不能这么办呀！你老人家知道，咱们这时候收买人心嘻怕收买不到呢，高丽地户这时候可千万得罪不得他们，就是多分个三十捆二十捆的就多分三十捆……

曲母　（高声）还提着帽子做什么？不戴在头上，帽子呀！

〔大德及辑五的呼叫声，马蹄响声渐远。

曲母　怎么的啦？大年的旧账不收他们的了，嘻要怎么呀？你怎么老是帮着他们讲话呀？又是老洪盖捣蛋是不是？他们看着是时候啦，要给咱们气受呀，咱们可不能受呀！就不能让他们开了这个风气。中国嘻有主儿，嘻不一定是他们的天下哪！

更　东家，你老人家知道，这不比往年……

曲母　你怎么不说，他们红嘴白牙吃了咱们的粮该一个子儿不见哪？你怎么不说他们租了咱们的牲口使得一把骨头啦，该赔两袋子料呀？你怎么不说东家这么把年纪了，不分白天晚上守着他们忙庄稼，多分两捆给东家呀？

更　东家既是这么说嘛，好像我有外心似的。那么我想问东家……

曲母　呵！什么？这个节骨眼儿，你要拿捏我是不是？

郝　伯母算了。

曲母　就是你爸爸活着的时候，也没有在我眼前该过一个不字呀。

他们老高丽这时候是欺负咱们没有主子呀，欺负咱们的主子不争气呀，怎么你这样糊涂！若是咱们给他们开了风气，那么以后分庄稼的时候怎么办？一棵草也不能少！他们若是霸道，明儿个我就到八大屯去请炮手来。你先去告诉他们，我随后就来，他郝二哥，你把牲口牵上来到院子去吧。

郝　我今晚上还想回伯母这里住一夜，赶明儿过江买火药。

曲母　我们昨天晚上都不敢在院子里过夜呀。你大哥还是到沟口找地方睡的。

更　老东家，我早就想离开这里了。

曲母　那等着你忙完，把庄稼运出去了再说吧。若是实在要走呢，我也不便留。你也不是从前的小孩子，你也有了自己的主意了。可是你也要知道你爸爸，死在床上的时候，还托付我，叫你拿着我当奶奶看。反正你也大了，我也不想说什么。他郝二哥把牲口牵过来吧。（下，小更倌随着喃喃）

更　东家，咱们不要提我的爸爸吧……（下）

郝　姨妈你在那做什么？

古　（喃喃）我这找两股叉……把稻草收拾，你看就这么东一个西一个的，这是庄稼呀，这都是钱呀，辛辛苦苦收下来的……你看找来找去就是找不到，就在眼前，就找不到。

郝　姨妈，芳姑娘呢？

古　我也不知道，在那头儿吧。咳，（向郝）你还能望见他们。

郝　走远了呀，哪嘻能望见！

古　咳咳，多好呀！（自语）他妈多有福气！临走嘻要……

〔曲媳上。

曲媳　姨妈又在这和你唠叨什么？

古　我唠叨什么？我可没唠叨！

郝　（微笑）挂念着他们到八大屯去的。

曲媳 把牲口牵过去啦，是不是从柳条沟来？

郝 没有到柳条沟。

曲媳 到底他们是娶过去不呀？催了一道又一道，年月这么慌乱，一个姑娘家，（向古）把两股叉给我——有个好歹，那怎得了！再说，你看那些穷高丽吧，一个个的两眼贼碌碌地直冒火，我真怕！

郝 不是芳姑娘她不愿意要吗？听说从前还要退亲？

曲媳 唉，姑娘们嘞！还不是那个样，出了门子，一嫁过去，慢慢嗜不就好了，做姑娘的时候，谁还没脾气？……把牲口牵过去吧！我这忙的呀！晕天黑地的……到那头来吧！芳姑娘也在那儿。谁吵起来了……（匆匆下）

〔更上。

更 你去看看吧！（气愤）我的皮小褂呢？姨妈，没有看见我的皮小褂吗？

郝 没有？你找找看。（匆匆下）

古 出什么事了？

更 吵什么呀！她得把账清清楚楚地算给我，我是不给谁留体面的。我爸爸，我爸爸怎么样？我爸爸没有白吃白喝，我爸爸一年给曲家干三百六十天活儿，我爸爸怎么的，我爸爸糊涂，我可不糊涂，钱就白白放在你们手里呀！临走连棺材都没有，砍倒一棵树，钉四块板子嗜要算十六块洋呀！简直是吃人不吐骨头，我是不听邪的……

〔曲母上，芳、曲媳及郝随之，台后呼啸及嘈杂声渐低。

曲母 （向更）孩子，我不是说你呀！你要听明白。（向曲媳）怎么，他们不动了是不是？（低声）你看看去！（向芳）不要碰我！扶扶搭搭的做什么？

郝 伯母别和他们生气，（低声）这些老高丽，听到独立党起事的消息，心都动了呀！

曲母 （向芳）你去对老洪盖说，把稻子装上麻袋再说别的。若是他们不讲理，那么只好麻烦他郝二哥一趟，叫乡里派兵来。

郝 伯母，乡里没有兵了呀！听说昨晚上就拉出了，千万可别得罪他们呀！

更 我不是没有说过，这时候他们怕谁呀！不是咱们的天下了。

曲母 去吧！你们都离开我！（疲倦地）我要歇一会儿，去吧！都去，都去。

郝 好，你歇一会儿。（下，时芳向更递眼色）

曲母 （坐石岩上）都去吧！哎！

芳 大姨妈！

古 怎么的啦！

芳 （招手）来嘛！

古 （低声）你奶奶和谁生气呀？

芳 你看我一下就跳到那边去。（跳）大姨妈，（招手）你敢跳呀！（下，古随之）

古 你大姨妈老了呀！腿疼。（下）

〔曲媳上。

曲媳 妈，他们都散了，稻子洒满了一地，连装上车的麻袋也丢下来啦！满沟都是稻子了……

曲母 你坐下，坐在我跟前。（四顾）你妈，熬了一辈子，说不定早晚怎么样，这里是咱们家的老底子，都在这里，姨妈是外人，芳丫头也就快出嫁了，你把这对镯子藏在身上，你知道，这会子的人心都靠不住啦！你今晚上嘻是到老亲戚家二寡妇炕上去睡，天一黑就走，敲他们的后门进去，听清楚了吗？

曲媳 听清楚了，那么妈呢？

曲母 我自个儿会安排，你就不要问了，你去把郝家外东叫来，东西藏好了吗？藏在哪里？

曲媳 肚兜里。

曲母 我摸摸，（走过去）我看看，好啦！去吧！

〔芳悄悄上。

芳 奶奶！

曲母 做什么？

芳 他们都散了，牲口就在稻子堆上吃。他们都把马龙头和牛缰绳解开了。

曲母 知道呀！你过来，（向媳）快去吧，嘻站在这儿做什么？

曲媳 呵！（下）

曲母 过来，我看看你哪！手这么凉，奶奶叫人把你送到柳条沟去住一夜好不好？

芳 怎么的？

曲母 不怎么的，问什么？

芳 我不去，奶奶，你亲亲我呀！

曲母 你奶奶心里不舒服。

芳 奶奶，若是我有一天不在奶奶跟前了，奶奶想我吗？

曲母 怎么会不在呢？

芳 若是我死了呢？

曲母 胡说！怎么你这么大了，一点事理也不明白呀！你奶奶为你操心操了一辈子……

〔郝上。

曲母 （站起）他郝二哥，你今夜不能在我们这里过夜，你知道，我担心哪！趁着天不黑，你赶到沟口外柳条沟去睡吧！我们这里是孤家子，那里咱们人多，这可不能叫外人知道，懂吗？

郝 我嘻想明个儿赶早过江！

曲母 唉！这不是一样嘛，再说万一有个好歹，我在你爸爸跟前可担不了呀！你随身带着家伙吗？

郝 带着。

曲母　那么快走吧！离开我们这里吧，把芳丫头也托付给你。再备一匹马，就走吧！反正那里有亲戚照顾她。

郝　那也好。

芳　奶奶，我不去。

曲母　唉，听奶奶的话吧！

芳　不。

曲母　（厉然）不也去！

〔沉寂。

郝　那么伯母呢？

曲母　我有我的打算，快去吧！你看天就要黑上来了。（向芳厉声问）到哪去？

芳　拿衣裳。

曲母　衣裳明儿个我会找人送去。叫二虎子把那匹枣红辕马备上，就这么走吧！（向郝）好啦！就是在那边也得警醒点。

郝　好，（向芳）我在下边等着你呀！

芳　呵。（两人分头下）

〔风声。

曲母　（高声）他老姐把草垛顶子弄好，说不定要下雨。

〔马蹄走下石道山坡声。

曲媳　（匆匆上）妈，我看你老人家嗐是……

曲母　我知道呀！你们就不要操心啦！这时候，好去啦！看看路上没有人？明儿个早回来。

曲媳　呵。

〔古上。

古　芳丫头这是到哪去呀？

曲母　你不要再问吧！先把这两垛稻草的顶，用帘子苫起来。

〔曲媳下……

古　这简直是造反呀，粮食弄得这一堆那一堆，一场雨不就糟蹋了吗！

曲母　他老姐，回头你把院门关起来睡呀！和二虎子好好看家。

古　那些抛散的粮食怎么办呢？

曲母　你就别管了,这时候还管什么粮食！回头叫更倌好好看着,夜里多起来两趟,明天再说。（自语）偷就偷去吧！

〔曲母下。风渐大，天已黑，更倌提手提灯上。

古　好啦！就这样吧！（自语）反正不漏雨就成。

更　当家的哪！

古　刚才还在这嘛！我也不清楚。

更　又像昨个晚上一样，天一黑，就躲起来了？怎么连芳姑娘也不见影了，都跑光了，留着咱们看家呀！

古　哎哟，二虎子呀，老太太刚走。

〔时有人影躲入草垛背后。

更　我也不怕她听见。

〔枪声……寂静。

更　（低声）高丽穷党来了……（匆匆下）

古　（恐怖）二虎子,呀，二虎子呵，枪声，一个人也没有啦。（下）

〔风声，远远又一枪响，有惊起的鸟飞过声。

〔曲母悄悄上，在稻草垛静立一会儿，就由草垛之入口蹿进。之后，又以稻草掩蔽了入口。风声大作，远处有古之声音传来。

古　（声）二虎子呀！二虎子！

〔芳由草垛背后闪出，神色慌张，然而惶恐之间透露出坚决，树林间有口哨声。

芳　（低声）辑五，我在这里呢。好了吗？

严　（跳上）你等好久吗？

芳　我害怕！谁在那儿放火了。

严 管这些做什么！你二叔嗜在榆树屯……

芳 从柳树沟走，有另外的路吗？

〔马蹄声突然传来。

郝 （声）下边有人，岭上的快跑呀！

〔马蹄飞奔声，枪声两响，近处火焰突起。

人 （声）没有粮食的来吃呀！

——幕落

第三幕

唐太太——一个受教会教育的中年妇人。

唐经理——某停业工厂的小厂主。

陈先生——中学教员。

严辑五

曲秀芳

时——一九四五年四月的黄昏。

地——广西省某一城市之郊区，一个西式茅舍内的简洁客厅。

幕开时——唐经理着睡衣睡帽，不安地来回走着，唐太太站在中央手指夹着纸烟。

唐太太 就这样，他们结了婚，那时候，她还是一个孩子，懂什么……

唐经理 （烦恼状）我不要听，总之不是好货。去，你看，你看小猪又拱门了，真要命，真要命……我说了多少回，是用绳子拴一拴呀！

太 （去门前做驱逐状）还得有工夫呀！

唐 她自己来还不够呀！还带着两个学生，晚上怎么睡法？

太 你就别管好啦！她也不是常住。

唐 不常住，光那个孩子哭的，还不要命呵！掷到屋子里快一天了，连奶也不回来喂，简直不是东西。

太 你看你老是这样发脾气，她不是抽不出身子来嘛！又要安排那两个开除的学生，又要给那个停学的学生找事情，她自己还得找工作！……

唐 我不要听了，我不要听了，（沉默一会儿）我看她把那个孩子糟蹋死，心里就舒服了，哪有掷下一天不回来喂口奶的？这还是教书的，明白道理的女先生呀！

太 我不和你说了，说你也不听。

唐 那么女人离婚拿着当脱件衣裳似的，是对的呀！

太 谁说是对的？她不是因为那个男的是个坏蛋嘛！拿着她当摇钱树一样……

唐 我不要听，我不要听，你看雨漏的，去拿盆接一接呀！真要命，（来回走动）叫雷劈死算了……

太 （小声）你醒了，就是事儿（以盆接雨），要不就是蒙着头睡，问你什么也不管。

唐 我不睡觉我做什么？真是——滚，你看我整天睡得安稳就弄来她们吵闹我，是不是？

太 谁说弄她们来吵你？她不是没有地方去住嘛！她刚和她的男人离开，借我们这儿蹲几天，安排好了就走，又不在我们家里打伙食。

唐 那么城里就没有一家旅馆呀！（叩门声）什么人呀！真要命！

太 （趋门作声）秀芳还没有回来，请进来坐吧！（陈先生持伞上）

陈先生 好大的雨，路上全是泥，把裤脚都弄湿了！

〔唐侧目相视突然下。

太 不要紧，（指陈之泥泞狼藉的两只皮鞋）沙发上坐吧！曲先生和她先生离开了，今天早晨搬到我这里来的。

陈　我昨天就知道了，昨天晚上她在旅馆打电话给我，告诉我的，严辑五那家伙太坏了。又坏又混。实际上他又不是学校的教员，他就根本没有权利代表曲先生向校长道歉。什么事他都要管，我早就说该和他离开，你想这个吕校长是个什么人吧！学生不好，学期终了叫他退学好了，哪有给人家戴上一个帽子，向那些人的手里送的，太残酷了！

〔唐赤脚出现在门口。

唐　怎么叫你就是听不见哪！倒是把那些烂袜子破衣裳的，拿到外间去呀，真烦死个人。（退入）

太　那不是因为下雨，刚洗了没地方晒，（微笑）你坐一会儿呀！这里有烟。（自己抽一支并给陈划火）

陈　谢谢。

太　（下，即上，口含纸烟，双手持晒衣竿）请你坐到这边来好了。我自己可以，谢谢，好啦！这就可以了，反正我们平常没有什么人来。

陈　抗战的时候……真是，都受苦了，唐先生从前……

太　从前我们是开铁工厂的，规模挺小的，机器搬来搬去，在长沙刚整顿起来，二次会战，又搬，现在就是把机器都盘给人家也还不清债，就这样拖着。半死不活的，你吃茶吧！

陈　不吃。

唐　（声）我的头痛粉呢？真要命睡也睡不着。

太　来啦！（下）

〔严辑五匆匆上。

严　这是……噢，你在这儿正好。秀芳呢？我还以为逃去啦！

陈　请你不要吵，这是别人的家……

严　我吵什么？我向你们要人，你们把秀芳藏到什么地方去啦？

陈　严先生，你不能这样说，秀芳是自己……她自己决定自己的行动，哪能这样说，这样说是侮辱她的……

严 侮辱！你们有拐带嫌疑，我已经打电话给警察局了，你们要知道，你们是犯挑唆，至少是破坏我们的家庭，我已经找了律师……

太 这位？

严 我是秀芳的丈夫，你们把秀芳交给我，什么话也没有？

太 有话好好说，先生你要知道，曲先生是到我们这里借住两天的，我也不知道你们家庭有什么纠纷，我想，不管怎么样，你们是夫妻，有什么纠纷，总容易解决的。

严 我们本来一向是感情很好的，你知道昨天晚上她突然趁我不在家的时候，就走啦，我现在是要人，别的话没有。

太 你坐一会儿，她出去一天了，我想，晚上总会回来的，人是走不掉的，那么……

严 人在就行，我在这里等她……（坐）您贵姓？

太 唐。

严 就是要离婚，也不能不和我当面说清楚呀，哪有这样容易的事情，说走，留个条子就走了。小孩子呢？

太 在屋里，我们当初也不知道，你们夫妻之间有纠纷。

严 没有呀！你知道……怎么称呼？

太 唐。

严 噢，唐太太你是明白人，无缘无故，她绝对不会这么留个条子逃掉的，我什么都清楚，背后有人给她挺腰。可是你要嫁人，我也不是不开通，可得要交代明白呀！你说是不是？不能就这么白走呀！嗳！孩子得要养大呀！是不是？我是不要这笔赡养费的，可是孩子呀，总得留给我吧！那么，嗳，孩子不要吃东西呀！嗳，孩子就不要穿的呀！不要教育呀！她当是这么容易走掉就算了。她全靠谁呀！若不是我在背后挺腰，她就能混得开呀！你叫她一个人试试，她还要带着四五个学生，她预备向哪送呀！我叫她看看那个国立中学她也送不进去。

唐　（声）谁呀！这么吵，我这刚要睡，这要命不要命……

太　请你小点声不要气，有什么话等她回来都可以说清楚。（下前）抽烟吧！

严　（愤愤自语，实系威胁）谁插进来，就找谁，我是不管杨二郎三只眼的。

陈　（自语）真是天晓得。（时唐太太上）我要走了，唐太太。

太　怎么！等一会儿吧！雨下得这么大，等一会儿停停雨再走。

严　你不能走，你不把人交给我……

陈　严先生你不能这样说……

太　你放心，曲先生走不了的，她住在我这里和陈先生没有关系，我总叫曲先生今天和你见面就是了。

陈　唐太太，这真是，你是知道，曲先生托我给她找工作的，我今天看看她，也不过纯属于友谊和同情。实在说，曲先生的为人，我是尊敬的……

严　总之你不能走。

太　那么你坐一会儿，等等吧！实在说，我昨天也不知道有这些事情，我早知道我也不会答应曲先生搬进来的。曲先生因为是我妹妹的老师，从前去过两趟，我光知道她是东北人，受过许多生活的磨折，我也不知道你们夫妻间不愉快。说实话，我是最怕事的，不管什么，人总要大家客客气气的。

严　我们夫妻间本来是没有什么的，你是明白人，我为她不知道受了多少苦，她也该想想，我老严没有对不住她的地方。我把她带到关里来，一直就没有过过好日子。在西安的时候，她打胎身体弄得挺坏，我们又穷，又失业，可是我没有丢掉她；若是我一个人，怎么也不会困在广西，我早到重庆去了。因为她，我的损失可大啦！本来云南煤矿邀我。……若是我一个人哪里我不能去呀！我说辛辛苦苦吕校长卖老同学的面子，好容易找到碗饭吃，就该老老实实的，不能叫我在老同学的手里栽跟头呀；可是她就上人家的当，说她，她就顶嘴，是谁栽培的她呀！是我在西安的时候，教育她的呀！我给她买书，怎么穷，书总不断，可是没饿死她就什么也不怕，当是混口饭这么容易呀！

太　好啦！你也少说一些，什么事夫妻之间总能安稳地过去的，大家在火头上，火气一过，还不是一样；再说，她一个人碰碰也就知道要打开个场面是多么难的了，还有几个开除的学生，她手里，我知道是没有多少钱的，她挺也挺不了多少天——噢，曲先生回来了。

〔秀芳浑身水淋淋地迈着疲倦步伐上。

秀　（倦极）好大的雨……（突然镇定地站住）怎么的？

严　来找你回去，没有什么，累了吧！我说话你不听嘛？那几个学生，你一个也送不出去吧！

秀　我的事，以后请你不要管好了，我的条子上说得极清楚，我已经疲倦不堪了，再说咱们过下去，两个人都完，早就该分开，在西安的时候，就该分开。

太　曲先生坐下说话吧！休息一会儿，该先换换衣裳，这样要受病。

秀　不用换，我不累，就是头有点晕，辑五，我真不愿意说什么了。

严　（苦笑）你真是说得这么简单，你要知道，我们不是没有孩子……

秀　你要就抱去，唐太太，孩子哭了一天吧！

太　还好，喂了一茶杯水，才睡了，我看，你还是换换衣裳吧！先休息一会儿。

秀　（向陈）演剧队怎么样？

陈　他们要比较对舞台有经验的青年，还没有碰见队长，我托人问去了，若是他们能收一个就好，恐怕难。

秀　我有点头晕。

太　我给你拿头痛粉去。（下）

严　你跟我回去吧！

秀　你怎么还要和我纠缠呢？

严　怎么纠缠？有话回去说，你的东西呢？

秀　你去吧！我实在累了，而且我和你也没有什么话说。说什么，在第五战区政治工作队的时候，已经都说过了，再说都已经不是孩子了，各人走各人的路，不很好吗？很好的，你有你的计划前途，我有我的打算。

严　去吧！回去说。

陈　我看你还是先换换衣裳去吧！

严　没有你说的话。走！孩子呢？

秀　（严厉地）我不去。

严　你不去也不成呀，我现在还是你的法定的丈夫。

秀　你少侮辱人……我不受啦！

严　不受也得受呀，我是你的丈夫，这可是公认的，你给我戴绿帽子，我可没有话说，可是要另嫁人，那就得办理手续，不这么简单。

太　（持温水瓶上）不要生气，大家平心静气地说……喝杯水。

严　你给我走！

秀　我不走。

严　你给我走！（开始拖）走不走，你放开手。

秀　你要做什么？你要做什么？

严　把她的手掰开，拉坏了桌子，掰开她的手！……（向陈）你把桌子做什么！你拿开手。

〔唐盛怒冲出，赤着脚。

唐　你们要做什么呀！你们要在我家里打架！你们都给我出去，我这里不是打架的地方，都出去。

严　你走不走？（说话时连踢带打，由僵持而急转）

秀　我不走，你打死我好了。

唐 你们不能在我家吵，我谁也不认识。你们到我家来吵什么，都出去。

严 你给我走，出去讲。

秀 我知道你的流氓花样，我不走，你若是稍微知道一点廉耻，你到法院告我去好了，我们可以在法院讲理，我什么都不要你的……

严 你拐着我的东西卷逃了，你说得那么容易，把衣裳脱下来，你什么东西不能拿我的，要走，你光身来的光身去，脱下来。

〔孩子突然大哭。

太 曲先生，你的孩子醒了，一天没吃点奶……

秀 呵！（恍惚地）

严 脱下来。

唐 你们都是体面人，怎么一点不顾面子呀！都给我出去。

秀 唐经理，我等一会儿就搬，今天晚上决定搬出去，好啦！——那算是你的衣裳，我的行李在屋里，要拿什么你就拿去吗！

唐 曲先生，你不能在我们这里吵呀！你是受过高等教育的，你怎么能在我家里这样？

严 还有呢？身上的。

秀 你要做什么，辑五！你不要太侮辱人了。

严 我怎么侮辱你，我连孩子的赡养费都不要你的……脱来吧！

秀 陈先生，你该说一句话呀！唐太太……

太 我看，还是大家和好算啦！你们又不是没有孩子……

唐 我头痛死啦！你们怎么存心来和我捣乱是不是？（以手将太太扯开）真要命。你们！……（匆匆下）都给我出去！

太 你让我说一句话。

严 你说吧！

太 我看曲先生……

秀 我不能回去，我决定和他离开了。

严　那么把衣裳脱下来，衬裤袜子，你一件也不能带去。

太　我看这样吧！你先回去，曲先生也走不了，让她也好考虑考虑。

〔唐抱孩子上。

唐　曲先生，哪！她的行李呢？去拿过来，都请出去。

太　你就是老脾气，你逼什么？

秀　好，辑五！你先回去吧！有什么话我明天回家去再说。

严　那不成。

秀　唐太太可以担保，我逃不了。

唐　我们不能管这些事，你知道，这是你们自己家的私事。

秀　唐太太，我请求你……

唐　我们不能担保。

太　那么……也好，可是有一件，曲先生必定明天回去，你不，若是向我要人。

秀　绝对不会挂连你。

唐　怎么这样事，你也好管。真要命……（匆匆下）

太　那好。

严　你答应了。

太　答应啦。

严　明天我可是向你要人呀！

太　好。

严　一句话。

太　我说答应，就答应啦！

严　那么好。一句话。我也不怕她逃到哪里去。我走啦！把衣裳换换，别冻着，我走啦！再见，明天见。（匆匆下）

唐　点灯呀！真是烦人，我的安眠药呢？

太　来啦！我找件衣裳你换换。

唐　（由门口探头）曲先生，你今天得搬呀！

秀 是啦！对不住你。

陈 你打算明天回去？

秀 嗯。我的头有点发烧，我累了，你也回去吧！

陈 好吧！没有什么事吗？我可以效劳。

秀 你能给我筹点路费吗？我是说我想，我说什么啦！

陈 你说筹点路费。

秀 对啦！我是想让几个学生到重庆去找陶行知先生，请育才收留他们。我的头迷晕，以后再说吧！

陈 好，我知道啦！一定尽力去办就是了。（持伞）可是我告诉你呀！罢课的学生都动摇了，有些今天下午就已经到校上课了，被捕的学生恐怕是没法营救了，宋先生和地理教员现在都又站到老吕那边去啦！

秀 怎么那些学生……

陈 不是的，老吕发动学生家长们说话，同学们又没有人支持，连发的反对老吕的宣言都登不出来。

秀 你打算呢？

陈 我也准备离开学校了。好啦！……我走了，明天再谈。

〔唐太太持衣物上。

太 怎么？

陈 我要回去了。

太 雨下得这么大，怎么走呢？这些……换一换吧！

陈 不要紧，再见啦！

太 再见。

陈 曲先生我走哪！

秀 呵！

〔陈下。

太 路上可小心呀！挺黑的，你怎么还等在那，不舒服吗？头痛粉我都泡在杯子里，喝下去吧！大口喝，披上不好，还是穿着换换吧！

秀　雨下得好大呀！

太　落了一整天了，下阵雨就该换秋天气节了。

秀　有点冷。

太　可不是，天气凉了，你又浑身湿得透透的。还是把孩子放下吧！

秀　她睡着了。——这是什么声音？

太　（听）这是蛙，一落雨它们就跳到台阶上来了。

秀　现在很晚了吧？

太　不晚，最多九点钟。

秀　好静呀！

太　下雨天，谁还在街上走！

秀　我有点累！

太　你还是进屋躺躺吧！别再生病，不管怎么样自己身体要紧。

秀　不，我还要出去。

太　你今天晚上不睡在这里吗？

秀　我想……就是带着孩子不方便。

太　旅馆怕没有房间了！今天睡在这里，我想没有什么关系。

秀　谢谢，你真……我真觉得不安，你待我是这样好，可是我必定得出去一下，那两个学生一直没有回来，我不放心。

太　她们也不是小女孩子了。

秀　不是，她们在这里是没有什么亲戚的，两个都是战地保育院在汉口抢救出来的，去年才从湖南保送到我们学校里来。

太　你真是太好了，若是我，可不格外操这些心事，人哪！有时候你热心，也赚不出好来。

秀　她们身上今天一个钱也没有。

太　你累了，我看还是躺躺吧！

秀　我是要躺躺，等会再去找她们。（抱孩子下）

太　（叹息，呆想，又摆脱什么似的站起来，开窗）雨可真不小，谁呀！（就手提起秀芳所脱下的那件湿淋淋的旗袍）

陈　（声）我，还没有睡呀！（持破伞上）我还有点事情找曲先生，没走吧！

太　没有。

陈　严先生也太不像话了，他从这里出去，就借曲先生名义到《广西日报》上去登向吕校长道歉的启事。

太　曲先生刚躺下，她说累了，我叫叫她去吧！

陈　叫她不叫呢？我看……我是想告诉她一个消息，农场吴场长有电话，到处找她，她们是大同乡，说是要送点钱给她用。（时曲秀芳上，可以看出准备外出的样子，头发已梳过，并且换了衣裳）曲先生。

秀　你没有碰见淑蕙她们吗？

陈　没有，她们也许到孙玉蓉家里去了吧！

秀　我真不放心，她们手上今天一个钱也没有，她们都是孩子，受不得委屈。

太　这件衣裳，我给你拿到盆子里去泡着，好洗啦！

　〔唐太太下。

秀　谢谢。

陈　你看这个太太真是，就是科学制造出来的，这都是教会学校在中国留下的成绩，若是……

秀　我觉得唐太太还很好,就是说还善良,坐下吧！为什么不坐呢？

陈　你刚才生我的气了吧！

秀　没有，不过我对社会更为认识深点了。

陈　你是说……

秀　不，不是说你。

陈　你想刚才我怎么能插话呢？我是第三者，而且……严先生又要把我也圈在你们夫妇的事情上。

秀　是的，可是刚才他在这里耍流氓的时候，我就是需要第三者出来说句公道话呀。平常我们不是"真理""正义"的不离口吗？那是理论，在人生上我刚才算是碰见了，我就要第三者的正义支持，在你们第三者，就是社会呀！就是社会的力量呀！不过事情过去也就算了，我记得在一个女作家临死的一句话里说："我最大的悲哀，就是女人。"我现在懂得这句话，是多么沉痛了，你看，社会就不庇护我。鲁迅说过："受伤了到森林里去，自己舔舔伤口，好了再出来作战。"可是这也得有个森林呀！还有森林作保护呀！我呢？连一棵作为庇护的大树也找不到，我现在想家，想我的祖母，和我的一个姨妈，想我窗下的那棵丁香树，我从来没有过这样的疲倦，我要休息，我要好好地休息了，人生不快快乐乐的，为什么向苦痛里走呢？只多我们再过三十年，这不是很短的一段日子，为什么不过美一点的生活呢？你比我小吧！

陈　我二十八岁。

秀　是的，比我小两岁，我今年三十岁了，离开老家整整十三年了。做了一场噩梦似的，这梦好长呀！

陈　你好好休息休息吧！我知道你受的这个刺激太大了。

秀　是的，太大了，我最大的悲哀，就是一个女人，我要退伍了。临退伍之前我必得先把淑蕙她们四个人安排好，我希望你能帮我的忙，好吗？

陈　农场吴场长到处打电话找你……

秀　吴场长么！不是一个好东西，找我做什么？

陈　说是要接济……借钱给你。

秀　这是些最坏的东西，他为什么要借钱给我呢？是的，我知道为什么夫妻间离婚，必有第三个人插足。没有第三个男人支持，一个女人不管怎么讨厌她的男人，可是没有力量摆脱开的，要摆脱就要在社会上找个支柱，捉在手里，可是我不……陈先生，人生是太可怕了，你说不是么？

陈　是的，我看你还是休息休息吧！你太累了。

秀　并不累，为什么你老是避开正题呢？

陈　（笑）不是避开。

秀　（深意的感到这笑的虚伪）好啦！你该走了。

陈　那么明天怎么见到你呢？还在这里吗？

秀　到我家里去！

陈　你回去了么？

秀　为什么我不回去呢？好啦！明天再见。

陈　好。

秀　谢谢你，大雨天，路又黑，还跑来。

陈　哪里哪里。再见啦，你好好休息吧！

秀　好，再见。

〔陈下，秀芳颓然地倒在沙发上。

〔唐太太穿睡衣上。

太　好睡啦！天不早了。

秀　是的，不早了。（坐起来）这雨声……明天还要下么？

太　天上一颗星不见，看样子不会晴。

秀　唐太太，你先睡吧，我还不想睡，睡也睡不着，我要等等她们。

太　你要睡一睡，我看你是太累了。

秀　是的，太累，你先睡吧！

太　那么我陪你坐一会儿吧！

秀　街上还有汽车哪！

太　那是电影刚散场吧！——曲先生，你不要太认真了，夫妻们总是这样，吵啦！又好啦，好啦，又吵啦！就是说些不中听的话，也都是在气头上，要是都认真起来，我看世界上就没有一家白头到老的夫妻。再说，孩子大了，那么夫妻间就有一个牵连了。尤其是战时，你说，找事做吧！也很难，工厂工厂停工，教书教书不能养家，谁不都是破破烂烂地混日子，把抗战这一段混过去了，打胜了，日子就不同啦！那么大家心情都挺好的，自然而然也不会吵架了。因为大家都有工作，譬如说夏天来了吧，到青岛去玩玩呀，或是到北戴河去呀！看看那些树木，北方的夏季的蓝色的天、白云，心境多么广阔呀！就是在海边躺一躺，也就觉得生活的美了。

秀 是的，若是打胜了，重新建设开始了，那是光辉的。可是那太远了。

太 不远，柏林就要拿下来了，怎么会远呢？

秀 我总觉得这一生距离那种辉煌的中国还很远似的。

太 不远，绝对不会远。

秀 那么我在老家里等待着这个日子。

太 你还要和严先生分开吗？

秀 你是看到的，我们俩是冰和火……

太 睡吧！天不早了。

秀 呵！

——幕落

第四幕

时——一九四五年五月一个晴朗的早晨。

景——地主家宅的作为走道的厨房，左右各具一门，其一垂着破旧棉门帏。舞台正面是两个大的木格的纸窗，中间是后门，开处可见山脚前的老树、小溪、木板桥、狐仙小庙。门上供奉着灶神及家主的牌位，香火、泥炉、烛台等物。两窗下各有砖砌一口锅灶。墙角农具杂陈。

幕开时——老魏头儿蹲在灶口抽烟，古大姨妈在搓麻线。

魏　昨天晚上雷声可大呀！半夜就把我吓醒了。

古　可不是！

魏　五月啦！也该打雷了。换节气啦！

古　人老了，眼睛也不济事啦！（叹息）

魏　芳姑娘都三十出头了，人怎么还会不老呀！快呀！日子也到啦！咱们这辈子可算是完啦！（抖烟灰）

〔曲母上。

曲母　你怎么嘻不套车呀？怎么懒得一坐下来就不会动啦！人家村公署不是一天两三趟的催嘛！

魏　我多晷晚儿懒啦！（立起来）我这刚才还和古大姨妈说，大车的轮子都老得不中用了，有这么大一个裂口。牲口吧，牲口也没有一匹挺妥的……这正没法，还当是老当家的去挖战壕啦！

母　大车轮子坏了，不会用绳子扎一扎呀！我早就说过多少遍了，你知道这不是往年，我还不知道大车轮子该换了！若是往年，咱们家还使唤这样的破车，不早就拆拔零碎烧火了，可是如今咱们不是手头受紧吗！手里稍微宽裕一点，咱们嘻要自己出车，花钱雇工代好啦！再说咱们就是有钱也不换那个车轮子，又像去年秋天似的，把咱们大车征去啦！丢到汲坑就不管了，咱们那匹马驹子怎么死的？还不是大前年冬天号官车，上山给拆挡死的。你就忘了，你怎么不想想，村公署说是赔，两年了，连赔的影子都看不见，大车还不是那一趟给糟蹋坏了！皮带，皮带断了，牲口，牲口一个一个瘦得皮包骨头架子，嘻要换呀！别换啦！用绳子绑绑凑合着吧！

〔魏下，曲母目送其背影，其光犹灼灼然。

曲母　我的头巾呢？他老姐——我的头巾。头巾？在这儿，找到啦，他老姐，你那是做什么哪！

古　给芳姑娘做双鞋，搓点麻线纳鞋底子。

曲母　芳姑奶奶！怎么老是改不过口来。你老是芳姑娘芳姑娘的，下边的人怎么称呼——拿过来，我看看你搓的麻线哪！这些麻线……

古　在箱子底下藏了七八年的啦！

曲母　我说，怎么这样细发呢？不是从我那个破箱子底下找出来的吧！

古　我怎么会到老太太那里去找呀！这是我……

曲母　我是这么说呀！又当真的了。（掷还线麻）我要掘战壕去啦！到晚了，又得要罚钱，晌午不要叫人给我送饭啦！我前怀揣着干粮。姑奶奶呢？

古　她呀！她领着国华到后河崖玩去啦！

曲母　她回家来，没对你说住不住得惯？

古　我也不知道，家吧！住不惯，住得惯，总是家呀！横竖比在外边漂流强，（时曲母下，她一人还在说）一个人无依无靠的，若是她男人不死，不是也手里抱着孩子了，命嘛！什么都是命，不信可不行。

〔大德上。

大　什么命呀！

古　不是命怎么的，人家书上说南斗还没有注定生，北斗就先注定死啦！不信可不行。

大　（厌恶什么似的叹息）吆！

〔老魏头儿上，后门开处，透入春天的阳光，春燕声呢喃可闻。

魏　老辕马，倒下不动了！我看怎么办吧？就我一个人，忙了这头，顾不了那头。就说把大车轮子绑绑吧！可是得有一条结实绳子呀！都是配给的稻草绳，一万根又有什么用！

大　哎！你不要和我说吧！

魏　那么我和谁说去！老当家的叫我套车，（坐在矮凳上）我也不知道该向谁说。

大 我求求你好不好，我自己还不知道向谁说去呢！

〔沉默。

大 快过五月节了吧！

古 五月节，还早呢！

〔沉默。

大 都有燕子了！（走到门口）好像多年没有看见这样的天气啦！大姑奶奶呢？

魏 在河岸上一个人坐着发呆呢！

大 发什么呆，来了就住着哗！（叹息）老太太还指望着她扛起这个家来呢！

〔郝家骥上，还没进门，就听见他大声地叫着："怎么院子一个人也没有呀！马都弄开笼头了。"

郝 大德呀！我是来看看秀芳的，听说回来有一个月了，是吗？

大 你真是稀客，坐吧！

郝 我怎么早不知道呢？听说就一个人回来，是吗？

大 是。

郝 那个姓严的先生呢？

大 死掉了。

郝 死掉啦！嘻！真是，什么病死的。

大 我也不清楚。她在后边呢！我去……

〔大德媳上。

郝 二婶子，怎么，好呀！

曲媳 我说一大早喜鹊叫呢！你看，你来了，他也不知会一声，像块木头似的。姨妈，你去倒茶呀！又在那嘟嘟什么？

古 我嘟嘟什么，什么也没嘟嘟。（下）

郝 姨妈也到岁数了，怎么样？又要换烟民登记证了。

曲媳 是呀！我这不是一大早就和我们那个老把家吵了一回嘛！你说，我们家的日子，可怎么过呀！我这嘎想到你们老太爷那里去，想把柳条沟那块稻子地押出去！

郝 咱们哪会有钱押地呢！就是日本人也都不向外放债了，你不知道，街面上钱才紧哪！谁手里都没有现款。怎么？你们老太太的意思呢？

曲媳 怎么还必定是老太太作主呀！反正地照在我手里，再说他爸爸也不是孩子了。过日子呢？各人有各人的打算，再说也没有百年不分的家，住在一块，我可受不了的气，我就是看不惯人家的脸子。

大 说这些做什么，真是……

曲媳 什么真是假是的，反正我是受够了，在你们曲家我就没有过过一天的好日子。

大 （向魏）你是蹲在那儿做什么呢？

魏 我不是说车坏了……

大 车坏了，又有什么法子呢？你是做点什么呀！咱们都这样闲着。

魏 做什么呢？

大 我知道做什么呢？就是出去荡荡也好呀！老太太若是看见都这么闲着，又该说话了。（魏下）真是……唉！

曲媳 你看，我这想找国华去，说着话就忘了。你们到里屋去坐吧！

〔由后门下。闻呼："国华！国华。"

郝 好，好。大德！秀芳还要出去吗？

大 谁知道！大姨妈，大姨妈。你磨点豆子，咱们今天晌午吃顿小豆腐好吗？

古 （声）我这哪有工夫磨呢！（上）芳姑娘快过生日了，我这还得把鞋赶出来。也不知道穿得惯穿不惯硬底子的……

大 奶奶不是不回来吃午饭吗？

古 说是那么说了。

大 把豆泡上吧！快！（向郝）在这里吃小豆腐吧！歇会子我去掘点野蕨菜，五六年没有吃！

〔曲媳，怒气冲冲声：“还不赶快滚进去，站在那是做什么？打一百遍也不改，非送你到学堂里去不可。”上。

芳 （声）算了吧！都是我不好。（上）是……郝先生，什么时候来的？

郝 我当是你不认识我了，你好吗？

芳 你胖了呀！

郝 胖了吗？大德，秀芳说我胖了。

大 噢！

郝 整天不担心事，是胖啦！我开了一个杂货铺，什么都统制，配给，快赔光了，若是别人早愁死了，可是我不那么傻，我如今，什么都看开了。你这几年怎么样？跑了不少大地方呀！

芳 是到了不少地方。

郝 怎么，老严过去了呀！

芳 呵！

郝 多喒晚去世的？

芳 好几年了。

郝 没有留下个孩子呀！

芳 没有。

郝 哎！真是，年月赶的！我又说啦！该早回来，可也是，回来就兴许不及外头好。真是呀！我有了两个孩子啦！

芳 多大了？

郝 大的七岁啦！

〔魏上。

魏 老当家的回来啦。

大 不是挖战壕去了吗？

魏 说是今天不挖了。

郝 秀芳，你看俄国能来打吗？（低声）听说南洋打得不大好，琉球快给美国打下来了，是吗？

芳 不知道，我不大清楚这些。

郝 日本暗察可挺多呀！不清楚挺好，回来可少说话呀！秀芳，（恢复常日口吻）你回来了，好像大德也有了些朝气，你没看见呀！往日他一天到晚躺在烟铺上呀！

大 你怎么知道？

郝 听人家说吧！老魏头儿你说是不是！

魏 那可不，好多啦！我们二东家昨天还跑到山脚下边和我们家姑奶奶一起钓鱼哪！

大 昨天天气可真暖和，我蹲在河沟子那边，待了半天，晚下抽三四份烟，就算睡不着了。我想起北京来了。

芳 郝先生，你还记得九一八事变那年夏天，我二叔从北京回来的时候吗？

郝 那怎么不记得，清清楚楚的，我那时候到你们后草甸子打水鸭来嘛！你那天晚上，我还记得穿着白衫黑裤子……见了我就说头痛，是吧！

芳 那时候，我们都是单纯的，可以说都是幻想最多的时候。我记得那时候，我看见二叔，心里多高兴呀，二叔走道，就像一个军官一样，洒脱，生气勃勃的，有很大志气和抱负似的。

大 （叹息）都过去了。梦一样的……做了一场梦。

芳 你现在还是在做梦，你的梦还没有醒。

大 醒着！醒着！

芳 醒什么啦！醒了就不会这样了。

大 你叫我怎么样呢？你二叔这一生算是完了，送到老太太手里了。她像一棵大树一样的，她围护着我，可是阳光和水分也都给她一个人吸收去了，在她跟前就长不起来的。

郝　哎！也是呀！这是实话。

大　我总得找个缺口呀！我要活，可是得有一条出路呀！抽大烟吧！就这样抽上的，你叫我整天活着做什么呢？

〔曲母上。

郝　老太太回来啦！

曲母　噢！什么时候来的？你们坐着说你们的。（向魏）怎么你又在这蹲下不动了呀！把二马子牵到河沟子去饮饮呀！

魏　（笑）饮过了呀！

曲母　什么时候饮过啦？

魏　就是刚刚饮过的。

曲母　你又扯白话啦！我就从河沟那边来，多会儿你又回到牲口棚去过，我就没有看见你。

魏　（被揭穿地霍霍笑着）老当家的就是牲口上在心。

曲母　真是他魏二伯越来越偷懒了。（向郝）你什么时候来的？

魏　给它喝井水它不喝！

曲母　人家兽医说是饮泉水，就剩下这匹老牲口了，委屈一下吧！回头，再抽烟，（向郝）老太爷还好吗？

郝　好。也让我给你带好。

曲母　你坐着吧！我这还想去看看白菜地。

郝　老太太，我从后山口来的时候，看见有两个高丽人在那偷着砍你们的树呢！

魏　（正要插起烟袋向外走）前两三天就偷着砍了。

曲母　谁呀！

魏　老洪盖爹儿两个。

曲母　你怎么早不说呀！

魏　我说还得有用呀！我可管不了。（下）

曲母　要偷，他们也得等到天黑呀！（向芳）你这回可看出咱们给这些人欺负到什么样了？

芳　是，奶奶操心。

曲母　操心，操心过好，也好呀，日子又过倒了。

芳　这也不怪谁，大的地方，我是说大梁倒啦！墙角怎么修也白白的。国家不是还没有打胜吗？

曲母　国家，国家早忘了老百姓啦！（匆匆下）

大　（叹息）

芳　奶奶！（随之下）

大　咱们到里屋去坐坐吧！今天在这住下啦！

郝　不，我还要收两笔账，芳姑娘变了，了不起，了不起。

〔大德、郝家骧由侧门入。

古　都长大成人了，还有不变的。我可是说过……

〔芳上。

芳　二叔呢？

古　谁知道他们是不是进里屋去啦！

芳　在外边就想家，到了家就又想走……

古　我这给你想纳双鞋底，也不知是大是小？

芳　姨妈？

古　什么呀！

芳　我问你一句话，你可不要对奶奶说。

古　问什么呀！你大姨妈老的，这几年什么都糊涂了。

芳　姨妈，你愿意到外边去不？

古　到哪去呀！我这么大岁数了，土都埋到颈子上啦！你奶奶还藏着许多粮食，就是我一个人知道。二虎子他爸爸，那个老更倌在世的时候，不是在后山掘了个暗窖吗？老更倌死了，如今有十五六年啦，坟上的土堆都要塌了，你当是二虎子上了山去啦！拉着大旗，还能想到过年过节，到他爸爸坟上来看看，早忘了。人家不管怎样，还算有这么个亲人，人家在咱们这里可干了一辈子活计。头两年，过清明节，我还到他坟上去烧两张纸，在阳间受穷就罢了，可是在阴间别给钱"别"着。可是这两年，腿劲儿也没有了，走两步，就发酸……

芳　姨妈，人死了就算啦！让活的好好地活着就是啦！二虎子总算有出息的明白人。比二叔明白。二叔光知道发愁，快变成废物了，姨妈，你也劳碌了一辈子，在曲家就没有过一天的舒心日子，我在外边常常想姨妈，（哽咽）就这么一个亲人，疼我，爱我，姨妈，你别难过。

古　（呜咽）我心里委屈……在你们曲家一辈子……没有人把大姨妈看在眼里……若不是你妈丢下你再醮了，……我也不会留下来。

芳　姨妈，别难过，你看，又淌眼泪了，别难过，难过什么……你不是看见你外甥女儿长大成人了，见过大世面了，心里高兴吗？

古　我心里委……屈。

芳　姨妈！

古　若是你跟前有个孩……

芳　有孩子。

古　有孩子？

芳　姨妈，别问这些吧！我们这一辈有我们这一辈的苦楚，姨妈不懂。

古　不是你说没有生过……

芳　送给人啦！

古　净说胡话，孩子怎么好送给人！

芳　有人来了。（摇手示意）

郝　（声）好啦！我想想，尽力去办就是啦！（出现）我要走啦！秀芳，什么时候，到城里看看我的孩子去？好吧！

芳　为什么你不吃过午饭走？

曲媳　（由门帏处探身说）我不送了呀！

郝　不送，不送，（向芳）我还要去收账。

〔大德上。

大　还是吃过饭去吧！

郝　不啦！有空我还会再来的。怎么样？你什么时候进城？

芳　我……我托你一件事怎么样？

郝　什么事？

芳　就是——我要领个旅行证到北京去一趟，我那里还存着一点东西，想带回来。

郝　那么老太太……

芳　我不想给老太太知道，那她又该拦着了。她怕我再出去，就难回来了。实在，我不回来，到哪去呢？我也在外边漂流够了。

郝　好吧！（时芳匆促由另一侧门下）怎么？到北京？

大　我也不清楚！（叹息）

芳　（匆促出来）哪！这是我的"入境证"，新领的"国民手账"，这是我的相片。

郝　你不会不回来呀！（欲开玩笑而未能）

芳　不回来到哪去？两天内能办好吧！

郝　办好！我今天晚上还要赶回去。末班车，到四点钟哪！可是你什么时候进城来呢？你要赶火车，可得要在我那住一宿。天亮就开啦！

芳　就这一两天……好啦！拜托，拜托。一定不能马虎呀！

郝　当然啦！好，再见。

大　慢慢走！我不送啦！

郝　不送不送。你也别送啦！好好。

芳　一定呀！

郝　一定，一定。（下）

大　（沉默久之）怎么又要走？

芳　又要走。

大　住不惯吗？

芳　不是。

大　怕担家里这份担子吗？

芳　也不是。

大　那么又为什么呢？

芳　住不下去。什么也不因为，住下去，就觉得空虚，一天比一天空虚，无聊，烦闷。

大　（叹息）我理解……我都理解。

芳　二叔理解？

大　我怎么不理解呢！昨天你在那钓鱼，我靠着那株老榆树坐着，你不是问我想什么吗？那时候，半空有两只老鹞子，盘旋着转呀！飞呀！我就想起从前在北京住公寓的时候了。春景天，在北平图书馆的背后草地上一躺，也不知道都想了些什么。那蓝天，那高高的白塔寺背后的广阔天空，和在半空飞着的那些鸽子，都和我不相干似的，我可是常常这么看着，可又不在眼里，我不知道还是从小说上传染的忧伤病呀！还是怎么的，总想是要得到一个东西，可是得不到。我有许许多多梦想……唉！昨天我望着望着那些抖着翅膀向天越升越高的百灵子，和那两个在半空飘游着的魂灵似的老鹞子，我就又想起从前我自己的影子来了。我是变喽！变喽！变成另外一个人喽！为什么你又回来呢？你要是不回来，我就那么做着梦，在梦里糊里糊涂死去多好，你回来，又给我打开一个窗子，可是你又走了。

芳　可是二叔，你要知道，我那时候走投无路，我不回来向哪去呢？我和几个学生住在一个朋友那里，人家不愿意，有话说不出，我又没有别的地方好住，我们手里一个钱也没有，又下着大雨。那天我就带着两个学生吃了一顿饭，我说不出的想家，我觉得太累了，太疲倦了，我想找到地方，休息两年，好好读点书，安安静静生活两年。我花了很大的力气，总算把那两个学生送进育才去了，我算卸下了这个重担子，我准备好路费，把他们打发走了，我就偷偷一个人上了火车。

大　怎么偷偷地？还有谁管着你么？

芳　不是……我是说……懒得和谁辞行，悄悄走啦！就算了。

大　那怎么又要出去呢？家里不是待你都不错么？就是老太太吧！虽说你去的时候，气了些日子，说是家里人谁也不准提你的名字，权当是没有这个人。可是第二年，就想了，一到五月里丁香开花的时候，她就说："丁香又开花了，两年啦！"我知道，她是想你，因为就是那棵丁香树第一年开花的时候，你离开的家。可是你回来，奶奶一个过去的字儿都不提，可是背后总是问我，提起过去她怕你伤心。老太太，可懂，明白，喜欢你。就是你二婶吧！（向有门帏的侧门注视了一下）虽说是乡下人，没受过教育，可是也没有说什么！

芳　我知道，家里人都待我好，可是我实在不能再住下去啦！（时魏上）我……饮好牲口了吗？

魏　饮好啦！

芳　那么抽袋烟歇歇吧！你也累了。上岁数的人啦！

魏　累倒不累，就是麻烦。

芳　（向大德）我是说，人不能光为着吃、睡活着呀！要是光为着吃饭、睡觉，那么活着又有什么意思呢？我现在想起来，在外边这几年虽是过得苦，可是活得比在家里待着还有味一些。就是在广西吧！可以说受的打击最大，可是，我想起来，下着那么大的雨，我在雨里奔波着，还没有吃晚饭，可是那是生命力最强的时候了。我现在觉得那时候，生活得有意义，生活得骄傲，生命都放着光，都发亮，可是在家里这么空闲下去，就像是一个退了伍的军人，虽说有吃，有喝，什么也不担心，可是生活完全失了意义，空虚无聊。

魏 姑娘说得是呀！我心里闷得都着虫子啦！就不要说姑奶奶在大城市里混过的人了。不用说远啦！就退回十年去吧！那一天，我的大鞭子不在到八棵树车站的那条大道上甩呀！甩得像放鞭炮那么响，那时候，老高丽若是喝醉了酒，倒在车道上，谁还用鞭子抽他起来呀，放开鞭子让大车从他身上压过去就是啦！压死了也没有事呀。如今，如今你走大车，得下来牵着牲口给他们让路。那时候，咱们不是还有主子呀！就是说大车店吧！那条大道上不是隔着三五十里就是一家。天黑啦！大车一落院，不管什么交给更倌就是了，店主得过来接大鞭子，小酒壶手里一捏，两条腿在炕上一盘，可就是咱们享福的时候了。如今呀！汽车道一开，大车店都找不到啦！什么都完了！人也老了，腿也懒了。

芳 是呀！可是就是魏二伯还没有变多少呢？

魏 老喽！（抽着烟管，提着水桶下）

大 那么，可以帮着老太太支撑家呀，你不是说空闲吗？

芳 家怎么支撑呢？这是从整个上来的，国家胜利了，那么老百姓才能翻身呢！

大 出去呢？

芳 出去自然是站在大队里，从根本入手。

大 什么大队？

芳 就是说和许多在那掌握着中国历史命运的朋友们，在一块儿，就像舵手，许多舵手、水手，驾驶一条大船一样。从惊风骇浪里冲过去，冲到一个理想的海港。

大 你也是一个做梦的人，我可是……做着梦也好呀！能做梦的人，就是有福的。

芳 什么做梦？

大 做梦，做梦的人自己是不知道做梦，要是知道了，那怎么能叫做梦呢？我从前，也做过这样的梦，可是梦醒了，自己心里一空，就害怕啦！就像掉在水里啦！赶紧着手里捉块东西，就这样，我捉到手里的是烟枪，好啦！心里安稳了，认定输了，就又做别的梦啦！你看，你那眼色，好像我有什么阴谋似的，好像我是凶手……

芳　我是想二叔说的话。

大　不是，你刚才那种眼神，好像我是你的仇人一样，你心里一定是讨厌我，你说，是不是？

芳　我不愿意说什么了。——是的，我最是厌恶懦夫，糊里糊涂的人。

大　我不糊涂呀！秀芳。你也这么说，我难过。

芳　别说这些吧！好啦！

大　不，为什么不说呢？没有人理解我，是的，我也是想，一天到晚，像狗一样的，吃饱了，舔舔嘴唇就找一个阴凉地方一躺，那这一辈子，又有什么意思呢？可是它不知不觉还好，可是等到有那么一个大雪天，它听到立马峰上的狼叫，那它就会跳起来，竖着耳朵听了，它想起无边无际的阔野，它想起那阔野的自由生活了。

芳　想起又能怎样呢？

大　想起来就是了。

芳　想起来又怎样呢？

大　我是这么说说，想起来它又能怎么样！我是这么说呀！

芳　那说它又有什么意思呢？

大　没有意思。

芳　没有意思说它做什么？

大　我昨天晚上一夜没有睡，就这么想的！得能有什么意思呢？我是过时的废物了。

古　芳姑娘，你怎么，你们说什么，说着说着吵起来了。

芳　没有吵。我们这闲说话呢？

大　自然你走也好，我也没有拦你的意思，我是心里闷得慌，我有许多话，我对谁去讲呢！

芳　我是不喜欢二叔的旧书生气。一天到晚叹天叹地的，明明知道往没落里去，又不肯振作，重新做人，还老是找些话安慰自己。又想这，又想那，不去做，不是白想吗？要是有志气，到底把大烟灯一摔，出去呀！我不是没有说过，我可以带你去，不怕没有事情做，可是什么事情都是自己去主动，别人是没法勉强的，而且也勉强不来。

大　我是说……心里痛苦，没有人理解我。

芳　要人理解做什么呢？你做了以后，自己理解就行啦！何必要别人理解？

大　自然啦！

　〔沉默。

大　我是完喽？

　〔沉默。

大　若是我不很早的结婚……

芳　好啦！我不愿意听。

　〔沉默。

大　姨妈豆子泡上啦？

古　泡上啦！

大　你回家来，还没有吃过小豆腐，我想拿把铲子到河岸上，给你挖点蕨菜。

芳　我也不喜欢吃！二叔躺着去吧！这两天午觉也不睡。

大　我要去，你不是小时候最爱吃小豆腐吗？

芳　现在不大喜欢了。

　〔魏上。

魏　老当家的呢？

大　不知道哪去了。

魏　咱们那匹小牛给领腰高丽拉去啦！

大　为什么?

魏　为什么还好啦! 他们不讲理。那头小牛吃了他们一点豆子,可是谁叫他们把豆子摆在场园上呀! 牲口也不是人,还有多少不插几口的! 他们可怎么样也不给啦! 他们要罚咱们。

大　你找老太太说去,怎么什么事都找我呢? 铲子呢?

芳　老太太知道又该发脾气了,本来就够苦的,他们要罚多少钱?

魏　要罚豆子!

大　就给他们豆子好啦! 要多少给多少! 好啦,去吧!

芳　怎么要多少给多少?

〔曲母上。

大　再不,叫他们偷着砍一棵树吧! (突见曲母,窘极) 妈!

曲母　又叫谁偷着砍棵树呀! (左右巡视) 呵?

大　没有叫谁……我们这里说,有人偷砍咱们的树。

曲母　你知道是谁叫他们去砍的么?

大　不知道。

曲母　你老婆! (坐下) 秀芳,你们听说过吗? 当儿媳妇的背着她婆婆向外借债,卖树! 你们听说过么? 他魏二伯? (沉默) 我说,这日子怎么越过越倒呀! 外头人,外头人欺负咱们没有主子,里头人,里头人做仇口,怎么还有不倒的? 日子怎么还能过得下去。 (沉默) 我说,你们两口子,怎么一天到晚地不下坑,白天黑天老是抽呢!

芳　奶奶! 不要生气啦,实在呢? 谁家的日子不苦,只要是中国人,还有不苦的。

曲母　你们都先出去,我和姑奶奶说两句话。

〔魏、大德皆下。

曲母　他老姐,你到菜园子去看看,别让猪拱进菜地里去。再看看厨房里的苞米糁子,煮好了没有?

古　那些猪呀! 就是忘不了吃。 (下)

曲母　（平声静气）秀芳！你这几天有什么心事似的，是吗？是不是住不惯？

芳　没有，住得惯。

曲母　咱们手里还有钱，你留在家里，咱们饿不着，后半辈，你们也够过的，后山的地窖里，我还藏着一些粮食。我还得活几年。你奶奶辛辛苦苦为的是谁呀！我早就想过，把他们两口子分出去，也省啦大家不和气。你呢？在家多住些日子，什么都熟手啦！有一天，老天爷愿意叫我回去啦！那么也有个交代，愿意再找主呢？咱们就招个女婿，不愿意呢？把国华抱过来，咱们得顶起曲家这份门户来。再说有那么一天，我在地底下碰见曲家的老祖宗，也有个脸面。我这还想，你好好歇一两个月，我带着你，看看咱们的地边，有的地边界立着石头，有的呢？河一改道，老河身和新河身的地界都变动了。后山的草甸子想分给大德他们两口子，今天你就进城找国华他大爷家来人。明天是个黄道日，就请了四边地邻来分家。我这副担子，实在也负不了啦，太重啦！

芳　奶奶，我看还是再担一年半年的吧！就要打胜啦！那时候，咱们的日子才能好。

曲母　我就不信咱们还会有兴旺日子。我活了一辈子，从民国换了朝代，就没有一天安稳日子。你在家里待着我看也闷得慌，进城去一趟，当是走一趟亲戚，反正在城里不攀纠屯下，暗察多，少说话，就成啦！又有汽车，可是郝家骥呢？

芳　他早走啦！

曲母　好啦！你答应我这么办啦，是不是呢？

芳　奶奶！你老人家……是，我也知道奶奶操劳了一辈，辛辛苦苦，可是咱们的国家不是过去那几年太不中用吗？当然人家欺负咱们。可是眼看就要好了，美国人已经快把琉球拿下来了，咱们要是打胜了，日子就会好起来啦！

曲母 你别和我说这些没有用的吧！我听了多少年这样的话啦！你说，是不是咱们这样办好？咱们若是这样办呢！明儿个我就约咱们地边界的四邻来。你有什么为难的呢，这是我做的主，谁敢说什么嫌话？——好啦！你想想吧！若不，咱们还有什么法子，儿子，儿子不争气，媳妇，媳妇整天价和我斗气，早就安心要分开了。就这样吧！你好好想一想，若是外头没有什么挂恋的呢？

芳 没有。可是我什么也不熟，挺着过日子，怕挺不来。

曲母 慢慢地不就熟了。这也不是作文章，还有什么难的。好啦！你再想一想，晚上再告诉我，你奶奶的打算对不对？我是早就想好啦！除了分开，没有第二条路，若是你早回来，早就在两下里过啦。我是怕万一有个风雨什么的，没有人接手，曲家不是完了吗？我活一天，可不能叫曲家的门户倒下。我这还要到高丽屯去看看，换口小猪，明天好杀。这是分家的老规矩。可不能给人家笑话。回头，你们吃饭吧！（下）

芳 （沉思久之）我要走。

魏 （上）怎么，老当家的……

芳 你不要向老太太说了。他们要罚多少豆子，背着老太太量给他们就是了，老太太正是不舒服呢，二叔呢？

魏 在那屋，二东家！

〔大德上。

大 怎么？我这还要出去掘野菜。

芳 二叔，我有话找你说。

魏 那么，我答应他们给豆子啦！

芳 好。

魏 我去啦。（下）

芳 二叔。我今天就要走。

大 今天？

芳　是的，我马上就要走。（**四顾一下**）奶奶刚才说，要我撑起这个家啦！我不能答应，可是奶奶老是追问，我又不能说什么，我心里难过。奶奶辛苦了一辈子……可是她的时代过去了。我看见她那像是沉在水里老是要捉块东西的样子，我真是说不出的难过。可是我不能伸手拉她，她太重了，我拉也拉不起来。二叔，你那想什么？

大　没想什么！是的，都沉在水里要淹死了。

芳　二叔，我和你说正经的事，你别老是低着头想了，你坐下来，我一看你那个样子，心里就不知道说什么好啦！

大　呵！你说吧！我这听呢！

芳　你不能赌口气把烟灯摔了么？

大　我是完了，我的时代也过去了！

芳　我的话你就根本没听进心里去！你为什么这样，……一点骨气也没有了呢？二叔！

大　呵！

芳　你那想什么？

大　没有想什么！我听哪。你说什么，我都听。骂我吧！骂我，也好。我不会生气。我不糊涂。

芳　（**无奈何地叹息**）——奶奶，要分家。

大　分就分吧！她们婆媳不和，又有什么法子，有夹在当中……别走吧！秀芳！你走了，我们怎么过下去呢？你二叔，是完了。过时的人啦！活着呢？就这么混吧！可是你在家里，我的心还像有了着落。你不要走吧！就这么掷下我们么？

芳　我不能不走呀！

大　我心里难受，闷得慌。——那么你先到哪去呢？

芳　我自己也说不定，到了北京再说！也许先到重庆去。那里，还有我的学生。

大　钱呢？

芳　我可以先向郝家骥借，到了北平再想法还他。二叔，我拿一封信给你。（由另一侧门下）

大　（叹息）走也好，不走做什么呢？在家里当我们扶手么？我们是沉到水里了。呦！沉到水里了，沉得好深呀！

〔芳上。

芳　这是我昨天晚上钓鱼回来写的，我走啦！留给你和奶奶的。现在二叔不要打开吧！本来，我想谁也不告诉，就偷偷走了的。可是……实在我也不知道怎么说好，我走了，希望你常常想着我，对奶奶好一点，她老了。古大姨妈呢！是外头人，无依无靠的，希望二叔好好地待她，就像待我一样，她明天要是看不见我了……不知道怎么难过呢？对国华，要好好教育，不要惯他，养成一个又高强又良善，整洁，知道礼貌，果断而不粗暴……总之有大志向的青年。活泼，可不能轻薄。太老实了，将来就给社会压死了。若是我在外边安定啦！我希望把他交给我，我能好好地带他，我们这一代受了许多不健康的教养，也就吃了许多亏，可是我们的下一代，就不能让他们受些无谓的苦楚了。（时古上）大姨妈！

古　苞米糙子快煮好啦！你奶奶又不知道哪去了……

芳　大姨妈，我要进城去一趟。

古　怎么快吃午饭了，又要进城。

芳　奶奶说的，有点事情。奶奶到高丽屯子去了。你们吃饭吧！她八成晚上才能回来。姨妈！

古　怎么，又有事情啦！就提着那么个小箱子？衣裳也不换一换？

芳　不用换，姨妈——姨妈老喽！我看你这些额纹——多深呀！像一道一道山沟一样。

古　（笑着）老天可也怪，还不叫了我去呢！（拭泪）也不是活着没有受够罪怎么的。

芳　姨妈，我走啦！你这个裤子破得也该补一补啦！

古 哪有心思呀！我这糊涂，还补哪！就那么带进土里去吧！

芳 二叔，你别想啦！想什么呢？

大 没想什么。

芳 我去啦！

大 这像做梦似的，咱们不是做梦么？

芳 不是。怎么会是梦呢？我走啦！姨妈！

古 明天坐汽车回来？

芳 呵！姨妈，你们吃饭吧！二叔，不要叫二婶！你也不要送。

大 走走，我也走走。

芳 姨妈，你别给做鞋啦，休息休息吧！我也穿不惯布鞋。好啦！回来见呀！姨妈。（**由后门下，闻声**）我还要看看前院咱们家的那棵丁香树。

古 不做布鞋，穿皮鞋那多磨脚呀！如今人，真是。我们那时候，不都是自己做鞋。哪有买的？我还活了几年，也穿不了几回我做的鞋啦！

魏 （**上，自语**）曲家就剩那么棵丁香树没变了。

——幕落，全剧终

社员之家

陈桂珍　骆宾基　丛深

一

哈尔滨市的黎明：薄薄的早雾，从一望无际的高楼顶峰之间，可以看到北方早春的树木，旭日从枝丛间初升。

俯瞰一条宽阔的大马路，一片沸腾景象：中心部分是由无轨电车、公共汽车和轿车汇成的激流，两旁是鱼贯而行的自行车行列，最外边是川流不息的上班的人群。

广场的上空徐徐升起一个巨大的气球，下系飘带写着一行醒目大字"庆祝全市实现首季满堂红"！

一辆装饰得五彩缤纷的无轨电车绕广场前进。车里的售票员是不满二十岁的姑娘于春花，看一眼她的脸你就会知道，这是一个从来不知道什么叫作烦闷的姑娘，她现在正高举着一叠报纸，喜气盈盈地向车里乘客高喊："好消息！哎，好消息！全市提前十四天全面完成一九六〇年第一季度计划！"

无数只手伸向春花买报纸，她边卖边喊："看报啦！好消息！全国第一台五十万瓦汽轮发电机在电机厂创造成功啦！"

人行道上，车工周志民一手抱着孩子一手拿着报纸，边走边看，他的妻子安秀云快步地跟在他身边，安秀云的身旁还有一个背书包的"红领巾"跑步跟着，那是他们的儿子小建国。

周 （兴奋）看！我们电机厂又上报啦！

安 （口里衔着发卡，两手在整理头发）家里煤烧光啦，米也快吃完啦，今天都得去买。

周 （仍在看报，心不在焉）嗯。

安 中午还得给妈去取菜做饭。

周 嗯。

作为衬景的一辆俄国式送牛奶的早班马车，嘚嘚地走过去。

安 （央求）你请半天假吧，啊？

周 嗯。啊？怎么又让我请假？

他们来在十字路口。

建国 （穿越横道向右侧街口跑去）爸爸妈妈再见！

周 再见！

安 （从丈夫手里接过孩子）论理也该你的啦，我这个月已经请了六次假啦！

周 （安慰）你别闹平均主义呀，我们那是重工业，国家的命根子，不比你，少做一个绣花枕头没啥。

安 看你说得多气人！我们轻工业就不重要啦？不是两条腿走路吗？

周 （着急地争取同情）我正在突击跃进指标呀！（伸出五指来要查数给她看）你看我……

安 （固执地打断他）我也一样！（她向左侧胡同一看，只见远处有几十名女工正在集合排队，她更着急了）看！我们厂的报捷队集合啦！要不咱们划拳决定，谁输了谁请假！

周 （笑）好吧！

两口子天真地带着顽皮的笑容和侥幸心理，低头念了一句"石头、剪子、布"，同时伸出手来，一看，老周输了，秀云胜利地一笑。不容对方分说，抱起孩子急忙跑进胡同。

周　（着急地喊）秀云！秀云！

秀云头也不回，只顾向前跑，老周无奈，只好向正前方走去。

胡同里，一栋二层临街小楼房门旁挂着崭新木牌"共乐街三八妇女缝纫厂"。五六十名女工正在整队集合，队前大旗上一行大字"共乐街三八妇女缝纫厂报捷队"。队旗后面是锣鼓队，再后面是十名妇女组成的撑旗队，各用竹竿挑着一面奖旗。从厂子门里和胡同两头，这时陆陆续续跑来一些女工加入队列，有的抱着孩子，有的用小车推着孩子，女工们在喧哗和说笑声中透露着兴奋。有的向后面赶来的女工喊："快跑！"

二十七岁的女厂长王英从工厂门里迈着健捷有力的步伐走出来，裁布工何玉珍，一个四十岁左右的妇女，紧跟在厂长身边嘀咕。

何　王厂长，我今天一定得请假……

王　（动作敏捷地卷起报捷书，同时向队伍说）各车间查一下人数！（又回过头来向何）老何，你这二十天里就请了十二天假啦！

何　我也知道这不合乎跃进，可是我家里又没个老人，吃的烧的用的穿的里里外外不是都得我自己动手吗？

吃着馒头的车间主任，春花的母亲于大妈报告："厂长，刺绣车间缺五个人！"

另一个妇女报告："缝纫车间缺七个人，车间主任也没来！"

安秀云跑进队伍，急忙喊："我来啦！我来啦！"

王　秀云，快把孩子送托儿所去，就出发啦！

秀云应了一声。

王　（对何）这样吧，你上午回去忙忙家里活，下午来上班，要不裁枕头边没有人。

何　我忙完一定来，就怕忙不完。

何走开。

王　（跑到队头）敲起锣鼓来，出发！

锣鼓齐鸣，妇女们嬉笑着出发了。

走在队伍中间的秀云扬起一只手来："唱歌了！"她领唱头一句，队伍立即齐声合唱起来。

女工们唱着歌，走到十字路口，另一支妇女队伍也唱着歌从侧面走来，彼此互相招手，两支队伍并肩朝一个方向前进。这支队伍的大旗上写的是"共乐街蓄电池工厂报捷队"。当两支队伍相遇时，缝纫厂的十面奖旗忽然一齐高高地举在空中，接着电池厂的队伍也唰地一下把几面奖旗高举起来，不过只有四面，显得少一些。

电池厂的厂长冯翠英（二十来岁的姑娘）同王英并肩走在队头，她们回头看了看彼此队伍的奖旗，互相会意笑了起来。

冯　（调皮地一蹙眉）别看你们暂时领先，我们电池厂很快就要撵过你们！

王　（笑）太欢迎了！可是冯厂长，我们缝纫厂也不会睡大觉啊！

歌声中，两支妇女队伍走在新兴工业区的大马路上，那儿到处是高耸着漂亮的大厂房，一辆接一辆的满载欢乐人群的报捷卡车从他们身边驰过。有的车上锣鼓齐鸣，有的是铜管乐合奏，有的唱歌，也有的正燃放长长的挂鞭和腾空而起的"二踢脚"。各种欢腾的声音像旋风一样忽来忽去。

歌声中，妇女队伍跨过建筑款式雄伟壮观的电机厂大门，电机厂的报捷队伍正声势浩大地从里面走出来。为首的苏厂长同王英打招呼："王英，恭喜你们，听说你们十八天就完成了全月计划，真不简单！"

王　（爽朗地笑）得了吧，苏厂长！你们这高大精尖新才叫不简单哪！

电机厂的队伍同妇女队伍并肩前进。电机厂队伍里的周志民和妇女队伍里的安秀云相距不远。

周　（小声招呼）秀云！

秀云回过头来看丈夫。

周　我今天实在不能请假，我……

秀云连忙两手堵住自己的耳朵，天真地笑着。

公社党委会大院里人海旗林，连院外的大马路上也被各路报捷队伍挤得水泄不通，楼门前临时搭了一个舞台，横额三个大字"报捷台"，两侧各有八个大字"万众一心，万马奔腾""万紫千红，万象皆新"。台上正在演出一个报捷文艺节目的煞尾部分：四十多名男女工人手托一件件大小相仿、形状各异的技术革新模型，踩锣鼓点亮相，随即在欢快的唢呐声和锣鼓点声中碎步跑圆场下。

台下掌声雷动，坐在台上一旁的公社党委程书记等领导人鼓掌。

报幕人宣布："共乐街三八妇女缝纫厂报捷！"王英在后台口把披在身上的棉猴一脱，露出里面的花衣，随着一面红旗，英气勃勃地登场，先念四句定场诗：

家庭妇女干劲大（锣鼓一击）

千难万难都不怕（锣鼓一击）

白手起家办工厂（锣鼓一击）

十八天完成——

一阵锣鼓，台两侧舞出数十名妇女齐举右手的红手绢，接下句——

月计划。

锣鼓一煞，妇女们一齐打起左手拿的"手玉子"翩翩起舞，唱起热情激动人心的二人转。

唱词附后。

演唱结尾时，他们扭动着细碎的脚步，排成一字横队，举起红手绢向台下招手。在欢乐的唢呐声中一个接一个追随着红旗底下的王英，最后一个个退下来。

王英下场时经过党委程书记身边，程书记拉住她。

程　王英，你到我办公室去等一下，我有事跟你谈谈。

王英应了一声。跳下舞台，走进楼去。

王英敲了敲公社党委书记办公室的门，从屋里传出来一群妇女的喊声。

"进来！"

王英拉开门一看，屋里坐着六个妇女干部，她们一见王英进来，都热情地招呼。

"哈！王英也来了！"

电池厂厂长冯翠兰坐在书记的办公位置上，她急扭转椅问王英。

冯　也是党委书记找你来谈话的？

王　是呀，你们也都是？

众人　都是。

冯　（从转椅上跳下来）得！我猜着啦！

大家转向她，"保险是送咱们去党校学习，你们看都是党员么！"

几个人高兴地叫起来："那可太好啦！"

年岁较大的妇女："我看哪，八成是叫咱们准备'三八'活动，你看都是妇女干部么？"

一个胸前佩戴奖章的青年妇女："不对，我看准是让咱们去出席什么群英会，你们看，咱这不都是受过奖励的单位吗？你，你，你，我，还有她……"

大家正在纷纷议论的时候，门声响。

大家马上静下来，十几只眼睛同时向门口望着，门开处果然是程书记走进来。

程　你们准是在猜，找我们来谈什么？

妇女们互相望望，有的咯咯笑起来。

程　我估计你们谁也没猜对。（拉一张椅子坐在她们对面）我先问一句，你们都愿不愿意离开你们现在的工作岗位？

冯　（对身边的妇女耳语）听，准是送党校。

王　（坦率地）我不大愿意，我们厂的工作正在持续跃进的紧要关头，我们还想提前四个月完成全年产值计划。

程　是啊！你们厂的成绩很大，雄心更大，可是你们的出勤率怎么样？

王　（被揭了短）就是出勤率这一条差，我们厂才达到 73.5%。

程　王英，你分析过原因没有？

王　有些妇女是摆不开家务的牵扯，主要还是因为我们的思想工作做得不够，没跟上去！

戴奖章的妇女　就是我们饭店的那些妇女，也是今天要洗衣服，请假，明天老婆婆病了，请假……麻烦事多啦，我就常说她们，人从家里解放出来啦，可是思想没解放！

冯　就是家庭观念太深。

程　明明有个家庭么，明明有一大堆家务琐事压在她们身上！你硬叫人家没有"观念"，这种思想工作可不大好做吧？嗯？

王　（眼光和神色现出一种思索过的神气，在大家沉寂中说）是的！（又左右环顾以征求大家的意见）是不大好做。

众人　妇女们确实有不少实际困难！

程　你们愿意不愿意把这些家庭观念也好，实际困难也好，彻底解决一下？

众人　当然愿意。

程　区委就是要派你们去解决这个大问题!

戴奖章的妇女　做宣传工作?

程　不! 做最具体的、最复杂的、最细致的实际工作! 这种工作要比你们当厂长或居民组长困难得多!

妇女们聚精会神地、迫不及待地倾听着。

程　我们公社现在已经有90%以上的家庭妇女参加了社会工作,这样,家务劳动社会化的问题就摆在我们面前了。几千年来遗留下来的,个体的,一家一户的,分散的生活方式是不合理的,这种生活方式不仅扯住妇女的后腿,也扯住男人的后腿,不仅扯生产的后腿,也扯思想的后腿。所以,市委指示我们要大办生活服务站和服务点,就是要用少数的人把千门万户的家务琐事全包下来,把几十户或者几百户的小家庭从生活上组织起来,组织起一个个的大家庭! 你们就去当这些大家庭的管家人,或者叫服务站长,或者叫服务员。总之,这是一种历史上从来没有过的新行业,俗语说三百六十行,那你们这是第三百六十一行!

妇女们面面相觑,有人咯咯笑起,王英却在凝神思考着书记的话。

程　你们都在想什么?

冯　(一跳站起来爽朗地)坚决服从组织分配! 党指向哪里我就向哪里奔!

程　(手势示意冯坐下截断她的话)我不是问这个,因为每一个共产党员在这一点上都是一致的,我是希望你们想得更多一些。(目光挨次扫过所有的人,似乎要知道每人现在内心的反应似的,同时继续说)比方说,这是一种什么样性质的工作? 怎样才能做得好? 做得好又会起什么作用? ……(发现年纪较大的妇女眼圈里似乎含着泪水,便笑着问她)你怎么啦?

年纪较大的妇女　(不好意思地笑着,克制着内心的激动)我……嘿嘿……我是想……咱们党对群众的生活关心得太周到了! ……真

是……（又用手指擦泪又笑）

戴奖章的妇女　放心吧，程书记，我们一定老老实实地给群众当服务员！我们都是家庭妇女出身，能干好这些事！

程　（微笑着向正在凝思的王英）王英！你怎么想？

王　（稍感一惊，立即又笑起来）我……乱想一阵子，还说不出个头儿来。

程　说个尾儿也行啊。

王　（在众人微笑中，镇静地问）程书记！我有个问题，你说，这种服务工作要是全国都开展起来，而且都做得特别好，咱们社会的发展的速度是不是就更快啦？

程　（用非常喜欢的眼光盯住她）是呀！要是你已经想到了这样的问题，那我相信，你今后一定能干得非常出色！（注视周围）王英说得很对，我们的家庭服务一定要促进生产！

王　我们厂的工作交代给谁？

程　安秀云接替你当厂长，具体工作去找你们街道党支部请示。你的新的工作岗位就是你家住的那个二号大院。

门牌：共乐三道街二号。

门牌下是一个旧式大院的门洞，这是傍晚时分。下了学的小建国，站在大门口向街道一端焦急地张望。

何玉珍背着一袋米，提着一个装满了大小纸包的提篮走来，身后跟着一个五六岁的小男孩，两手抱着一个大空瓶子，他叫小敏，是何玉珍的独生子。

建国　何大娘，我妈怎么还不回来呢？

何　快下班啦，怎么？你们中午还没做饭？

建国　我奶奶不是腿疼不能下地么！我想自己来做，又没有烧的！

何　（咂舌）啧啧！你爸爸你妈光顾了积极啦，就不想想家里老的小的!

小敏　（亲热地拉小建国）上我家吃饭去吧!

何　（瞪一眼小敏）你还不快走!

何玉珍母子走进大院，这是一个被旧式楼房围成四面的宽敞大院，楼上楼下约计住着八九十户，有几处木楼梯搭在楼外，楼半腰是带雨篷的木制长廊环绕四周。

一进院几乎看不见成年人，院心里和长廊上到处是嬉戏、打闹、又跑又跳的孩子，有放了学的小学生，也有五六岁的未入学的儿童。

"冲啊，……"一群戴着假面具或涂成京剧里小花脸模样的孩子舞着木刀木枪，呐喊着直奔何玉珍母子而来，小敏吓得躲在母亲腿后。

何　（厉声吆喝）老实点!

孩子们站住了，掀起假脸嬉笑着。

何　真少教育!

她骂了一句，走向离门洞不远的一个房门口，离房门不远，有一个木板钉的棚子挡着一半窗，棚子的板门上挂着一把大锁，这是她装破烂物件的小仓库。她查看了一下小仓库上的锁，刚要进房门，忽然听见头上有孩子的嘀笑声，抬头一看，只见小仓库顶上蹲着两个淘气孩子看着她笑。

何　（大声吆喝）下来，要把我小仓库蹲漏了就找你们家算账!

两个孩子慌忙从棚顶爬上二楼木廊，咚咚咚，顺着长廊跑去。

"何大嫂，王英什么时候能回来?"

何玉珍一侧身，见是她的近邻——王英的丈夫高振平坐在窗下劈小柈子。

何　（换上笑容）不知道呢，我一天也没上班，哟，大兄弟怎么劈下这么多小柈子呀!你又要出远门吧?

高　对!要到大兴安岭去。

何　你这工作可真太辛苦啦，整年的爬山不着家，这刚回来团圆两天又得走！

高　（继续劈柴）对，地质工作就是这样。

何　你要在厂子里找个工作，不比你这个钻探队队长舒心得多吗？

高　不！各好一道，我是迷上这一行啦！

老高一看表，忽然着慌了，着忙放下斧子，匆匆归拢一下柈子堆，就从何玉珍身边挤进房门，何也跟了进去。

何家同王英家同走一个房门，进门的大屋是他两家共用的厨房，两只火炉遥遥相对，右面炉旁是何家的屋门，左边是王英家的屋门。

老高冲进左边屋门里去，何站在外间问："怎么？你这就要出发？"

老高的声音："六点啦，再过一刻火车就开啦！"

何玉珍掏出拴在裤带上的一大串钥匙开屋门锁。

老高提一个大旅行囊冲出来。

高　大嫂，王英回来你告诉她，我给她留了个条子放在桌子上，我走啦，回来见！（不等听何回话就跑出房门）

老高刚冲出房门外，正好遇见王英回来了。

高　（放机枪一般）我还以为见不到你了呢！今天上级临时决定我们到大兴安岭去，往你们厂子挂电话，你也不在，我得马上去赶火车啦！详细情况你去屋里看条子吧！回来见！（说完就要走）

王　（拉住他，微嗔地）看你！呱啦啦啦说完就跑，也不听人家说几句！

高　（抱歉地）对不起，对不起！快帮我背上！

王英急忙帮他背大旅行囊。

高　（边往背囊带里伸胳膊边说）等我回来听你说，我一言不发！（指指手表）看！六点钟的车，误了点就糟啦！再见吧！

老高跑步奔向大门。

王　振平，你等我……

老高　（一扬手）你不要送我啦！（跑出大门外去了）

王英追出门洞，他已跑得很远。

王　（站在大门口）振平！

高　（略一停步）啊！

王　我调动工作啦！

高　（听谬了）啊？啊！临时调动，大兴安岭，大兴安岭！（继续向远方跑去）

王英轻声叹息，扫兴地靠在门旁。

中年妇女刘淑坤手拿药瓶从街上走回来。

刘　（看着发呆的王英，关怀地）你不舒服吗？王英。

王　（一振作）没有，淑坤，你的病见好不？

刘　就算好吧，大夫说，再吃了这一两瓶药就不用看啦！

王　（忽然喜出望外地推拉刘）真的，那可太好啦！现在正需要你！走，咱们找林大嫂去！

王英拉刘走回大院。

王英同刘淑坤刚要上楼，忽然看见一群小学生，排成一串坐到二楼楼梯扶手上住下滑溜，她急忙抢上几阶楼梯，张开手去堵孩子，孩子们一个个正好滑到她怀里，她一个接一个地抱下来放在楼梯上，摆在楼梯上的孩子像是栽在那里的小蜡烛，当她放下最后一个孩子时，温和地训诫孩子们。

王　再不许滑楼梯玩啦，这多危险哪，掉下去鼻子就平啦！

孩子们笑起来。

王　等明天，阿姨给你们做一张滑梯再滑着玩，好不好？

孩子们嬉笑："好。"

王英拉刘淑坤走上二楼，当她们走到林大嫂门前时，发现门从外面顶了一块木头，里面有人正用力推门推不开。王英搬开木头，门开了，林大嫂扎着围裙，提着个装煤的铁桶。

王　（奇怪地）你这是怎么啦？

林　（又气又笑）还用问，孩子们淘气呗！这些孩子呀，大人不在家，他们就闹翻天！我这急着要出来拿点煤添火呢。你们要不来，我这顿饭都做不熟啦！

王英、刘淑坤大笑起来。

林大嫂身后站着大大小小四个孩子，也都笑起来。

林　（责备孩子们）净是你们招惹来的！去！都拿上笤帚去扫院子，把这楼上楼下的过道也都扫扫！你看这院的公共卫生老是弄不好！我本来给各家都分了责任区了，可上班一忙谁也顾不上！查卫生的一来就说，咱这是头号的埋汰大院！叫我这组长也没有脸。（羡慕地看着王英，感叹地）哎！你们孩子少的算都熬出来了，"大跃进"都跃上个工作！我……

正说中间，她的四个孩子各执扫帚、铁簸箕等工具，一个个从她腿和门之间的窄空里冲出来，把她挤得趔趔趄趄，她爱抚地把每个跑出来的孩子都拍了一巴掌，同时继续诉苦："我是永世千年不得翻身啦！"

王　干吗永世千年，明天就让你翻身，告诉你，咱们大院里要办一个服务点，有食堂，有托儿所，各家的乱八七糟零碎活，服务点都给代办！

林　（乐得拍手打掌）真的呀？那我可熬出头来啦！你快给我在厂里找个工作！

王　我这就是来找你参加工作呀！你们俩，再找上几个离不开家的人，都参加在咱们院里的服务点当服务员，好不好？

刘　（高兴地）那可不错！我这身板软弱想出去工作也没人要我！

林　当服务员（儿）？叫我侍候大伙呀？那我可不干！

王　为什么？

林　自己家的人我还侍候不周到呢，还侍候外人，那七嘴八舌地就能干了？

刘　那你想找啥工作？

林　（向王英）我就愿意跟你在一块工作！也好跟你学点本事！

王　要是我也回到咱们大院来当服务员呢？

林　（一努嘴）你说吧！放着厂长不当，回来干这个？

王　我就问你，我要回来当服务员呢！

林　（不相信地笑）你要当我就当！

王　（拉起林手打手击掌）好，一言为定！刘淑坤，你当证人！

林　（吃惊地张大眼睛）真的呀！……

王　咱们今天晚上就召集各家代表，开民主大会，讨论建立服务点的事！

一群男女老少的笑脸，都在热烈鼓掌。

这是在楼下的小李家里召开的全院居民大会，李家的屋子里本来是很宽敞的，里外套间的两个大屋，但现在由于集合的人太多，所以两个屋里坐的立的挤满了人，颇有寸步难行之感。外间通走廊的门大敞四开，走廊外还有不少人坐在大小板凳上。于春花守门而立，她的位置得以使她兼顾里外两个会场，又颇似售票员常站的地方，在掌声中，春花向走廊分会场的人们报告："又一个好消息，添了一个拆洗缝补的项目！"

走廊里的人也跟着鼓掌叫好。

坐在走廊里的何玉珍极为关心地："春花！你问一声，洗衣裳用谁的胰子？"

春　谁的衣裳谁拿胰子呗！

何　（悄悄拉了一把坐在她身边的春花妈）那呀，可不容易弄清楚！你信不二姐？

春花妈　没啥，谁还能贪一口胰子吃？

屋里，王英、刘淑坤和本屋的房东李大婶等一群新上任的服务员都集拢在桌子附近。

林　我再提一条，咱们服务员得打扫公共卫生，咱们得摘掉"埋汰大院"的帽子！

服务员们："同意！"

群众热烈鼓掌："好啊！太好啦！"

春花的声音："又一个好消息，打扫公共卫生！……"

王　（指挥拿墨笔的刘淑坤）落笔！

刘淑坤在一张大纸上写下服务项目的"第九项"。

王　我看，双职工的要是忙，我们也可以替他们打扫家里的卫生！

群众立即投以更热烈的掌声和叫好声。

林　（忙对王英耳语，着急地）这份差事咱可揽不得呀！容易出是非！

王英看看林大嫂的表情，明白了她的心思。她玩笑地抚摸着林的胸脯，安抚她说："放心吧！都是有觉悟的人！"她又对门口的春花说："喂，'好消息'（这是春花的绰号），外边的人都听清了吧？"

春　听清啦！

林大嫂隔过几个人的脑袋，探出身子低声唤她丈夫老林："嗳，我说！"

老林也隔过几个人，脑袋老远探过来听话。

林　（不安地）我看我当不得这服务员（儿）！还得给人收拾屋子，还得给人买东西，那要是丢了少了砸了碰了的……

老林　（不高兴）你刚才都同意干了，这怎么又要变卦？没出息！

林　（她很顺从丈夫）那要是沾了包，可不兴你埋怨我！

坐在下面的老厨师从正中伸上两只手来，把凑在一起的老林夫妇的脑袋推向两边，逗趣说："这是什么礼节呀？老夫老妻的！"

王 大家对服务点还有什么要求？别客气！

众人 （热烈地）这些项目要是都能样样做到，就蛮好啦！

王 那咱们现在研究一下食堂和托儿所的房子问题，大家讨论讨论，看设在哪儿好？

群众嗡嗡议论起来，房子可不好找！

"都是一个萝卜顶一个坑，哪有空屋子？"

"食堂、托儿所都应该设在楼下。"

……

王英向门口喊："老何！"

春花对走廊喊："三姨！王英姐叫你！"

老何出现在门口。

王 老何，把咱两家用的那间厨房腾出来改公共食堂的大厨房好不好？

何 （出乎意外地）哟！别人都一家一间厨房，咱们两家才占一间，还有嫌多的啦？

王 不，我是想咱们那间最大，全院又只有咱们那屋有自来水。

何 （找到个借口，也捎带给王英找台阶）那，我们他爸没在家，你家大兄弟也出门啦，这事咱俩可不好做主啊？

群众低声议论。

王 我这边能做主，就看你的啦！

春 （扇风）三姨！看人家王英姐的风格多高！

何 人家是厂长，男人临走还给劈桦子呢……

老厨师 问你愿意不愿意？让房子？

何 我倒不是不同意，就是……

老厨师 （讥笑口吻）就是不愿意！

哄堂大笑，何玉珍一扭身退到门外去了。

王英感到棘手，在众目相视之下，她咬住唇边想主意，片刻，她果决地宣布："这样吧，占用我的那一半厨房，把它和我住的那间屋子打开并成一个大厨房！"

众人　（关怀）那你家搬哪儿去？

王　（笑）有一个好地方，暂时保密！现在研究托儿所的问题。

春　我提议，托儿所就设在李大婶这两间屋子里，又宽敞又朝阳！

林　（拍着李大婶）看哪，李大婶，这没过门的儿媳妇就来给你当家啦！

众哄笑。

李大婶　（为难）春花，这屋子可是留着给你们结婚的呀！

春　（大方地）结婚急什么？

几个人说："你不着急，人家小李子可着急啦！"

王　是呀，这事可得征求小李子意见。大婶，小李子怎么还没回来？

李大婶　八成又跟他师傅在厂子加夜班啦！

周志民在紧张地操纵机床车螺丝钉，小李子在一边小声查一堆螺丝钉的数目："六十五、七十、七十五、八十……"

周　（边忙边问）小李子，多少啦？

李　（怕打差，查数声音提高）……八十五、九十、九十五……

周　（烦躁地）咳！才？！

苏厂长走过来："老周，你们俩怎么又加夜班？"

周　（抬头一看厂长，不好意思地苦笑）厂长，不多攒一些螺丝，明天就供不上下道工序用啦！

苏　光在老牛身上用鞭子不行啊，得换快马！

周　是呀！我早就有这个螺丝生产自动化的打算，可就是老也煞不下心来研究，家里乱七八糟的事可多啦，挠头啦！

苏　你妈的病好些没有？

周　没有，家里也没人照顾她，我身子在干着活，心还在药铺里呢！

苏　（伸手关了车）回去吧！（老周看了看厂长，开始擦手）

老周提着包中药，一进家门，小建国就扑过来质问："爸爸！你怎么才回来？"

周　妈妈呢？

建国　也没回来。我跟奶奶等啊等啊，你们谁都不回来！（周要去开里间门）奶奶刚喝完药睡着啦！

周悄悄开开个门缝看了看，又悄悄地关上。把药包挂起来。

周　（小声）你们吃饭了吗？

建国　（大声）不吃饭饿死啦！

周连忙堵着儿子的嘴，示意他小声说。

建国　（小声）林大娘给我们送来的饭！

周　（不痛快）真成问题！

周一挥手，像要把这些难题都挥掉，再不想了，急忙从大衣里掏出一卷草图纸来，坐下对图苦思，小建国也坐在爸爸的对面去，继续演算术题，周忽然想要画图，顺手从儿子手里拿过铅笔来，刚要画，儿子提出抗议："爸爸！人家还要演算术题呢！"

周　哦！（把笔还给儿子，从自己衣袋里摸出金笔）

建国　爸爸！我算术老是不好，今天考试得了个"鸭子"。

周　什么鸭子？

建国　二分呗！

周　我还不如你呢，光得鸭蛋！昨天夜校考试我都没能参加！（忽然觉得屋子冷）建国你去把炉子点着，太冷啦！

建国　你买煤了吗？

周　（方才想起，不悦地一挥手）啊……算了。

周裹了裹大衣，拿起茶杯来想喝口热水，但拿起暖水瓶一倒，却只倒出来几滴水底子。扔下暖水瓶，他又努力把自己的不悦心情驱开。两手抱着头，强把精神集中到图纸上。忽而又掏出纸烟来叼在嘴上，衣袋里没摸到火柴，下意识地伸手去桌子上乱摸，建国把桌上的大火柴盒递给他，他拿过一看是空的，生气扔下。

周　你妈妈真成问题，火柴用光了也不想着买！

建国从火柴盒的夹缝里忽然抽出一根火柴来，高兴地举给爸爸："看！这还有一根！"

老周小心地划火柴，不巧划断了火柴头，只连着一分多长的木棒，他又拾起来，更加小心地划，但刚一划出火苗就烧了手。他急忙甩掉，生气地从嘴里拔掉纸烟一掷。

建国　爸爸，我去给你找火！

周　别找火啦，我这憋了一肚子火！

秀云抱着孩子回来啦。

周　你怎么才回来？

秀云把睡着了的孩子，轻轻放在床上，然后才说："我这还想问你呢，你怎么连炉子都不点？"

周　（被问得无话可答，想了想忽然觉得好笑，歪着头边想边说）细一想，也真有个意思，旧社会工人失业，没钱养家，现在呢，挣来钱倒愁着没人花！你说，这算不算个新矛盾？

安　（这才露出无限喜悦的心情）告诉你吧，党已经派王英回咱们院子，解决这个新矛盾来啦！

周　（莫解）你说什么？

春花突然拉开门："报告你们个最大的好消息，大家都行动起来啦！服务点就要建成啦！"春花像风一样刮走了。

周　怎么回事？

安　你看着孩子！

她说完便往外跑，建国也跟着往外跑。老周往窗外一看，窗外灯光闪闪，他抱起床上的孩子也跑出去。

楼内进门处一块空场，现在灯光明亮，热闹非凡，男男女女几十人正在这里欢乐地忙着布置小卖店。现在小卖店已经粗具规模了，几张桌子围成了柜台，老林正往一根柱子上钉"小卖店"的牌子。由于墨迹未干，字上流下来几道，林大嫂就掏出手绢来去轻轻揩拭。几个妇女在柜台里扎纸花、擦桌子、弄装饰，一个木匠在一旁拉锯，一些小学生在帮他们钉小箱子。一个青年正在往已经钉好的许多小箱上写字，"服务预约箱第 × 号"。

老周抱着孩子，在观看刘淑坤正往墙上贴的那张"服务项目表"，他乐得合不上嘴："这可太好啦！太好啦！"

不断有人往这里搬东西。

王英从对面楼梯上跑下来，见技术员夫妇抬着一张大书架过来，便问："孙技术员，你怎么把书架抬来了？"

妇女们　这可太合适啦，放在这儿？

立时，柜台里有了货架子。

春花抱来两只售货"亮匣"边跑边嚷："好消息，好消息，（摆在柜台上）看！这更像个商店样啦！"

王　"好消息"，你这从哪儿弄来的？

春　这是我三姨家早先开小铺用的。她扔在小仓库里也没有用处！

林　（擦亮匣上的蜘蛛网）你三姨今儿怎么舍善啦？

春　她才不会舍善呢！（悄声）我叫我妈去要的，就说我留着结婚的时候当梳妆匣子用，这她才拿出来。

王　（点春花脑门）鬼道眼！

大家笑起来。

周　走！同志们，都到我家去！你们看服务点需要什么随便挑！

王　咱们这可不是开寄卖店哪！

大家哈哈大笑。

在二楼楼梯下面，用屏风挡成了一个"小屋"。

几个妇女在布置里面的床铺和摆设。

老周同王英路过，他停步问王英："这是哪一部分？"

王　这是我的新居。

周　你搬我家去住好啦！我们搬到小厨房去！

王　（笑）我喜欢住这儿！（指了指上面）空气好！

周　（敬佩地）你真是……你家做什么啦？

王　你去看吧！

老周一进王英家门，见里面更是热闹，大拆大建，一群众在拆屋和厨房之间的板间壁，还有一群众在搬砖，以老厨师为首的一些人正在砌新式大灶台。

老周见秀云正在那里指挥，就把孩子往她怀里一塞，挽起袖子投入"战斗"。

何家这一面小锅、碗厨等原封未动，好像有个最高分界线。屋门紧闭。玻璃门上挂着深色布帘，忽然布帘从里面悄悄掀开一角，露出何玉珍的两只眼睛向外窥视。

小建国搬砖往墙根放，不小心砸碎了"军事分界线"附近的一个空瓶子。

立刻何玉珍探出身来："这是谁呀？怎么把我的大瓶子给砸碎了？"

大家停下手来，不愉快地看着何玉珍。

老厨师　（拿着抹板走到何面前，故意客气地）你先休息吧！一会我给你找几个这样的瓶子送来，你别嫌多就行！

大家哑然失笑。

歌舞剧院的一个男演员演出归来，他一进门就问："这是干什么？"

周 这是闹革命！生活大革命！

一个人问："咱们院里这么大的事你怎么还不知道？"

演员 我演出刚回来！

安 快编个歌吧，演员同志！

小李子的家里也非常热闹，许多人进进出出搬东西，往外搬的是小李家的东西，往里搬的是人们送来给托儿所的东西。

小李跟他妈商量："妈，咱这个小柜就别往楼上搬啦，留给托儿所用。"

李大婶 行！

春花拿了一个正在打鼓的小狗跑到小李面前来。

春 小李，我要把这玩意送给托儿所，孩子们一定特别喜欢！

李 本来说不该是你玩的！

一个人拿进一面镜子刚刚挂在墙上，随后另一个往外搬椅子的人又摘下来就要捎走。

挂镜子的："哎哎！别乱搬！这是我送给托儿所的！"

李大婶拍手打掌地笑："这可真比办喜事还热闹！"

王英进来后，林大嫂等一群服务员随着。

王 李大婶，咱们服务员该合计一下明天早上的第一个服务项目该是什么？

李大婶 先做饭呗！

王 （诱导大家）在做饭之前好像还应该有什么，咱都想想！

服务员都在默默地想。

二

演员的家里，写字台上摆着一个方鱼缸，里面放有电热管和温度计，有两尾热带鱼缓缓游动。旁边一只闹表，时针指向五点半，铃声大作。

熟睡着的演员被惊醒，忙推他的妻子（她是女护士）。

演员 快起来，点火烧点洗脸水！

护士 （翻了翻身，不睁眼）人家值了一宿夜班，怪困的！

演员 （下地匆匆穿衣）帮我点着火你再睡，我得马上下厂演出。

护士 用冷水洗吧！

演员无奈，端上脸盆往外走，一开门，却见门旁走廊上放着一大桶热气腾腾的开水，桶上贴了一张纸，上有大字"同志们请用洗脸水！服务点"。

演员又惊又喜，舀了半盆水急忙端回屋去，无限兴奋地嚷："看！"

护士 （惊奇地看着热气腾腾的水盆）哪来的？

演员 服务员同志想得多周到……

护士一骨碌爬起来欢叫着："这简直赶上招待所啦！"夫妻俩幸福的笑容中，可以看出护士突然想到什么，急忙下地穿衣。

演员 你怎么不睡啦？

护士 不睡啦！病房里有个重患者，我得去看看！

演员 受影响啦，呵？来得及！楼下食堂还没开饭呢！

大厨房里，有二十多人围着锅台等待打饭，每人手里拿着闷罐或多节饭盒。锅台还没干，笼屉已在冒热气。王英在着急地捅灶里的煤火。

林 别老捅，越捅火越慢！

周 （见服务员们在一旁着急，安慰她们）不用急，心急吃不了热锅饭。（但他自己却不住看表）

王 你不着急，可老是看表呀！（两人会心地笑了）

技术员看看表对他妻子低语："走吧！不然要迟到啦！"两人悄悄走出。

小建国急得直敲饭盒："爸爸！都快上课啦！"

老周连忙摇头示意。拉他到门外给他钱，对他耳语，小建国跑走了。

衬景：何玉珍在她自己那边刷碗，嘟嘟直响。有人皱眉看她。

又陆续走了几个人，王英向林大嫂耳语："怎么样？能有八成熟啦？"

周 （进来对服务员们）熟啦，揭锅吧！

众人 揭开盛吧！好啦！好啦！

林 不熟！

有人伸手要揭笼屉："凑合吃吧！"

林大嫂一手压住笼屉，眼望着王英说："不能行！"同志们要王英果断地决定："上班，揭开吧！"

王英用筷子尝了一口饭。"饭还是有些夹生！"

周 （也尝了一口）不夹生，很好！给我打饭吧！

炊事员们都集中向王英注目，看她的态度。

王 今天对不住同志们，我们保证以后使同志们满意！（向炊事员）按预约票打饭吧！不上班的等会儿吧，吃熟的！

炊事员们照着预约票给大家盛饭。大家都在尝饭，其说不一。

"暖暖，很好！"

"还行！"

"是有点硬！"

"还能吃。"

打上饭的人陆续往外走。

王英站在门口对向外走的每个人抱歉式地说："实在对不起！""对不起呀！同志！""今天太对不起同志们啦！"

众人 这有什么！你们太辛苦啦！

打饭的人全走出去了。

几个服务员彼此看看，多少有点泄气。

林 （一屁股坐在凳子上）咱们不先烧洗脸水，饭早好啦！服务项目上又没定下烧洗脸水这一条！

刘 没有可以添上。（她说时看了眼王英，王英向她点点头表示鼓励。手解围裙叹气似的说）主要的是考虑得不周到！

林 开市就闹个不吉利！起个大早赶个晚集！

炊事员 咳，都是熟人，谁可也没挑拣！

王英自语地说："这都怪我！"她望望林大嫂又振作起来，鼓舞她："没关系，下一顿就有经验啦！走，咱们快去照看一下上班的吧！"

周家。安秀云一手抱着孩子一手在沏奶粉，老周嘴里嚼着饭，同时匆忙地卷起一叠草图塞进背包里。

周 她们就够辛苦的啦，你买煤、取药再都麻烦人家，怎么好意思呢。

安 那我刚当上厂长就请假？

王英推门进来。

王 秀云，你怎么还不走？

安 给我妈冲点奶粉。

王 （接过孩子及奶粉，完全代替了安）你快走吧，都交给我！你们是不没有煤啦？

安 你怎么知道？

王 我方才一过，看你煤箱子空了么。把钱留下吧，还买别的不？

秀云看了老周一眼，老周示意不让她再提，秀云却掏出钱和一张纸单来给王。

安 还有。得给我妈去配药。那会都没抓全，还得跑两三家才能补上。这事本来不应该……

周 不应该你还说！（又是谴责又是玩笑地留下这样一句话，急走出屋）

王 （望望门口，又望望秀云，无意地笑）老周可真有意思！

安 （感激得一言难尽）王厂长，我心里简直……

王 （逗趣）安厂长！简直走出门去上班吧！

秀云乐得两手一扬："嗨！"像个小姑娘一样跑出去了。

王 （忽然想起事来）秀云！

秀云又跑回来："啊？"

王 昨天我听说第二被服厂搞了一台缝纫机自动化，你应该带几个人去学学！

安 好！我今天就去！（她刚一转身又回来了）我这是头一天不抱孩子上班呀，这两只胳膊轻飘飘的！好像能飞起来一样！

王 祝你越飞越高！

秀云咯咯笑着跑走了。

秀云跑在院里，遇上何玉珍一手抱着大饼子，一手领着小敏往大门走。

何 安厂长，我想晚上一会儿班去装点青酱。

安 咦？你昨天怎么不买？

何 昨天光剩些青酱底子啦，我就没买！

安 那你托给服务点买好啦！（忽然看见打扫楼梯的林大嫂）林大嫂！给你揽了点差事！

林大嫂走过来，何玉珍无可奈何地把瓶子和钱交林。

何 （习惯的客气）麻烦你啦，买五毛钱青酱，要最次的就行。

林　（接过五毛钱的一张票，又叮问一句）可钱买？

何　对。（又领着小敏要走）

安　有托儿所啦，你还带着孩子干啥？送去吧。

何　（略一迟疑）啊！

秀云走开，春花妈手拿着钥匙走来。

春花妈　他林大嫂，这是我们家的钥匙，放你这吧。

林　（见了钥匙像见了小蛇似的，向后一退）呀！这你可别交给我！

春花妈　我们全家都上班，一会你们给我买回来东西好开门送我屋去。

何　（递个眼神给春花妈）二姐，等你下班再取东西还不一样！

春花妈　（没理会）那何必呢！（又往林大嫂手里塞）还是放你这吧！

林　（又躲，向楼上一指）要不你交给王英去！

春花妈　看你这人！（走上楼梯）

林大嫂看着春花妈背影，沉思自语："钥匙不比别的东西。"

何玉珍领小敏往托儿所方向走，边走边低声嘱咐："钥匙可不比别的东西！"她从裤带上解下拴着长绳的一把钥匙套在小敏脖子上："自个开门，出来就锁上！"又把钥匙从孩子的背心领子口塞进去，用外衣遮住："饼干，可不兴往托儿所拿！"

小敏咧着嘴："妈妈，钥匙贴着我肚子啦，冰凉！"

在楼内走廊上，王英拿一把钥匙递给林大嫂："演员托咱们给他收拾收拾屋子，你去吧。"

林　（又往后退）我不进人屋去！你叫我干别的啥都行！

王　（笑着指点她）你呀！……（又把另一手捏着的各自叠成的几十份钞票和账单递给她）要不你上街去给大伙买东西，我来打扫房间。

林　（一见那些钞票更畏缩了）我的妈！这么些份钱你交给我，

我还不都得给人家弄差了啊！你可别难为我啦！

王　（瞧你这人，凉了怕冰着，热了怕烫着，那可怎么工作呀？

林　（也觉得不好意思了）要不……我还是去给他收拾屋子吧！
（笑着叹口气）唉，我认啦！

王　（爽朗地笑）倒好像叫你上刀山！别那么小心眼，人家把钥
匙交给咱们，就是把家交给咱们，就是对咱们的信任，就是把咱们看
成自家人，咱们也就该像看待自己家里人一样看待他们，给别人收拾
屋子，也就应该像收拾自己家屋子一样，你说对不？

林　（心有所动）嗯，你这话倒也对！（接过钥匙）你忙去吧。
我好好给他们收拾收拾！

演员家里杂乱无章，被子散扔在床上，椅子上乱搭些换下来的
衣服、书本、画报，写字台上烟灰、糖果、五线谱、空罐头盒……
乱成一片。

林大嫂在叠被子。

林大嫂在清理桌子，顺便给闹表上了弦。

林大嫂在细细擦地板。

林大嫂端进一盆清水来浇花盆，又掐掉几片枯叶，她发现方鱼缸
里的水已剩半缸，比滞在玻璃上的旧有水痕低下一大块，她端起水盆
轻轻添到鱼缸里，一直添到使她满意。

她又退到门口，再一次打量全屋，觉得一切都如意了，带着欣慰
的笑容，锁上了门，走去了。

在副食品商店里。王英提着、夹着、挎着五花八门的代购物品，
从蔬菜、咸鱼直到大大小小的纸包、纸盒，大有超载之感，她走到烟
酒罐头部柜台前，只见一位年轻的售货员正为一顾客捆扎啤酒，那动
作迅速、灵敏非凡，几秒钟间，散放的九瓶啤酒结成一个牢固的三角

体，顾客笑笑提走了。王英看得出神。营业员和蔼地问王英："您需要什么，同志？"

王英把货物放到柜台上，掏出一张大纸单来查阅，上面列了一大排品种数量，有些已用笔抹掉。

营业员　您是服务点的吧？

王　嗳。

营业员　（拿过来王英的纸单边看边说）全交给我好了，需要在我们商店各个部买的东西，我全给您买齐！

王　（高兴）那可太好啦！

营业员　您拿的这些东西也放这吧，我们一块给您送去。

王　不必了，我能拿……

营业员　不，公社党委有指示，服务站点采购物品一律送货到门！（拿起王英放在柜台上的大空瓶——何玉珍的那一个）这是装青酱的？这单子上光有钱数没标明等级，要什么样的？

王　哦，这我倒忘问啦，要最好的吧！

营业员　您稍等一下，我去给您找货！（拿着纸单和大瓶子走开）

正在王英回身看货架子时，女护士走进来喊她："王英同志？"

王　是你？护士同志？你来买啥？

护士　（擦着额上的汗）我们病房里有个重病号，他想吃荔枝罐头，我跑了十几家才在这儿找到！

王　哈，你这服务精神太好啦！

护士　我不过是跟你们学习呀！

王　我为你服务，你为患者服务，患者恢复了健康又为我们大家服务！

护士　（笑）我们大家又都为人民服务，这关系也说不清个头尾啦！

王　嗳，聘请你给咱们大院当个卫生总顾问好不好？

护士 （笑）聘请什么呀！我保证听从你指挥就是啦！

售货员回来了，递给王英一张纸。

售货员 同志，您把地址留下，东西很快就送到！

王 谢谢你们！（写下地址，向护士）我还要到妇联去开会。再见！

护士 再见！

王英空手走开。

王英走在一条大街的人行道上，老林和孙技术员共推一车破铁皮、电线、破胶皮等物，从马路边迎面走来。

王 （迎过去，奇怪地）咦？你们俩怎么凑一块来啦？

老林 （笑）奇怪吧？其实很简单，我们猪鬃工厂要搞自动线，机械厂就把孙技术员调来支援我们。于是么，我们哥俩就……

孙 （笑，擦汗）……就在这儿遇上你啦！

王 （更奇怪）怎么？你们厂还能自动化？

老林 （拿烟给孙）听，她又奇怪啦！

王 那乱糟糟的猪鬃，又细又软的。不用手挑用啥挑哇？

老林 （指车子上的破乱材料）就想用这些玩意儿呢！

王 （笑）喝！你们俩这是捡破烂（儿）去啦？

老林 是呀，这就叫穷干巧干自动线，你要不信成功看！

王 （也打趣凑句）好！咱们前方后方比比看！支援你们不怠慢！

老林 就是别吃夹生饭！

孙 最好来顿炸酱面！

王 好！晚饭就照办！

三人大笑。

大厨房的大锅里面条滚沸。炊事员用笊篱伸进锅里捞出满满的热面条倒进水盆里。

又是一大群人围在锅台边等待打饭，但完全不是早饭时的那种紧张气氛了，人们各个喜笑颜开，笑声阵起，喧哗声不绝。

王英、炊事员等工作人员也显得胸有成竹，从容不迫，快活地给大家分面分酱。

春花到门口一探头，就跑向院子里去大嚷："嗳——好消息！食堂吃面条啦！……"

陆续有刚下班回来的人从门外挤进来，谁进来一看见面条都喊一声："喝，炸酱面！"

"嘿，带劲！"

老林同孙技术员在门口往里一探头，就笑起来。

老林　（对孙）哈哈！你的合理化建议真实现啦！

王　（老远地举起一碗面给门口看）林大哥、孙技术员！吃完面可得拿出自动线来呀！

孙　（笑呵呵地）好吆！吃你这千条"不动线"，拿出一条自动线！

王　那就天天给你吃这"不动线"！

哄堂大笑。

又一个人探进头来看："噫，这么好的伙食呀！明天我也报名入食堂！"

炊事员　不用报名，随时写预约票就行！

老林　这一顿算把你偏啦！

门外何玉珍的声音："借个光不好吗？别堵着门呀！"

老林和孙技术员等人闪开道，何玉珍抱着小敏走进来，目不斜视地从人群外围奔自己家门。

老林　（笑着）啊！何玉珍下班啦！你这还得现点火做饭？不饿吗？要不先在我们家（手往人群这一边一让）吃点吧？

何　你们家吃啥？

老林 （手一指）这不，炸酱面，回来就吃，吃了就不饿！

何 （方才发觉老林是逗她，反林一句）不行啊，咱们挣得少，吃不起！

老林 得了吧！哭什么穷啊，又没有向你借钱！

小敏看见人们陆续端面往外走。就嚷起来："妈妈，我要吃面条！"

何 （捅孩子一把，小声）等妈给你做！

小敏 不么！我不等！（指大盆那边）我要吃那个！

王英立刻递过一碗面来插上筷子给小敏："吃吧，小敏！"小敏端过来刚要吃，何玉珍一把按住筷子，急忙问王英："这多少钱一碗呀？"

炊事员 （逗何）咳！对面屋住着，不用给钱啦，——搬过一袋白面来就行！

大家笑起来。

托儿所里，外间大班，里间小班，设备虽然规格不一，但样样齐备。夕阳斜射，显得分外明亮、干净。

李大婶和另外两名保育员正忙着照顾一些下班回来接孩子的女工，孩子笑，大人喜，满屋活跃气氛。

老周同秀云走进，两人都很愉快。

李大婶 哟，接一个孩子还两口子都来呀？

安 （指周）他是来参观的。

周 （笑）顺便来给你道道辛苦！

李大婶 参观还行，道辛苦的我们这可不招待！（抱过孩子给秀云）白天没让孩子多睡，免得晚上不睡觉吵你们！

安 （感激地笑看丈夫）看大婶想得多周到！

春花一开门就对老周夫妇悄声报告："报告你们一个好消

息！……"

周　　吃炸酱面，你这是迟到消息啦！

春　　嘿！你没猜对！我是要说，咱们小卖部开市啦！

周　　（高兴地拉秀云）走！快去看看！

小卖部，书架已经成了真正的货架子，摆满了各色用品，亮匣里也陈列得五花八门。

还没有顾客，只有刘淑坤一人在细心地摆布货物。老周夫妇赶来。

周　　（惊喜）好家伙！这么多样啊！

安　　哪来这么多钱呢？

刘　　一分钱也没花，全是商业部门赊给的！

周　　（掏出一张钱票来兴奋地往柜台上一拍）来！经理，买点！

刘　　买什么？

周　　（眼花缭乱，一边看货架，一边推推妻子）快看看，买什么？

安　　（也是看得眼花缭乱，推推丈夫）你说！

周　　（对刘）啥都行啊！随你便拿吧！

刘　　（笑）啥都行？（掀开亮匣拿出几包成药来）那就买几包"泻痢片"吃吧！

三人大笑。

安　　这还是留给经理享受吧！

周　　（继续寻找）买点什么有纪念意义的！这是咱们有生以来第一次在家里买东西呀！

刘　　（从货架上拿两个小日记本给他）这个怎么样？

周　　（高兴）对！一人买个日记本！

老周和秀云一人拿上一本。老周掏出笔来，翻开日记本的第一页，写上几个字"纪念新家庭的开始"。

两口子抱着孩子乐呵呵地走上楼梯。

周家外间，老周夫妻开门进来，屋里的整洁和温暖使他俩吃了一惊，好像走进陌生人家，两人打量一番互相望望，交换着幸福的眼光，两人又都去伸手摸火墙，暖的火墙使他俩的手不愿拿开。

周　（悄声）秀云！咱俩结婚那天屋子也没有这样利落吧？

秀云只是笑，笑着笑着就抱孩子往床上一仰，左一个右一个地亲孩子脸蛋。亲得孩子嘎嘎地笑。

老周刚要去拉里屋的门。林大嫂从里屋走出来，她手里端着个托盘，上放着吃过的粥碗，还有剩下的半盘细菜和咸蛋壳。

林　你们回来啦？快到食堂打饭去吧。奶奶和孙子都吃啦。

老周夫妇都不知道说啥是好，怔了怔，刚叫出一声"林大嫂"，林大嫂就忙着走出去了。

夫妻俩奔向里屋。

周家里屋，比外屋小一些，周母被子盖着腿，倚枕而卧，精神很好。

周　妈，今天怎么样？

周母　（指了指床头桌子上放的大瓶药水，慢声慢语，感激地）王英把药水取来就给我"腾"腿！换了三遍！林大嫂还给我做了两顿小锅饭！人家跟咱无亲无故，这样侍候咱，我这心里搁不下！得买些什么好好谢谢人家，可别亏了人情啊！

周　（激动地）妈！这不是旧人情。这是阶级感情！这种情谊什么东西也换不来！……

老周转身走出里屋。

老周走到外间，从柜里拿出一卷大张红纸打开来铺在桌上，从抽屉里拿出墨盒墨笔，秀云从里屋出来，一看便知丈夫是要写大字报，她立刻拿出一瓶墨汁来往墨盒里倒。老周蘸笔时想了想便着力落下笔，写出报头大字"歌颂大家庭的服务员"。

敲门声。

"请进！"

演员推门进来。

演员　老周，有没有大张纸？越大越好！我要……（说时才注意到周也在写大字报）哦！你也在写！（激昂地）是啊，一定要大写特写，你看看我的房间去，简直是经历了一场大革命！这些服务员同志们多么平凡，而又多么伟大！……他接过老周递过来的一卷大纸，急忙走回对面的他的房间。

演员家的门半开着，他正精神抖擞地站在桌前挥笔疾书大字报。室内只亮着台灯。护士进来，目光被丈夫的动作所吸引，还没来得及注意室内变化，就直奔桌前去看大字报，只见报头两个特大字"表扬！！！"

护士　（边解大衣）你怎么点了三个感叹号？

演员　别打搅我！（说着顺手又在"表扬"后面加上一个感叹号，变成四个）

护士　（笑起来，目光一下落到近旁的鱼缸上，脸色骤变）啊！？这怎么啦？

方鱼缸里的两尾燕鱼已经死了，扁扁地沉在缸底。

演员一看，也惊讶起来："咦！？鱼怎么死啦？"

门外走廊里，林大嫂正在用拖布擦地。听到演员的惊呼声直起腰来倾听。

护士　这是谁往鱼缸里添水啦！？准是添的冷水把鱼给冰死啦！

林大嫂一惊。

演员　（恍悟，声音和缓了一些）啊！大概是收拾房间的服务员给添的！

护士　（痛惜）真成问题，她怎么乱给添水呢？

演员　（劝解）人家也是好心嘛，她又不懂你热带鱼怕冷水。算了，反正已经死啦！

护士 （对丈夫撒气）人家养了两年多才长成这么大！多可惜呀！

演员 那就再买一对嘛！

护士 买这样大的一对鱼得十来元钱，我舍不得！

演员的一只手伸出来带严了门，屋里的声音听不清了。

林大嫂苦恼地站那想想，像是做了什么决定匆匆走开。

演员屋里。

演员 （扭亮吊灯，指指房间）你看看！

护士面墙而坐，望着缸底的死鱼发呆，演员又扳她双肩扭过身来让她看房间。

演员 你看！服务员同志们把咱房间收拾得多漂亮！

这时护士才发现房间里一切都大改观了，她看这看那，脸上渐渐露出惊喜之色。

护士 （赞叹）哎呀！地板擦得这样亮，多带劲呀！（又奔过去看花盆）你看你看！把花都给收拾啦！她们可真热心！

演员 可是人家的热心却换来了你的怨气！

护士 （娇羞地笑）谁埋怨啦？人家是心疼鱼！……

演员 （继续写大字报）有时间你再买两条小鱼，再养两年不又长大啦！

贴在墙上的大字报"表扬！！！！"

大字报，大字报，小卖店对面的墙上贴满了表扬服务员、歌颂服务点的大字报，多是诗体，还有不少人正踏在板凳上贴大字报，从走廊两侧和附近的楼梯上继续有男男女女拿着刚写好的大字报走来。老周、秀云等人仰脸看大字报。刘淑坤、李大婶、炊事员等服务人员都喜形于色地看着大字报。演员正兴冲冲地往本子上抄写别人大字报上的诗句，边抄边对身旁的护士低语。

演员 （赞叹）你快看老周这张！真是一首好诗！我要谱个曲子

唱出来！

护士也在一旁抄写另一张，不愿看别的。

护士　"好消息"这一张也好！

小李子从楼上跑下来，两手提着一张大字报，墨笔横衔在牙缝里。

李　喝！地盘全占满啦！

周　（指着小卖店的柜台）贴这！

大家一看小李子的大字报，标题写着"表扬我妈"四个字，不禁哈哈大笑。

安　（拉过李大婶来）快来看，李大婶，这是你儿子表扬你的！

李大婶　我用他表扬！

王英正在柜台里打算盘算账，闻声伸出头来看看贴在柜台上的"表扬我妈"，笑道："好小李子！写得对！这才叫不分彼此哪！"

她又回来忙着打算盘，脸上和动作间都流露出按捺不住的高兴。木匠端了一个方木板走到王英面前："王英，你看我做了这个！"

大家闻声过来看，只见牌上钉了四列小钉，每个钉上头都标记着户主名字。

王　这做什么？

木匠　咱也学旅馆那样，上班以后家里没人的，都可以把钥匙挂这！你们收拾屋子、送东西都方便！

众人　对呀！这样两方便！

王　木匠想得真周到！

春花妈　（掏出钥匙就挂上）给木匠开开张！

木匠　你往哪挂？（摘下换位置）你的在这！

大家都在寻找自己家的小钉："嗳，这是我的！""我的在哪儿？"有些人掏出钥匙来挂上。

木匠　（大喊一声）嗳——，我还做了一块匾哪，你们看！（老林和技术员抬着一块不小的匾额跑来，跑到人群间两人把匾额往高一举）看哪!

匾上四个大字"幸福大院"。

人们顿时沸腾起来!

"好!幸福大院!"

"咱们真是幸福大院啊!"

"王英!快挂在大门外吧!"

王英 （非常兴奋，手一挥）对!挂在大门上!

众人 走啊!

大家刚抬着匾要往外走，程书记走进门来。

众人 （喜笑欢迎）程书记来啦!

程 你们这真热闹啊!（看见几个人抬的匾额）这是什么?

王 我们要把它挂在大门上，表示我们这是一个幸福的大家庭!

程 啊，这个意思很好。（又向大家）怎么样?很幸福吗?

众人 是啊!很幸福!

周 （又强调一句）太幸福啦!

程 （笑）哦?照你的意见，匾上好像还得添个"太"字呀!

众笑。

程 （笑）要是现在就已经那么幸福了，（他目光移向王英）我们是不是就可以不再革命啦?啊!

一些人笑起来。

王英望着书记，眨巴着眼睛也笑了。

程书记转身去看小卖部，老林同孙技术员趁此机会抬着那块匾悄悄溜走。

程书记在看小卖部正面贴的服务项目表，那表上列的项目已不是十条，而变成十五条了。

程 啊!服务项目十五条，真不少啊!

王 我们原来才订了十项，是今天随时做了随时添上的。

程 （向王）既然规定下十项为什么增添呢？

王 因为有些应该做的事情包括不了。

程 那么，你估计增添到多少项目才能把所有该做的事情都包括进去呢？

王英回答不出，又眨巴着眼睛看书记，在体会书记问话的含义。

程 （向大家）你们谁能说出个数来？

大家都回答不出。

王英忽然想通了，走过去一把撕下那张服务项目表来，大家都诧异地望着她。

王 同志们！一项也不要啦！今后有求必应！

程 那还是不够！

王 再加上热心主动！

群众报以热烈掌声。

程 （对众）你们该休息啦！我到王英那儿去坐坐！

楼梯下王英的那个小角落。程书记坐在床上，王英坐在桌边，守着台灯。王英正神采焕发汇报工作："……服务员们也都干得特别起劲，一个个……"

程 （插言）都一样吗？

王 就是林大嫂工作有点不大胆，她不敢给人家收拾屋子，怕出是非，今天我说她几句，她就打消顾虑啦，不但给人家收拾了屋子，还收拾得非常好！

程 说几句她就打消顾虑啦？那么容易吗？

林大嫂坐在床沿上闷闷不乐。老林在她对面桌子上造一个什么机器模。

林 什么地方有卖那种花花鱼的？

老林　（不明白）什么花花鱼？

林　（用手比成个桃形）就是这样的，扁扁的，身上带花道的。

老林　（继续忙）我不知道。

林　你明天给打听打听。

老林　打听那个干啥？

林　（烦躁）咳，你别管啦！

镜头又回到王英家里。程书记在继续同王英交谈。

王　（恍悟）……是啊！我可能把思想问题看得简单啦！

程　一定要时时抓紧思想工作！要看到新的道德风尚的成长，要尽一切力量促进它的成长，同时，你也要看到那些旧的私有心理和习惯势力的顽强性……

何玉珍关在家里，在灯下用秤量大酱油瓶，量完，把瓶里的酱油倾入大碗里，再量瓶子，量完一算，生气地自语："哼，我寻思着就是无利不起早嘛！"

又回到王英和书记谈话的地方。

程　……有些问题你很难在大字报上见到，可是你要见到！
王英聚精会神地点着头，好像要把书记的话铭刻在心上。

三

艳阳天，大院里的几排小树已经吐露新叶，人们都上班去了，大院里一片宁静气氛。托儿所内，一群大班的孩子只穿着小裤衩，安静地趴在床铺上晒日光浴。从厨房里阵阵传出咣咣咣的切菜声。

王英、林大嫂和另一个洗衣员正坐在挂着"洗衣组"牌子的门里洗衣服，王英拿起洗得净白的被单往长绳上搭，忽然扬起脸来朝楼上喊："刘淑坤哪！这么好的天。"

刘　这要是在太阳岛沙滩上一躺，可美啦！

王　把各家的被褥，都抱出来晒晒不好吗？

刘　（在长廊上回答）哎呀！你想得可真好，我就去！

林　（亲昵的责备口吻）你给人家乱捣动，你知道人家愿不愿意？

王　（纳闷地看林）我们是大伙儿的管家人呀！群众信任咱们，把钥匙都交给了咱们，还有谁能不愿意？

林　（轻叹一声）唉！反正侍候人不容易呀！

王英走到林大嫂面前蹲下，微笑着看着她，想从她脸上看透她的心思。

王　（半玩笑口吻）你究竟是怎么回事呀？头一天干得挺欢，怎么又后退呀？要知道，我们做的是革命工作。

林　（一笑）我多会儿往后退来？我这不坐着洗呢吗？

林大嫂在搓板上揉着一件白衬衣，忽然拿起尚未洗净的白衬衣领仔细观察，然后指给王英看："这领子我可不敢再洗啦，都穿糟了，再给人家揉破了可包赔不起！"

王　（仍然是在默默观察她的神色，不在意地说）洗破了，谁还能叫你包赔？

林　就是人家不叫赔，咱自己也得自觉点呗！（说罢又低头去洗）

王　（更犯疑，托起她的下巴，诚恳地看她）林大嫂！告诉我，你是不是听到什么闲话啦？

林　（笑着推开王）忙你的吧！啥事也没有！

衬景：在她俩谈话中，刘淑坤抱出被褥来晒，自语地说："多好的天气呀！"

刘淑坤来到小卖部柜台拿各家钥匙。

钥匙板上挂满钥匙，只有何玉珍的名条下的小钉空着。

何玉珍的钥匙挂在正在日光浴的小敏的脖子上，小敏闭着眼，光着身子仰卧，钥匙搭在他肚皮上。

照看孩子们日光浴的白衣保育员走到小敏身边轻声说："小敏呀！把钥匙送给刘淑坤阿姨去，让她给你家晒晒被吧！"

小敏睁开眼："阿姨，我妈说不让我把钥匙给人看。"

保育员无可奈何，走到附近洗衣组去找王英。

保育员 （手指小敏）王英你看，小敏脖子上挂的像个信教的！

王 （笑）是孩子妈信教呱，她信个人主义教，咱得让她改信集体主义的教！

保育员 真得改造改造何玉珍！要不把孩子都给影响啦！

王 是啊！……（走过去，又回来向保育员说）你说得很对，你看我们的责任有多大呀！

春花从外面跑来，直奔林大嫂。

春 林大嫂，报告你个好消息，你让我打听的那种花鱼我看到啦！就在……

林大嫂急忙站起拉春花走开，怕被王英听见，春花同她边走边说："就在公园里卖，你得拿暖水瓶去装。"

林 （如释重负长吁一口气）谢天谢地！有卖的就行啦！（又小声嘱咐一句）你可别跟王英说！（走上楼去了）

春花不懂林大嫂的意思，站在那发怔，王英走过来问春花："什么花花鱼？谁要买？"

春 就是热带鱼。林大嫂说，别人托她买，可是她不让我对你说。

王 （更觉得奇怪，站那思索着）怎么回事呢？……（忽然眼睛一转，明白了，向正在晒被的刘淑坤）护士起来没有？

刘 起来啦。

护士在她家门口走廊上擦地板，王英走来。

王　（夺住她手里的拖布）你下了夜班就该保证八小时睡眠，现在是我给你当护士。

护士　我睡不着。

王　睡不着也要休息（伸指作态）要听话……

护士　（笑着，手撒开拖布。又转谈正事）王英同志！周大娘的腿病，我已经问过我们医院的大夫了……

王　（关切地急问）啊！怎么样？

护士　大夫说最好用针灸疗法试一试，他们介绍我一位最有经验的针灸中医，我今天就去请他来！

王　（喜出望外）那可太好啦！要是能把周大娘腿病治好，老周和秀云减轻多大的精神负担啊！（拍她一掌）你是个好卫生顾问。（又推护士一同进护士家门）我到你屋看看！

王英同护士走进护士家，王英进门就去看鱼缸。

王　咦？你养的那两条热带鱼怎么没有了？

护士　（支吾）啊，我送人啦！

王　送人啦？……真的吗？可不许撒谎。

护士　你问这干啥？

王　（有意点破）你最喜爱热带鱼偏要送人，林大嫂平常不沾腥味儿，倒要去买热带鱼！这不是怪事儿吗？

护士　啊！林大嫂？（想了想急问）王英同志，办服务点头一天，是她给我收拾的屋子吗？

王　是呀！告诉我实话，是不是她把你的鱼给弄死啦？

护士　（拉住王英）你们可别批评林大嫂，她是好心给鱼缸添水，不知道要讲究温度，真的，她不懂。

王　（试探性地）还用批评吗？她自己已经受不了啦，我看她是要买来赔你啦！

护士　（着急地一跺脚）咳！她怎么能够想到赔！我们彼此之间

完全不应该有这种关系，这是旧的关系！

王 （非常高兴地拉住护士，肯定她的话）我完全同意你的看法。在资本主义社会里，就是夫妻子女之间也要用金钱来维持关系，那是他们的天经地义。可是我们同志之间，就不同了。

护士 林大嫂在哪儿？我去找她。

王 （叮咛）对！我们应该让林大嫂接受这种思想，这对她是一次提高的机会！

护士奔出门，王英在后面告诉她："林大嫂可能已经去公园买鱼了，快跑吧！"

护士 （跑到院子里，遇上春花，急问）"好消息"，看到林大嫂没有？

春 （往大门一指）她到公园买鱼去了，刚走。

护士 （拉春花）你腿快，快帮我把她追回来！

春花不知所以，见王英手势，却也立即同护士跑起来。

她俩跑到大门口，向远处一看，春花指远方说："那，她快到十字路口啦！"

护士 快！

两人撒腿又跑，春花跑得快，护士追赶在她后面。

林大嫂手提着竹壳暖水瓶走在街上。春花从后面喊："站住——林大嫂——报告你好消息——"

林大嫂闻声止步，等待春花。

林 又是什么好消息？

春花跑到林大嫂跟前，伸开双臂搂住她上气不接下气地说："护——护士——追你回去！"

林 （奇怪）护士？……

说话之间护士已追上来，一把夺过林大嫂手中的暖水瓶，挽住林大嫂向回路走，弄得林大嫂不知所措，春花从背后推林大嫂。

林 你们这是干什么？

护士 （气喘、激昂）你为什么……要赔我鱼？……你把我们……看成什么人？……

林 （误解）嘿！我赔你还赔出不是来啦？

护士 我问你，你要是把你老林的东西弄坏了要不要说赔？我们难道……

林 你这是什么意思？

护士 （把暖水瓶递给春花，挽住林大嫂又向后转）走！你陪我接医生去，咱俩好好谈谈！

护士拉住不大愿走的林大嫂走去了。

护士和林大嫂笑容满面，陪着一位上了年纪中医走进大院来，护士手提着皮包。

林大嫂和护士目光相遇，护士向她挤了挤眼。从彼此的神情看她俩已经推心置腹地谈过了，而且谈得彼此融洽无间了。

林 （喊）王英！大夫接来啦！（又对护士）小齐，你先陪大夫上楼去！

护士让中医走上楼梯去。

王英赶到林大嫂面前来。

王 （故意逗林大嫂）买着鱼了吗？

林大嫂大不好意思地笑着打了王英一下。

王 我问你，你为啥要瞒着我？

林 （笑）我怕你知道了，替我花钱赔呗！

王 （笑）我就像你一样净是小心眼的呀？

林 （真心话）是呀！我得跟你们好好学学啊！我这没参加过工作的倒是差个劲儿，不如你们心亮。（推王英）快去看看吧！大夫上去啦。

王英跑上楼梯去。

林大嫂一转身，看见何玉珍走进院里来。

林　你怎么这么早就回来啦？

何　（看都不看林）不回来谁替我晒衣服啊？

林　说一声谁还能不给你晒？就怕你信不着。

何　（故意给林听）哟！有啥信不着的？谁还能赚谁六两酱油？
（说罢扬长而去）

林　（不知其所指，站在那里瞠惑地奇怪地自语）六两酱油？这
是什么歪话！

何玉珍的家里，屋子很大，箱箱柜柜摆布得非常拥挤，本来是朝
阳房间，但三个窗户却被连设在窗外的小仓库遮住一对，所以屋里非
常阴暗，透过窗可以清楚地看见小仓库里面堆的、挂的破烂废物，诸
如缺腿的椅子、开了花的破柳条包、破雨伞、破鞋、烂洋铁片子、破
梯子、大抬秤、破锯条、自行车链子、陈年的煤油灯罩子，就像废品
收购站一样。

何玉珍正在屋里站板凳上，从一垛老式皮箱的最上一个箱子里，
一件件往外捣动衣服，小敏在帮她往床上抱，床上已摆得满满的，多
是古董衣服，樟脑球掉得满地滚。

春　（推门而入，进屋就皱眉捂鼻，叫道）哎呀！你这屋什么味？
可熏人啦！

何　（笑盈盈）卫生球味，我还觉得好闻哪！春花，快来帮三姨
抬抬箱子！

春　你怎么又没上班？

何　上班啦，急忙裁完两匹布，供得上她们缝的我就回来呗！

春　你就不好多干点？

何　多干谁领情？

春　三姨不是我说你，你这满脑子也是带卫生球味的资产阶级

思想！

 何 （生气）你这个丫头说的，我现在也跟你们一样都是工人，怎么就说我有资产阶级思想？

 春 （帮她往地下抬箱子）你这个工人哪，还得改造几年！

 何 （更气了，叭地一撂箱子）我怎么就得改造？你三姨父开过几年小铺是不假，可那是跟人合股，又没剥削过谁！（蹲下打开箱盖没好气地往外扔衣服，但箱盖老是跟她捣乱）再说他开小铺跟我有什么相干？我跟你妈这是一样的姐妹，你妈嫁个工人就不用改造，我嫁给你姨父就算倒霉啦？反正是一嫁之差！

 春花叨念着"一嫁之差"笑弯了腰，小敏拍着手也跟她傻笑，何玉珍却气得动作混乱，又碰合了箱子盖，打了她的手。

 何 小春花你可记着，你要再气我，你结婚我啥也不陪送你！（皱眉揉捻自己的手）

 春花调笑地摩弄何玉珍的手指。

 春 还疼吗？我给你吹吹，得了三姨，别生气了，（见何笑）我还想要你这屋子结婚呢！

 何 （稍点了点头）你婆婆的屋子你白送给托儿所，怎么又想来占我的？……（恍悟）啊！我明白啦！你是想要下来送给他们作食堂，是不是？

 春 （笑）你明白那就更好啦！（转正经）真的，三姨！你看大家吃饭还得来回跑着取送，多不方便！你这大屋紧连着大厨房，正好做大食堂用，你要同意，楼上的房子你随便挑，要哪屋大家都跟你换。

 何 这是王英派你来动员我吧？

 春 大家都有这个要求呿！

 何 给我多好的房子我也不换！我搬楼上去我这小仓库怎么办？

 春 （走到窗前去看小仓库）你这些破瓶子烂罐子早就该送废品

收购站去！小仓库撂在这里又破坏全院的美观，又不卫生，还挡阳光，早就该拆掉。

何　　拆掉？我还留着它过日子呢！

春　　（拉何到窗下，指点着那些破烂东西）三姨你说吧！这里哪一件东西是你过日子能用上的？

何　　用不上我也留着，这是我过了几十年日子攒下的，别人看不上眼，我守着它就觉得过得心盛。

春　　（又好气又好笑）我说三姨！你这脑袋里呀，简直就跟那里面（指小仓库里）一样，都拉上蜘蛛网啦！……

林大嫂和王英对面站在院子里的楼梯上，林大嫂正着急地对王英诉苦："……你说她这不是歪我吗？谁赚她六两酱油来啦？"

王　　咱们在酱油上可以想想。

林　　不好的酱油若是比起好的来一斤就差好几两呗！

王　　（想了想，问道）头一天她交你五毛钱的时候，没说买什么样的酱油吗？

林　　（回忆一下）啊！她八成是说买最次的……

王　　（恍然大悟）唉！我给她买的最好的呀（心算一下）可不吗，比买次的正差六两！你去跟护士照看治病的，我找何玉珍去！

何玉珍正在晒晾衣服，几条绳子上搭满了从皮到革的陈年货，诸如麻花被面、镶边加牙子的旗袍、镶宽条子的肥腿缎子裤、皮袄、皮套裤等等之类，使人一看就联想起早年的当铺。

王英走过来，动手帮何搭衣服。

王　　这衣服是该晒晒啦。

何　　是啊，天好。

王　　老何，搭完了你就回厂子去吧，我给你看着，省的耽误你工作。

何　唉，这些破破烂烂的，怎么好麻烦你呀！

王　我们的责任就是保证你们的安心生产呀！（指着晾的满院的衣服）不光你一家，你看各家的我们都给晒。

何　你们替大家想得也真周到！

王　周到啥呀，也常马虎，就像那回我给你买酱油吧……

何　（惊讶急问）啊！酱油不是老林……

王　她是把五毛钱交给我去买的，你看我也没问问你要买啥样的，就给你买了两毛五一斤的，也不知道你吃惯吃不惯。

何　（醒悟高兴）啊！怪不得我吃着味儿怪好的呢！

王　你要能吃惯我就放心了。

何　唉！看你说的！我这人你还不知道？啥事顶随便啦，咱姐俩一样，都是大大咧咧的性子！

王　剩这些我来晒吧，晒完我给你装起来，你快回去忙吧！

何　不用，再有两个多钟头就下班啦。

王　（执意地坚持）两个钟头还能裁几匹布呢，多干点吧，厂子里正是一个人顶几个人忙的时候，回去吧！

何　（满心的别扭，但不便发作，故意用开玩笑的方式刺激对方，以便使对方退避而去，两手拍打着王）王英啊！哈哈！……我看你是当厂长当惯啦，离开厂子还老想着厂子！要是我呀，当服务员我就不操别的闲心！

王　（笑，却又尖锐而自豪）所以你才当不了服务员呀！老何！你可别以为我错用了厂长的身份劝你，我这正是用的服务员身份劝你回厂呀！

突然传进一个厉害的声音："怎么？还得用厂长的身份吗？"她俩一回头，见是安秀云走来。

安　（严厉地对何）何玉珍！我现在用厂长的身份来请你回厂去！

走吧！

何　（见安厂长来势不善，心里已有些怯阵了，便找借口说）安厂长！我是干完了我那份活才回来的呀！

安　是谁不许你多干？你不懂得请假制度吗？

何　我这衣裳也不能不晒呀？

安　（指王）这不是有人给你晒吗！你要怕丢了，点一下数，服务点给你开清单！

何　（讪笑）看你说的！（迟疑片刻）王英！那就麻烦你照看一下吧！（迫不得已地掏钥匙，把王拉到一旁递给她，小声央求）钥匙交给你，你可别给别人，别挂在那牌子上，省的拿错了！

王　（笑笑接过钥匙）好吧！

何玉珍走向大门，秀云向王英胜利地一笑，也跟她走，王英叫住她："秀云！护士和林大嫂给你家大娘接一位中医，正给大娘针灸哪！"

安　（急问）大夫说怎么样？

王　他专门治这种病，很有把握。

秀云激动地一把拉住王英的手，忍不住掉下泪珠。

王　你快上去看看吧！

安　（笑着擦擦眼睛）有你们这么多人我还看什么！厂里正忙，我走啦！（扭身便跑，跑几步又转身说）王英你就等着听咱们厂的好消息吧！我们要在生产上报答你们的服务。（又跑走了）

王　（幸福地笑着大声）这是对我们最高的奖励了！

一群托儿所大班的孩子嬉笑着，一个个从滑梯上往下滑。滑梯是连在楼梯扶手上的，那正是最初我们见到的孩子们做着危险游戏的那个楼梯，而现在经过一加工，就非常安全而又好玩。

忽然跑上来一群背着书包刚下学的小学生也挤来滑，搅乱了小孩们的行列。

保育员 （吆喝小学生们）你们都走开！别来打搅混！

小学生们不理会，只顾彼此嬉笑打闹，抢着滑。

王 （来在楼梯下，对小学生们叫）来来来！你们都下来集合！

孩子们一见是王英，便都很听话地跑到她面前来，仰脸看她。

王 （温和地教诲）滑梯应该先让给小弟弟、小妹妹们玩！明天请木匠叔叔给你们做小篮球架子好不好？

小学生们个个高兴，齐声回答："好！"

王 你们编成个小队，放学回来在一起温习功课，在一起玩，在一起劳动，好不好？

小学生们 好！

王 你们看谁当小队长好？

小学生们互相看看，看到一个袖上戴有两道红条的大孩子，推他说："他！"

王 （拉过那个大孩子）对！你就当小队长，你要领导全队的小学生，每天晚上你向我报告一次活动情况，好不好？

小队长 好！

王 好！现在你带大家到食堂去吃饭，然后带大家浇一浇院里的小树！

小队长 （向王英敬少先队礼）是！

王英微笑举手还以队礼。

小队长 （转身喊）集合！

孩子们嬉笑着排成一列，跟小队长走了。

王英发现小建国默默地坐在一旁地上，便走过去。

王 你怎么啦小建国？

建国 我爸爸，老师带给他一封信。

王 （要过孩子手拿的信看了看，然后对建国说）好啦，我替你爸爸写回信。从今天起，你每天晚上到我那去温习算数好不好？

建国　好！

夜，楼梯下王英的家，王英正在台灯下指点小建国演算题。

建国的家里，爸爸周志民正同小李围着桌子画图。安秀云坐在小柜边埋头统计生产上的什么数字，屋子里极其安静。

周　（忽然抬起头来）今天怎么这样安静啊？（四处寻视一番，问妻子）小建国呢？

安　在王英那儿！

夫妻俩交换了一次感激的目光，又各自低头去忙。

王英家。

建国　（拿起算完的本子给王英看）王姨！你看这回对不对？

王　（看看，高兴地摸摸孩子的脑袋）这回对啦！

炊事员　（走进屏风门来，给王英一张食谱）这是明天的食谱。

王　（拿过来看，忽然笑问）怎么两顿都是白菜片、土豆片？不好换换样吗？

炊事员　切丝忙不开！（从兜里掏出一大把购饭菜预约票放在王英面前）你看，预约吃饭的人比前些天增加一倍，炊事员可还是我们两个人！

王　（看着那一大堆预约票，思想着说）是呀！需要增加炊事员！……可是咱们院里也找不出谁来了吧？

炊事员　一个也找不到了！

王英顺手记在本上，炊事员问题。

早晨。大厨房里。两名炊事员在忙着给排起的人打饭打菜，是一饭一菜。

同屋的何玉珍这边小锅灶上正煮饺子，何玉珍拿把铁勺擂得饺子锅哇哇响，引得排队的人往这边看。

王英走进来。何玉珍笑脸迎她。

何　可谢谢你呀王英！你昨天把我屋收拾那么干净！一会儿请你吃饺子！

王　你那么几个饺子够谁吃的呀？

一个被抱在妈妈怀里的孩子指饺子锅叫嚷："妈妈我要吃饺子！"

妈妈连忙按下孩子手，指这边饭菜哄该子："这个好。吃这个！"

孩子还是嚷："不吃这个，吃饺子！"

妈妈提起饭盒连忙抱孩子往外跑："走走走……"

王英看了这情形，心里有些别扭，皱着眉毛。

何玉珍已盛出饺子来，小敏夹一个饺子咬，又一个孩子跑进来，小敏夹着流油的半个饺子对那孩子歪看时显示："看！我们吃饺子！"

那孩子马上拉住爸爸衣襟问："爸爸！咱们食堂怎么老也不吃饺子？"

王　（连忙过来，抱起孩子）你看食堂的阿姨们多忙呀！等一会儿，人都走啦，阿姨给你烧个挺大的土豆，好不好？

孩子咬手指："好！"

炊事员　（再也制不住火了）何玉珍！你快点把饺子端走好不好？

何　哟！这又碍你们什么啦？

炊事员　（以炒勺击大勺当的一声）你显排什么？谁不知你吃了一顿饺子！

大家忙劝解："算了算了！"

何　我自己做的，又没吃你炊事员做的，你管得着吗？

王　（手抱孩子在众目凝视中走过来）谁过来，帮着何玉珍把盆子端到屋里去？（又向何）好不好？

何　我自己端吧。（叭地一摔门，端着饺子盆进屋去了）

炊事员　（激动地把炒勺当地一放）王英！咱们也包饺子！

众人　（劝慰炊事员）算了吧，这一菜一饭就够你们忙的啦，大家要有工夫都动手还行，大家又忙。

炊事员　今天晚我们打通宵！我就不信公共食堂赛不过她单干户！

王　（神气庄严而冷静地）对！咱们一定想法让大家伙能吃顿饺子！不然还叫什么食堂？（说罢把孩子交给来接他的人）咱们可不行再和何玉珍吵嘴。

王英匆匆路过洗衣组门前，遇林大嫂拿一叠熨得板正的衣服走出来。

林　你上哪去，王英？

王　我找党委去，请示一下食堂问题！

林　那你捎上几件衣裳吧！

王　往哪儿捎？

林　这些天不是几个厂子都夜战，闹自动线吗？不少人忙得都顾不上回来换衣裳，他们身上的衬衣，还不都穿成黑漆布啦？……

王　（对林的这种想法万分高兴，本是不欢的面容，眼光，一时都现出兴奋欢快的光彩来。一下抱住她滔滔不绝地）对呀！我的林大嫂，你想得多好啊！咱们就应该用这样的精神来工作，他们自己的爱人也许还没想到把衣服送到机器旁边去换，可是咱们服务员就应该想到！因为爱人对爱人之间不过是生活问题，可在咱们呢？这是做的社会工作，也就是平常说的有政治意义的工作。现在可提高了一大步，知道在工作上动脑子去想啦！

林　（被王一鼓励，喜得合不上嘴）嘻嘻，我还没想到这么点小事，你能看出这么大道理来！

王　（进一步鼓励林）林大嫂！今后可要好好发扬你这样的服务精神！记住，凡是对国家、对群众、对生产、对社会主义有好处的事，不管多么小，都要放开胆子去做！不要怕沾是非！

林　（笑着点头）反正你得勤说着我一点！

王　把猪鬃工厂的衣服都给我吧，我从党委回来路过那里就送去！

林　那我去送电机厂的！

党委书记办公室。程书记和王英并坐在沙发上。

程　（微笑着）你这个饺子问题提得很好！我完全支持你要让食堂随便什么时候都能够吃上饺子的愿望，不过，你是向我来要炊事员？这我可拿不出来！

敲门声，随之冯翠兰进来。

程　啊，翠兰，你来要什么？也是要添炊事员？

冯　（奇怪）是呀！程书记，你怎么猜着了？

程书记笑而不答，让她坐。

冯　我们食堂想再添两名炊事员，不知道是不是可以？

程　我这没有！

冯　我们大楼里还有几个潜力……

王　（急问）翠兰，能不能再协作我们，给我们两个人？

冯　（慷慨地）可以嘛！

王　（乐坏了）太好了！程书记，那我的问题解决啦！（站起来）

程　等等，我的问题还没解决呢！我想问问你们，你们一个食堂就要用上四五名炊事员，是不是要增加群众的经济负担啊？

王　那当然要增加一些……

冯　可是群众不会有意见，因为需要嘛！

程　能不能又不添人，又能适应需要？

王、冯　（相视）那可怎么……

程　（站起来，把王英身边的衣服包拿给王英）你不是要到猪鬃工厂送衣服去吗？咱们都去！

三人走出门去。

在猪鬃工厂的车间里，程书记带领王英、冯翠兰参观猪鬃自动线，那些用木质和洋铁皮等材料制成的机器，就像有灵魂支配的手一样，把一堆堆长短不齐的乱猪鬃，逐渐挑选捆扎成一束束长短一致的成品。王英抱着布衣包，看得入了神，越看越有兴趣。

老林和孙技术员奔来同程书记握手，然后他俩又走到另一处去招呼王英，可是王英只管歪头观察机器的有趣动作，叫了几声她还没听见，最后，老林干脆把她拉过来。

王　　（一见是他俩，急忙紧紧同他们握手，大笑着说）嘿！你们捡的那些破烂怎么都活啦？哈哈！真是变成活的一样！

老林　我说嘛，你要不信，成功看！

王　哈哈！这一看我可大大开了脑筋啦！

孙　　（笑）这自动线还对得起你那些"不动线"吧？

三人哈哈大笑。

王英伸手拉出老林的白衬衣领子来，埋汰得的确不像样子了。孙技术员也自动解开扣给王英看，并笑说："你来检查卫生吗？保险都不合格！我们三天三夜就守在这机器旁边呀！"

王英打开衣包，抽出他们两人的雪白衬衣、衬裤递给他们，两人都怔住了，接过来互相望望，双手像托着皇帝的诏书一样站那木然不动，老林脸上笑容还保存着，而技术员却激动得不见笑容。

王　　（好笑地看看他们）快换上去吧！我还要去给别人送！（走开了）

在这一边，程书记对走来的王英说："快送完衣服，我还要带你们去看看三八饭店！……"

在三八饭店的厨房里，程书记同王英、冯翠兰看切菜机、洗碗机。

最后，程书记引她们来到正在包饺子的自动饺子机旁。

程　王英! 你看, 这个东西能不能帮忙实现你的愿望啊?

王　(圆眼睁大观察那从面和馅直到掉下一个个肚大边窄的饺子来的一系列有趣动作, 乐得叫起来)程书记, 我们食堂的愿望完全可以实现啦! ……

程　(向王、冯)你们食堂还需要添几个炊事员哪?

王、冯　(齐声笑答)一个也不要啦!

王英满面春风地跑进二号大院的大门。

王英一进院, 一种新奇的景象使她惊呆: 院心堆放了小山一般高的黑东西, 十来个女服务员围着那堆黑东西嚷嚷, 争执不休。

王英跑过去一看, 原来全是些残破而肮脏的工人工作服。妇女们一见王英回来都围上她嚷: "王英! 你可回来啦! 你看这怎么办吧?"

王　怎么回事?

妇女们又乱嚷起来: "你看! 弄来这么些破烂玩意!"

"埋汰死了! 尽是油泥!"

"两千多件! 这谁能洗?"

"梆硬梆硬的! 怎么洗! 洗一件, 手就得磨起泡!"

"洗一辈子也洗不完!"

"还得补哪!"

"这不闹着玩吗?"

王　(伸手压下嚷声)先别着急, 到底是哪儿来这么多工作服哇?

洗衣员　(不高兴地用手一指坐在衣堆边上的林大嫂)你问她吧!

王　(这时才发现林大嫂坐那生自己的气, 忙跑过去问)林大嫂! 到底是怎么回事呀?

林　都是我闯下的乱子呗! 我不是到电机厂送衣裳去吗, 跟他们仓库主任闲说话, 他提起来有二千多件破工作服放在仓库里白占地方, 想当废品处理出去。我一想, 都是好布的, 要是洗洗, 两件并一件的都能顶新的穿，我一算，两千件能收拾出一千件来，就能节省出一万尺好布！我寻思起你早上说的那话啦，凡是对国家有好处的事就放胆子干呗，我冒冒失失地揽下啦，人家乐得连忙就用大汽车给运来啦，这就都埋怨开我啦！反正我是犯了错误啦，你们批评、处罚我都认领！

王　（激动地边听边解开头巾，两手抓着搭在颈后的头巾，拉着，低头，又抬起脸来果断地）怎么能提到处罚呢？这是一件大好事呀，你应该受表扬啊！

林大嫂感到十分意外，不胜感激地掀起衣襟揩泪了！

王　（以手环抱林大嫂）哭什么呢？（又转向洗衣组人员）难道咱们还能叫这点困难吓倒么？

有人低声说："吓是吓不倒，可是咱们干不了啊？"

炊事员　咱没有那金刚钻就不能揽瓷器！

王　（霍地起立鼓动地）毛主席说，劳动人民创造世界，难道金刚钻还不是劳动人民创造的么？咱们创造金刚钻！

众人　（奇怪）什么？

王　咱们不好创造个洗衣服的机器吗？

众人　洗衣服还能用机器？

王　我方才看人家挑猪鬃都能用机器，包饺子也能用机器，为什么咱就不能创造个洗衣机呢！

林　（遇了救星般地高兴，挥拳大喊）能！咱们造！咱们院里有的是摆弄机器的人，让他们帮咱们干！

王　对！咱们创造洗衣机！仿造饺子机、切菜机、洗碗机！想法达到满院处处机械化！

大家被王英这一充满信心的号召所激动，沉静片刻，立刻又爆发出一片更大的嚷叫声！

"对呀！"

“试试看！”

“叫困难吓倒还能革命啦！”

……

四

黄昏。楼上林大嫂的家里。王英率领全体女服务员围在八仙桌边设计洗衣机，桌上摆着一个洗衣搓板，大家都在面对着这唯一的参考资料苦苦思索，空气沉闷。沉默良久，洗衣员感叹说：“唉！脑袋憋得生疼！”她走到窗前推开窗。

王 （拿起洗衣板来边思索边比画）刚才大家说的是条道儿，上边像两手一样把着衣裳来回动，下边这块洗衣板不动，再不，我看想法让洗衣搓板来回动起来？

这一句话使大家都先后受到启发，个个眼睛闪亮：“咦！这是个门儿。”

林 （忽然想出个方案，拍着两手雀跃地叫道）有啦！有啦！做个圆玩意！叫洗衣板转起来不好吗？

众人 （急切）怎么转？

林 （环视一周屋里的陈设，寻找不到适当的比方，就又用手接连比画着说）就这样，圆圆的、长长的、一道一道的……

众人 （听不明白，更着急）咳！啥呀？说个乱七八糟的！

林 （也着急，但实在说不明白）咳！反正我脑袋有个谱儿！

刘 （打趣）快！谁进老林脑袋里瞧瞧？

众笑。

王 （拿给林大嫂纸笔）别着急，你画个模样试试。

林 （拿起笔，相当吃力地画了几个占满纸的大花圈长条板，解释说）这一头就这样，（又犯难了）可是，那一头画在哪儿呀？

众笑。

王　（上齿轻轻咬下嘴唇，翻着眼睛又想出主意）这样吧！你做个模型，你想的啥样就做个啥样。

林　（高兴了）对，我做个样！

刘淑坤顺手递给林大嫂一块胶合板，林大嫂却一摆手："不行，这我使不好。"她转身掀起褥子，从褥子底下抽出半张裁鞋帮用的格布来，扔开放在上面的一双鞋帮。

大家急忙给她找针线、剪子。

忽然一阵热风从外吹进来。

王　（一看天，忙吩咐大家）呀！要下雨，咱们快去把各家的窗户关上。（又对林大嫂）你先做！

服务员们纷纷往外走，王英探身窗外向楼下喊："小队长！"

小队长正在院子里同一群小学生打小篮球（场地布局和球架都是小小的，正适于孩子们玩。他是裁判员），他闻喊声停步仰望楼窗："王老师，做什么？"

王　你们回家把妈妈的雨伞雨鞋都拿上，你带小同学们给妈妈们送厂子去！

小队长　（领下任务立刻吹笛）集合！

小学生立刻跑来排队。

托儿所里，大班孩子正围在长桌两侧吃晚饭，主食是捏成小鸡小鸭等形状的玩具馒头。

王　（走进来，到小敏面前）小敏，拿钥匙开开门，把妈妈的雨衣雨鞋取出来，交给哥哥们给妈妈送厂子去。

小敏　（摸摸脖子上，没有钥匙，又摸摸衣兜也没有，忽然想起来，圆睁大眼报告）哎呀！我拿饼干去，把钥匙锁在屋里啦！

王　（忙摸摸孩子身上，着急地对保育员）看！这多糟糕！

保育员　（小声解气地笑）咳！这对何玉珍是个教训！

王　（回身要走）拿我的雨鞋雨伞给她带去吧！

保育员　（拉住王英小声）别管她，让她挨浇，尝尝个人主义的苦滋味！

王　不！也应该让她尝尝大家庭的滋味。（回头笑笑走去）

何玉珍孤零零地临窗而坐，两眼茫然若失地望窗外的雨，两手正在织毛衣。

这是三八妇女缝纫厂车间的一个斗室，何玉珍的面前是一张裁枕边布的大案板，放着几匹布和一堆已经裁好的枕边布条，还有一把裁布刀，小屋同临室有薄板相隔，门虽关着但不时传来邻室一群人的热闹的说笑声浪。

门开处露进一张青年女工的脸："何玉珍！你怎么不过来看看改装的缝纫机？"

何　（没看那人，只是把眼光移到手里的毛衣上来）安个破电滚，有啥看头！

青年女工　这叫自动化！你还不快裁？马上就要试车啦！

何　（用下巴示意面前积压的布条）我裁好这些就够她们一天的啦！等她们缝完，最后我再裁也保险供得上！

青年女工　你这个"何快手"哇！有你着慌的时候！（缩回头去关上了门）

邻室，安秀云正在同一群女工忙碌着调正新改装的自动化缝纫机。

一个女工站在电闸前面问："厂长，怎么样？"

安　（最后观察了一遍，手一扬）试试吧，开车！

电闸推上去，立时，缝纫机飞速旋转，长布条迅速从针脚下穿过，自动折上布边，自动缝上一道针码。

秀云同女工抱着跳着欢呼。

缝好的长布边自动跑上另一台缝纫机，在那里一个小小的附加部件一下一下把布边捏成了褶，缝好的枕头边源源而去。

在隔壁的欢呼声中，何玉珍无动于衷，仍然安闲地织毛衣。

青年女工　（跑进来，抱起案子上的一大堆布边就跑，同时，对何喊）快裁吧！"何快手"！

何　（撩了撩眼皮）拿那么多去干啥？（又安然地织她的毛衣）

安　（在隔壁喊）何玉珍！快裁呀！一会就吃了啦！

何　（轻蔑地低声咕哝一句）烧也烧不那么快呀，还"燎"啦呢！

缝好褶的枕边源源不断地跑出来。一个女工抱起一大包成品挂在墙上。

安　（守望着机器喊）快去取布，没啦！

几个女工同时往裁布室跑。

女工们拥进小屋里一看，案板上只剩下几匹布，而何玉珍却仍旧安然坐那织毛衣。

众人　（叫喊）你怎么不快裁？就等你啦！

何　（一见大家不是玩笑神情，有些莫名其妙，手拿着毛衣到门口向外一看，问大家）你们把裁好的料都藏哪儿啦？

众人　（一指挂满墙的成品串）这不是吗！

何　（看到成品又看到改装的缝纫机生产的速度，睁大眼睛）我的天呀！

安　（走过来看看案板，看看何玉珍手中的毛衣，严肃地质问）何玉珍！你怎么又在工作时间做个人活？你没看到料子供不上吗？

何玉珍慌忙跑回来，毛衣一扔，拿起大裁刀来疾速裁布。刚裁下一叠来，女工们就抢跑。

何玉珍紧张用刀的脸。

缝纫机飞速工作。

何玉珍额角冒出汗珠，略抬衣袖一揩继续下刀。案板上一条也没攒下。

青年女工　（在一旁说）哎！你这个"何快手"还自满不啦？

何玉珍一言不发，只顾低头忙。

铃声。

安　（伸手拉下电闸，同时说）下班啦！

女工们看着窗外，发愁说："下这么大雨，怎么走？"

正在这时，一群穿着小靴子打着雨伞的小学生吵嚷着进来。他们奔到各自的妈妈面前送雨伞、雨鞋、雨衣。

孩子们吵嚷："妈妈！王老师叫我送来！"

大人们又喜又感激："嗳哟！王英姐想得多周到……"

小屋里何玉珍精疲力竭地坐在椅上，看看顺窗而流的雨水，又看看脚上穿的崭新的白鞋，听着外屋大人孩子的热闹声，心里越发感到一片凄凉，她无可奈何地脱下白鞋，准备赤脚走。

一女工进屋来坐下摸雨靴，她的儿子跟在她身边。

女工　（看看何）怎么？你这是要放鸭子回去呀？

何　（拉长声）咱不是没你那么大的儿子给送啊！

传来外屋安秀云的声音："你们怎没把何姨的雨伞雨靴捎来？"

建国　何姨的钥匙不在。

一些女工低声嗡嗡非议："何玉珍也奇怪，把钥匙交给王英多省心呀！"

何玉珍听在耳里，心里越发不是滋味，她挽起裤脚提起白鞋刚要走，小队长拿着雨伞胶靴跑进来，交给何。

小队长　这是王英老师的，她叫给你送来。

何玉珍惊呆，接在手里，呆呆地站着不动，心里又感激又难为情。

何　（自语式）真叫你王姨操心，她心里还挂着我。

何玉珍刚要走，想想又转回来，夹起一匹布，把裁刀也揣在兜里。

女工　你这要干啥？

何　（悄声）别告诉安厂长！趁明天歇班，我在家赶着裁一匹，要不星期一上班更供不上缝的啦！

何玉珍家门上着大锁。大锁周围站着四个人，何玉珍母子和春花母女。

何　（夹着那匹布，拿雨伞指点小敏发脾气）你说你废物不废物！欠我打你一顿！

春花脸贴在妈妈肩上嘀嘀笑着看热闹。

春花妈生气地申斥妹妹："还有脸打孩子呢！不说说你那死心眼子！把钥匙交给大人不比交给孩子牢靠！"

何　（烦躁地）得了二姐！别说啦！

春　（笑着）三姨，我给你把锁砸开吧？

何　这是二十年前老牌子锁，砸坏了可买不到！

春　（拉长着声）好！那你就守着锁在这站着！妈！咱们走！（拉过小敏来）走！跟姐睡去！

何　（忙说）春花！给我砸开吧！

春花兴高采烈，拿起锅灶旁的斧头，咣！咣！咣！三下五除二，砸坏了大锁。

何家的门开了，小敏第一个跑进屋来，何玉珍、春花妈、春花也进来，小敏跑到桌前拿起放在桌面上的长绳钥匙，乐颠颠地给妈妈："妈妈！钥匙在这！"

春　（把毁坏了的大锁托在手上递给何）对！还有这二十年前的老牌锁！都保存起来吧！

气得何玉珍，夺过钥匙大锁猛力往门外一扔，咣啷！——摔到厨房里去了。

一具用格布条缝成的透花圆桶，格布条里面粘了许多火柴棍，半根筷子穿心而过，算是轴。

灯下王英同全体女服务员围聚在林大嫂家研究这玩具般的小模型，大家似乎又在为一个新问题困住了。突然，王英高兴地说："有啦！外面再……"她一侧脸，看见柜子上放着一个装东西的纸盒盖，把里面杂物一倒，把圆桶放进纸盒里，两端的轴恰好架在盒两帮的半圆凹上。"外面再做个大木箱子，装肥皂水……"

正说之间，老林拿着雨伞下班回来了。

众女　快来看看！林大嫂做的。

老林　（拿起来看了看）什么？托儿所的玩具？

王　（笑）你别小瞧人！这是洗衣机模型！

周　（兴高采烈地跑来，挎着背包，满身浇得水淋淋的，显然是下班还没到家。进门就嚷）听说你们研究洗衣机？我来给你们当助手。

众女　（高兴之极）太欢迎啦！

王　你们俩都是自动化能手，快给我们当总工程师吧！

老林　（喜盈盈地把模型拿给老周看）你看老周，人家把模型都做出来啦！

老周接过来细看，两眼闪耀着赞佩、欣喜的亮光。

王　（把盒盖给他们，架上模型解释）这里装肥皂水，这里装……

周　（掩饰不住喜悦）明白！明白你们的意思啦！这里装衣服，转起来摩擦……老林！我看能行啊！啊？

老林　（呵呵笑着看了林大嫂一眼）嘿嘿！许有门！

众妇女听了这话心有底了，乐得又叫："要能行可好啦！"

小李子、技术员、秀云、春花、木匠，以及一大群男女工人都拥进屋来。"在哪儿？模型在哪儿？"

王　（欢欣鼓舞）哈哈！技术大军都上来啦！

周　正好明天星期天，咱们把洗衣机造成！

众人　好！

王 （手一扬，响亮地号召）嗳！同志们！我看明天咱们全院就掀起一场生活技术大革命！人人想办法！人人找材料！男女老少齐动手！洗衣服、擦地板、食堂、托儿所，都搞机械化！好不好？

群众哇的一声喊出来："好！"

"好消息！大闹技术革命啦！……"春花的声音由近而远。

早晨。喤！喤！春花手提一面铜锣边走边喊："大闹技术革命来！……"

在锣声中：

一把刀锯上下飞动，木屑四溅，

锤子钉钉，

剪子剪开一个空罐头盒，

一支笔在纸上画草图，

钳子在拧铁丝，

……

一个很大的方木箱，上有脱了漆的"冰棍"两个大字。

周志民把钉好了的三棱木圆笼放在冰棍箱里比量——这已是粗具规模的洗衣机，这是大院的一角，林大嫂、洗衣员在帮老周做辅助工作，老林在一旁做甩水机。周围堆了一些板头、空罐头盒等一堆废物，几个孩子还在往这集放。

小队长拿一个自行车脚蹬子连着齿轮跑来。

小队长 周叔叔，我妈让我问你这个有用没有？

周 （一看非常高兴）嗳！有用！林大嫂，咱们干脆改成脚蹬的吧？比手摇省劲多啦！

林 （高兴地接过小队长的物件）好哇！

建国 （跑来，手拿一根空心胶皮管）爸爸！护士阿姨问你要不要这个？

周 送托儿所去问问，她们可能有用！

小建国跑进托儿所，李大婶和小李子等人正在试验自动洗手器。

建国 （拿胶皮管）李奶奶！要不要这个。

李 （高兴地接过来）妈！这回可以多做几个洗手器啦！

李大婶给建国表演洗手器："建国你看！"她一踏板，一只玩具青蛙口里含的胶管口吐出清水来，建国嬉笑着接水洗手。

李 妈！你们托儿所还需要什么？

李大婶 （想了想，一看保育员正给孩子换尿布）怎么想法孩子刚一尿湿，保育员就能知道讯儿？

李 （为难地摸了摸脖子）这个……可得问问我师傅！

周 （想了想）嗳！可以用干电池！尿布一湿两股线就连电给讯号！

李 （一拍头）对呀！（乐颠颠跑开）

安秀云走到丈夫面前请求："你什么时候帮我们研究裁布机呀？"

周 你先找王英去研究研究。

大厨房里，王英、炊事员等人在造切菜机，刘淑坤等一群人在制造洗碗机。

炊事员 （对王英小声）咱们那个单干户犯愁啦！

王 怎么？

炊事员笑着对王英耳语，是在告诉王英关于何玉珍裁布供不上用的事。

王英想了想，走过来敲何玉珍的门。

何 （正在屋里吃力地裁枕边布，有气无力地）进来吧！

王英进来。

何 （忙赔笑）哟！你看我忙得都忘记把雨伞……

王 我不是来取雨伞，我是想帮你研究一下裁布的事！

何 （叹了口气诚挚地）谢谢你的心意！你还挂着我的工作，又是这个又是那个，光站上的事，还不够你忙的，再说谁也帮不上我的

忙啦，你们都不会使刀子！（又低下头裁）

王　（拉住何，轻轻夺过刀子来扔在桌子上，诚挚地）别裁啦！你这样裁累死也供不上自动化！

何　（有气无力地坐下）是呀！我得要求调换工作啦，（又发愁）可是我还不会别的，又不会缝，又不会绣！

王　创造个裁布的机器吧！

何　我也想过啦，不行！这刀子安到啥机器上也不能好使！

王　（坐下，思索）

何玉珍无精打采，轻轻甩着累得发酸的右臂。

王　（凝思）咱们想法换一种别样的刀子，天下本来就没有难事，怎么你还没动脑子就先来个不行！

安秀云进来，王英忽然拉住秀云说："咦，秀云，咱们像电锯那样裁布行不行？"

安　（想了想，觉得有门路）像电锯？你是说圆片刀？转的？

何　不行！那裁木板行，可布是软的呀？电锯刀怎么行？

王　（敏捷地翻开那匹布，比画着）两边用轴一转，不就抻直了吗？

安　（兴奋地）对呀！圆刀片一转，布就从这唰——跑过去！

何　（乐得一拍腿）能行啊！可是哪有卖圆刀片的呀？

王　没有，自己动手呀！找旧钢片自己锉！

何　（忽然想起）噫！我小仓库里有一片破锯条，好钢！我找去！（回身就走）

王英对何玉珍的表现很满意，同安秀云交换了一个眼神。

王　秀云，你先帮她干着，我去看看洗衣机。

一群人围在已经做好了的脚踏式洗衣机周围，王英走过来问："怎么样了？"

周　（指了指）全成了，就缺一个自行车链子！

春　我三姨小仓库有一条旧链子！我去要！

王　好好跟她说！

春花边跑边应："嗳！"小敏也跟在她身后跑。

小仓库的门敞开着，何玉珍正搬着各种破烂物件找锯条，弄得满身满脸灰尘，她一见春花跑进来，忙喊："春花！快来！帮我捣动捣动，锯条压在最下面啦！"

春　（帮何抬破筐）你找锯条干啥！

何　（美滋滋地）做裁布机！

春　（高兴地）嘿！三姨真进步，也要搞技术革命啦！（拿下挂在一边的自行车链子）这么说，要你这条车链子更没问题啦？

何　谁要？干啥？

春　周大哥他们做洗衣机！

何　你给我放那！不行！

春　（意外）咦？这也是做机器呀！

何　做裁布机是我自己用！咱们还管别人的机器呀！

春　不都是为了给我们洗衣服么？大家都是我为人人，人人为我，你呢？人人为你，你为自己！

何　（生气）不用你褒贬我！

小敏进来，春花趁何弯腰去翻东西，她悄悄拿起车链子挂小敏脖子上，往外一指，小敏跑走。春花又装作帮助搬东西。

小敏钻进围看洗衣机的人群，大家一看都笑起来，老周高兴地接过去安装。

众人　何玉珍可真出息啦！

王　（问小敏）谁给你拿来的？

小敏　我妈和我姐都在仓库里！

王　（对大家）咱们让演员代表全院给何玉珍写一张表扬大字报吧？对她微小的进步也该鼓励呀！

众人 对！

何玉珍家。安秀云正用铁锉锉圆刀片，何玉珍正在磨石上磨圆刀片，一旁放着一些从旧锯条上截下来的钢片和剩余的锯条，因为屋子太黑，两人都觉得眼睛吃力。

何玉珍拿起磨得差不多的刀片，眯起一只眼来看看刀刃是否均匀，但看不清，揉揉眼，又厌烦地看看挡得黑洞洞的窗户。

安 在你这屋干活把眼睛都累近视了！

何 是呀，累眼睛！

安 趁今天休息，求大家帮你把小仓库拆了吧？让屋子见见太阳！

何 （犹豫地望小仓库）那……东西放哪儿啊？

安 送废品收购站去一卖，对国家对你自己都有好处！

何 （举棋不定）这是多少年啦……

忽然，王英、木匠、春花以及十多个男女工人手持锛刨斧锯和一些木板木方之类的材料拥进屋来。

王 老何！大家支援你们做裁布机来啦！

何 （又高兴又不安地忙起身欢迎）快请坐！快……这可让你们都费心啦！……

木匠 （看了看窗户）哎呀，这屋干活也看不见亮啊！

春 （故意地）三姨！我去买个二百度灯泡吧？

有些人笑起来。

何玉珍望了望小仓库，心一横，走近王英耳语。

王 （听了大笑）老何你早就应该拆了啊！（马上吩咐大家）咱们先帮老何把小仓库拆了吧！完了再帮她把东西运到废品收购站去！

众人 好哇！走！

春 （又飞走）好消息！要拆小仓库啦！

钉锤拔下锈钉子，拆下破板子。

何玉珍跟大家一起拆小仓库。破烂废品已全暴露在光天化日之下了。一些人往推车上装这些废物。

春　（声）好消息！洗衣机要试车啦！都来看哪！

四面八方的正忙革新的人手持工具往大院一角跑。拆仓库的人也跑去。

春　（跑到何玉珍面前）三姨！快去看看吧！用机器洗衣服！

何　（也有兴趣）是吗？（又看了看破东西为难地）我离不开，这没人看着……

春　（硬拉何走）走吧！

何　（被拉得趔趔趄趄，回头看家）暧——我门上还没有……

春　（坚持拉何跑）咳！你就走吧！

春花拉何玉珍钻进人群。

王英、老周等人正在往洗衣机里装破旧工作服，林大嫂坐在高座上，踩着脚镫子等候。

周　（关上木笼盖，喊一声）开车！

林大嫂蹬不转，急忙跳下来往上推王英："你快上来吧！我不会骑自行车！"

王英上去轻快地一蹬，机器轻盈地旋转起来。

群众鼓掌欢呼："好哇！成功啦！……"

小队长在一旁领着小学生敲锣打鼓。

王英一边蹬一边笑，两手悠闲地左右摆动。

何　（兴趣很高）噫！这玩意可好！洗着衣裳手里还能织毛衣！

演员　（两手端一卷大纸，走到何玉珍面前）何玉珍同志！我代表全院居民赠送你一张（说到此处纸卷唰地放下来，原是表扬何玉珍的大字报）大字报！

何 （看了看，莫名其妙）……为什么？

演员 为的是你能为集体福利事业贡献出这一根（指着王英脚下的链条）不可缺少的车链子！

何 （仔细一看，果然是自己的那根，回头看了一眼春花才明白过来，急忙接过大字报来，不好意思地笑向王英）王英！你替我谢谢大家的心意！（心内忏悔故而语无伦次）……我那些破烂儿要能给大家服点务，大家就随便挑去吧！我不卖去啦！

群众热烈鼓掌，锣鼓也跟着紧敲一阵。

王 （坐在高处边蹬边说）那倒不必啦！大家现在最关心的就是换你的屋子来作公共食堂！

众人 全院的房子随你便挑！

何 咳！我小仓库一拆住哪屋都行！

众人 好！（又一阵更热烈的掌声和锣鼓声）

周 有了大食堂，咱们各家把小厨房一拆，能多出三分之一的房子来！

众人 （热烈拥护）对呀！我那小厨房拆了！

王 （两手挥舞在空，越蹬越有力，高喊）好！咱们就来一个房间大调整！

五

晴朗的天，高振平抱着小女儿玲玲走在大街上，他背的大旅行囊上拴挂着毛巾、搪瓷杯，腰间束着皮带，风尘仆仆，但衣容不整却掩盖不了他的急于和妻子见面的喜悦心情。

一辆无轨电车经过，车腰挂着大红标语"庆祝全市群英大会开幕"！老高看了看，亲了一下小女儿的脸，继续阔步前进。

老高走进二号大院，院子里没有人影，非常肃静。回廊上等距悬挂数十只红灯。这肃静的气氛使得老高感到奇怪。

老高抱着玲玲奔自己的家门而去，一进门，他怔住了，里边一片洁白，放着整洁的各种炊事机器！只有一名穿白衣的炊事员背着脸操纵切菜机切菜。老高又忙退出来，看看是否走错了门，又第二次进去。

高　同志！我打听一下……

炊事员　（一回头，忙迎过来，高兴地叫）老高，你可回来啦！

高　（急切）我家搬哪儿去啦？

炊事员　这全院都是你的家呀！王英是我们"家长"，这是你的厨房！

春　（在楼廊上扶栏向下一望，立即喊起来）好消息！老高回来啦！……

十来名穿白衣的服务员从楼上楼下几个方向跑出来，都笑嚷着往大厨房方向跑。

老高抱着玲玲在厨房里兴致勃勃地看机器。

高　（指崭新的饺子机向炊事员）这又是什么机器呀？

炊事员　这是饺子机，咱们给电机厂缝洗了两千件工作服，电机厂就帮咱们做了这个，（方才想起）我还忘告诉你！王英同志坐大卡车给电机厂送衣服去啦，一会儿就回来！

林大嫂为首的一群服务员外加春花拥进门来，都争着和老高握手，欢迎的声音嚷成一片，老高接应不暇。

林　（笑责炊事员）你怎么先领老高参观上啦？快弄饭！（抱过玲玲亲着）嗳哟玲玲乖孩子！长这么大啦！这回可不用再住姥姥家喽！

妇女们推拉着老高走到连着食堂的屋里去。

厨房里留下几个服务员低头合计。

刘　快布置王英的新房去！要像"好消息"的洞房那样布置！

几个服务员应声笑着跑开。

炊事员　老高最喜欢吃什么？

春　他最喜欢吃荷包蛋！

林　（从门缝里递出又脏又破的大背兜来）拿去洗洗缝缝！

刘淑坤接走。

大厨房里窗明几净，两排整齐的餐桌铺着白单。

林大嫂抱着玲玲陪老高，老高在踩着自动洗手器洗手，喜得合不上嘴，林大嫂见他洗完，脚往一个小踏板一踩，镜子后跳出一根棍挑着的热毛巾送到老高眼前，吓得老高一眨眼，两人大笑起来。

何　（忽然开门）哎哟！你看我又走错门啦！

高　何大嫂！你搬哪儿去啦？

何　（热烈地）呀！大兄弟回来啦！我搬楼上去啦！房子才好呢！可就是常走到这里来，老道走惯啦！哈哈……

高　（坐到桌边，继续问何）工作忙吗？

何　（笑）咳！别提工作啦！一天净闲着！

高　怎么？

何　裁布自动化啦，我就光坐那按按电钮！

老高又大笑起来，正笑之间，忽然上空降下来一个方盒落在桌当央，林大嫂从中端出两碗挂面荷包蛋和几碟小菜。空盒已徐徐腾空，到棚顶顺着木轨往厨房那边走，老高两眼看得入神，起来跟那方盒往前走。

何　（拉高回来）吃完再看吧！新鲜玩意多着呢！

大食堂门外停着一台自制的电瓶车，刘淑坤搬一张椅子放上去，又铺了个坐垫。

林大嫂抱着玲玲，陪着吃得满足看得兴奋的老高走出来。

刘　（站在电瓶车上伸手一让）请坐吧！

高 （莫名其妙）这是干什么？

林大嫂推着老高坐上去，然后把孩子交给他抱上。

刘 带你去参观！ （说着就开动了电瓶车跑走）

高 （大笑）参观还有车呀？

刘 我们这是运货物的，今天对你特殊优待！

高 哈哈！我成了货物啦！

电瓶车开到托儿所门前，老高抱孩子下来。

刘淑坤引老高走进托儿室，一进门，一群大班孩子嚷："客人好！"

高 嗳嗳！好！——我怎么成了客人啦？

李大婶 （笑着解释）老来参观的，孩子们说惯啦！ （伸手抱过来玲玲）我把玲玲没收啦，你走吧！

室内走廊里。林大嫂引老周走到挂"阅览室"牌子的门口。

高 （乐得叫起来）还有阅览室？

老高、林大嫂走进阅览室。屋子不大，书可不少，报纸、杂志、小说、连环画……摆得井井有条。

老高惊奇地一本又一本拿书看，书上都写着人名。

高 这都是大家放在这的书？

林 都是。他们说有些书放一块看，大家方便。

高 （赞叹不已）太好啦！这是了不起的共产主义风格呀！

门外传来一个老太太的声音："是振平回来了吗？快让我看看他！"

进来的是腿脚伶俐的周大娘。

周母 （热情地扑到老高面前）唉呀！振平啊！你可回来啦！

高 （惊奇地打量着周大娘，半信半疑问）你是周大娘吗？你老的腿不是……

周母 （一言难尽）咳！都是你媳妇，他们给我换上的好腿呀！……志民不让我说谢字，可我还是得跟你说说！走，快到我屋去坐一会儿！……

林 （拉开周大娘笑往外推，拉长声）大娘你先别忙，人家老高还没参观完哪！

高 （被大娘的热情所感动）大娘！过会儿我一定去瞧看你老人家！

林大嫂引老高走进浴室，老高见墙上吊着一把浇花用的旧喷壶。

高 （奇怪）把喷壶吊起来干什么？

林 （逗他）你仔细看看！

老高仰脸往前走着看，他刚一踏上喷壶下面的踏板，喷壶的莲蓬头立时喷下水来，喷了他一脸，他吓得急忙退回来。两人哈哈大笑。老高又站远处慢慢伸脚去试探踏板，一踩一喷水。

高 太妙啦！

林 快把你这身埋汰衣裳都扒下来好好洗个澡，洗干净了才能让你见王英！

高 遵命！

林 把脱下来的埋汰衣裳全都从窗户扔楼下去！

高 干什么？

林 一会儿就变成干净衣裳送给你换！

林大嫂走出去，关上了门。

林大嫂站在楼下，仰望一个窗子喊："你倒快扔出来呀！"

老高的旧衣服一件件从窗口飞下来，林大嫂边拾边往包袱皮里塞。

刘 （跑来，小声对林大嫂）王英回来啦！快点！

林 （着慌了）啊，她怎么回来这么快？这还没扮好哪，先别让她知道！

王英走过来。

王 你们干什么呢？

刘、林 没干什么！

正说之间，窗口又飞下一件衬衣来。

王英仰脸看看，林大嫂却忙跑过去拾起来塞进包袱里。

王 （奇怪）怎么回事？

林 （抱着包袱跑开）没事！

刘 （笑拉王英）走！洗洗脸去！

王 你们搞的什么鬼呀？

王英被刘淑坤拉走。

室内走廊里，林大嫂和春花用力推着老高快走，老高已经换上刚刚洗净、熨平、缝好的衣服，手里还正忙着结领扣。

理发室里一道白布帘隔开，里面是修鞋部，外面是理发部。一个土造仰椅，一张大镜子，一个女理发员正在给满涂上皂沫的小李子刮脸。

林大嫂和春花把老高推进来。

春 （急忙往起拉小李子，嚷嚷着）快让位，让位！这来了个突击任务！

小李子刚被拉起来，林大嫂就把老高塞进仰椅里去，春花扯过一块白布就给老高围上，催理发员："快！快！"

理发员 （迟疑地）人家小李子是新郎啊！

春 （指老高）这也是新郎！

小李子和老高从镜子里互相看见了，同声叫起来："小李子！""高大哥！"

高 （挣扎着要起来却被捺倒）你快来剪！

李　（满脸皂沫，样子很滑稽）你来，我不忙！

高　小李子、春花，你们什么时候结婚？

李、春　（同时）今天晚上，来得及。

高　（又挣扎起来）这怎么得了！快撒开我！快……

理发员已开始动手给高剪发。

林　（忽然发现老高的皮鞋后跟磨偏，忙给他脱）咳呀，看你这鞋磨的！来我给你钉！（扒下老高的两只鞋，撩开布帘进里面去）

里面放有掌鞋箱子。林大嫂坐下钉鞋跟。

林大嫂在给皮鞋擦油，大刷子迅速晃动。

穿在老高脚上的光亮皮鞋。

老高仪容焕然一新，笑呵呵地走在长廊里。

林大嫂开了门，把他让进一间布置得新房一般漂亮的房间去，春花随后抱进打扮得漂漂亮亮的玲玲放在床上。

林　这就是你们的新居！

春　（拉林）咱们快走吧！

林大嫂和春花出来，关上门。

林　妥啦！小新娘快去接大新娘吧？

此时，刘淑坤等一群服务员拥着王英走来。

王　你们到底要做什么呀？

大家笑着把她推进门去。

王　（一进门，惊喜交加）振平！（一眼看见孩子，急忙抱起来边吻边叫）嗳哟我的小乖乖！你也回来啦！

高　（喜气洋溢）我回来路过北安就把孩子接回来啦！

王　（打量丈夫）咦？你每次回来都没有这样整齐过呀？

高　哈！我这浑身上下里里外外都是刚才在家里加工过的呀！

王　怪不得呢，怎么样？这个家还好吗？

高 这是真正的家！美好的大家庭！

王 （笑）我们这些管家婆的工作还有点意义吗？

高 （深沉地想，低低的声音）崇高的职务！伟大的意义！（又热情洋溢轻轻搂住妻子和孩子）我真为你高兴！干一辈子吧！

夫妻两愉快地相望而笑，孩子也看着爸爸妈妈笑。

王 你今天正赶上咱们全家办喜事！

高 我听说啦，小李子和"好消息"结婚！

王 还有更大的喜事哪，咱们全院有二十四名同志出席了全市群英大会，晚上全家要给他们贺喜！

欢快的唢呐声和锣鼓声。大院门里，全体居民夹道欢迎从群英大会载誉归来的二十四名劳动模范，在这二十四个佩戴奖章绸带和红花的人当中，我们认识的有周志民、老林、安秀云、孙技术员、演员、护士、木匠等人。

服务员们往模范身上撒花纸屑，老周同秀云在纷纷落下的纸花包围中笑着并肩前行，好像一对新婚夫妇。

抱在林大嫂手上的小儿子张开手喊："爸爸！"

老林在模范行列里向小儿子招手前行。

小队长带领建国等二十四名"红领巾"，每人手持鲜花跑到模范们面前献花。

建国 （跑到老周面前献花，同时高兴地大喊）爸爸！我得了全五分！

周 （对孩子说）把花送给王英老师去。

人流走不动了，欢迎者同被欢迎者挤成一片。

老周、秀云、老林、孙技术员、演员、护士等全体劳模都挤到身穿白衣的王英等服务员面前，各自摘下胸前那颗亮闪闪的奖章，抢着往王英等人胸前戴。

王 （闪躲给她戴奖章的老周夫妇，笑喊）暖暖暖！你们这是做什么？

周 （诚挚）王英同志！是因为有了你们的辛勤劳动，我们才能够创造出这样的成绩来！

安 要是后方不巩固，我怎么能够参加上全市群英大会，你一定得戴上！

演员夫妇在抢着给林大嫂戴奖章。

演员 收下吧！完全是出于一片真诚的敬意！

双方争执不休，到底服务员们逃脱不了模范们的包围。

王 （胸前戴上了四颗奖章，手里塞满一束束鲜花，忽然举起鲜花大声召唤）同志们！我提议，把这些奖章挂到会议室去！这是咱们全家的光荣！

群众热烈拥护："好！——"

小会议室里，墙上正中高悬毛主席像，下面挂着白床单，上贴着"全家光荣"四个大字，字下别上二十四枚奖章。两旁还挂着许多镶有奖状的镜框和奖旗，如"卫生模范""文化之家"等等。

挤了满室男女老少观看，谈笑风生。

王 （出现在门口喊道）同志们！现在开始举行婚礼！

大院里，摆设了几十张食桌，桌上摆满酒菜。一或几个小家庭团聚在一张桌边，"新郎新妇入席！——"随着老林的喊声，唢呐吹起来，人们都起立鼓掌。

一群小伙子簇拥着新郎小李子，另一群姑娘簇拥着新娘春花从楼梯上走下来，一群孩子挑着一挂正开花的鞭炮跑在新郎头前，花纸屑和花纸条沿路扑向新郎新娘。锣鼓、唢呐、鞭炮等声混成一片热闹红火非凡的气氛。

人们把新郎新娘拥上搭在食桌尽头的台子上，台子后上方的长廊栏杆上悬挂着毛主席像、双喜字。

"主婚人入席！——"老林又喊。

王英等一些妇女来拉坐在同桌的李大婶和春花妈，两位老人却推让王英："该你上去主婚！"

王 我怎么能当主婚人？你们是家长吆？

两位老人就坚持她："我们是小家长，你是大家长！"

"你快上去吧，王英！"

周 （站在食桌边喊）欢迎大家长和小家长一起上台！

"欢迎！"群众哇哇鼓掌。

王英只好陪李大婶和春花妈登上台子。

司仪人老林高喊："新郎新妇向毛主席三鞠躬。新郎新妇鞠躬。"

"新郎新妇向主婚人一鞠躬！"

新郎新妇向并排站着的王英、李大婶、春花妈鞠躬。

"新郎新妇对面一鞠躬！"

新郎新妇对面鞠躬，春花扑哧笑出来。

"新郎新妇向全家一鞠躬。"

新郎新妇面向全院鞠躬。

全体群众热烈鼓掌，小孩子们也扬手乱拍。

木匠来喊王英，王英走下台来。

木匠 （指着几个人抬的那块"幸福大院"匾额向王英）王英同志！现在总该挂这块牌子了吧？

王 我说不挂这几个字！

抬匾的人们 为什么？

王 （又指着匾额大声问大家）同志们！你们说现在咱们要不要挂这个牌子呀？

大家喊声不一致，"不挂！""挂！"

周 （站在凳子上喊）我说不挂！因为我们还要不断向更幸福跃进！

王 （大声）我同意老周的意见！咱们现在的生活比起真正幸福

的共产主义生活就差得很远！我们永远不能满足，永远要为更远大的理想献出一切力量！

众人　（热烈鼓掌）对！

王　我提议，咱们把这个牌子换上一个普通的名字，就叫"社员之家"，好不好？

众人　（热烈鼓掌）好！

木匠　（兴奋地）对！我马上去改！

远处一桌有人喊："党委书记来啦！"

公社党委程书记和社长两人抬着一台电视接收机走来，后边跟着一个锣鼓队。

人们纷纷迎上去欢迎书记。

程　（对全院的人）同志们！公社党委给你们带来一份礼物！送你们这个大家庭一台电视接收机！以后你们全家就可以坐在会议室里看电影啦！

王英和林大嫂等人急忙接过电视机。

王　（喊）感谢党的关怀！

众人　（高喊）感谢党的关怀！

又是锣鼓掌声齐鸣。

在欢腾声中，厨房的包饺子机欢快地工作，接连不断掉下饺子来。条桌上摆满了一片雪白的饺子。

刘　（走到厨房的门口对炊事员说）书记到了！下饺子！

一板接一板的饺子推进水花翻滚的大锅里。

程　（举起杯来）公社社员同志们！祝贺你们新的生活的开始！

全院的人一齐举杯，互相碰杯饮酒。

周志民走出桌外高喊："二号大院全体家庭成员——"

各桌群众齐声接喊："向——党——报捷！"

于是一场红火，演员站出来纵声朗诵：

党的领导力量强

人民公社放光芒

二号大院成新家

男女老少喜洋洋

全体群众合唱：

喜洋洋喜洋洋

男女老少喜洋洋

穿舞蹈服装的一群男女出现在台上，边舞边唱。

男：共产主义是天堂

女：人民公社是桥梁

男：生产生活双跃进

女：胜利凯歌响四方

众合：胜利凯歌响四方

男：公社组织服务网

女：党的关怀胜亲娘

男：男男女女卸重担

女：展翅腾空齐飞翔

众合：展翅腾空齐飞翔

男：集体生活是课堂

女：共产主义风格大发扬

男：一人有难大家帮

女：一人有乐大家享

男：见了荣誉争先让

众合：（拥到老周等模范面前敬礼）见了荣誉争先让

女：见了困难争先上

众合：见了困难争先上

男：服务员是好榜样

众合：（拥到王英等服务员面前敬酒）好榜样啊好榜样

女：心红手巧日夜忙

众合：日夜忙啊日夜忙

男：千人的重担他们担

女：万人的辛苦他们尝

王英唱：让我们前方后方永远跃进

　　　　让我们早日实现最高理想

众合唱：共产主义是天堂

人民公社是桥梁

生产生活双飞跃

胜利凯歌响四方

在最后的大合唱中，"社员之家"的金字匾高高悬起，灯火辉煌的大街上拥满了欢庆人民公社的提灯、歌舞人流，一轮红日从东方徐徐升起。

结婚之前

时间——一九六二年春，正是村支部书记开会外出的时候。

地点——北京近郊某农业公社的红旗生产大队。

人物表

柳遇春——红旗村生产队大队长兼村支部副书记。二十六岁，杨茂之未婚妻。

杨老二——大队副队长，兼三小队队长，杨茂之父，年在六十左右。

杨二婶——刘喜才之妹，杨老二之续房，年约四十。

刘喜才——富裕中农，刘娇娇之父，第三生产队小组长。

张海风——拖拉机手，青年小伙子，刘娇娇之对象，热情有余，理智不足。

杨　茂——哈尔滨轴承厂某先进小组的组长，为一九五三年的转业军人。

刘娇娇——共青团员，二十岁，回乡参加农业生产的初中毕业生。

三奶奶——二小队队长母亲，老贫雇农。

群众甲（小香）——共青团红旗村支部委员，二小队队员，二十一岁。

群众乙（小虎子）——三小队队员，二十一二岁。

第一幕

时间——正是落日西下的时候。

布景——有干草垛及修涵洞用的粗大的洋灰管子横陈的河堤边。农妇三奶奶正在洗衣服。舞台一侧，有井台，有杨树林子，林丛中时而有暮色将临急于归巢的喜鹊叫声。

幕开，群众甲跑上。

群众甲　（向幕右）柳大姐——你怎么还没干完哪？下工啦！

柳遇春　（内应）哎——马上就完。

群众甲　三奶奶，地里人都收工了，您还在这洗哪，该回家吃饭了！

三奶奶　小香子，又跟谁闹哪？疯疯癫癫的！

群众甲　我们大队长，柳大姐！

三奶奶　小柳呵，我正要找她哪！人家都收工了，她咋还不收，都快办喜事了，她自个儿也不忙着张罗张罗。

群众甲　有啥张罗的，人家柳大姐是干部，她才不会铺张浪费。

三奶奶　嗯，柳遇春可是个好样的。老书记到县里开会去了，咱们村儿里二百来户人家的日子，还不都是担在她的肩上哪！这个家好当吗？可是不好当呵！

〔幕后小虎子与别人说话声。

群众甲　就是不简单。小虎子！你怎么才收工？等你半天了！

群众乙　（上）活儿刚完！

群众甲　你们三小队的干劲上来啦，干的啥活？

群众乙　拾掇瓜地。

群众甲　什么，瓜地？

群众乙　黑地！还不是瞒着大队种的那三十亩瓜！

群众甲　你们三小队那三十亩西瓜地还没翻掉?

群众乙　杨二叔没发话,谁敢翻?不单没翻,今儿个又多加了劳力,还派喜才叔上那督着哪!

群众甲　那昨晚上大队的会白开了?杨二叔虽说是副大队长,那也得听大队的!

三奶奶　香子,我听说,昨儿会上,为那三十亩瓜地,小柳把杨老二批评了一顿?

群众乙　可不是,柳大姐把杨二叔批评的,柳大姐真是大公无私!公公错了,照样儿批评!

群众甲　本来嘛,杨二叔就是不对,原本是大队副队长兼着三小队队长,为的是加强小队的领导,他可倒好,瞒着大队私自种了三十亩西瓜地,什么来钱多种什么,要是全村四个小队都不按大队生产计划办,那粮食任务怎么完成?你懂不懂?

群众乙　那我咋不懂?

群众甲　你懂你不批评杨二叔?

群众乙　我批评他?

群众甲　呵!大队的事,就得靠咱们管,就得靠社员办!

群众乙　说得容易,你要在我们三小队,你试试!

群众甲　哼,你呀!就是落后!不敢斗争!（耐心地）小虎子,咱们光嘴上说学柳大姐啊,咱们要拿出实际行动,大队上的事咱们不能眼看着不管哪,有意见就要提出来。

三奶奶　（听见幕后柳遇春声）小柳!

群众甲　柳大姐,回家吃饭吧!

群众乙　柳大姐,歇会儿吧!

三奶奶　小柳呵!别忙活啦!也该歇歇啦!

柳遇春　（上）三奶奶,还洗哪,回去做饭吧!

三奶奶　我等你哪!想跟你说个话儿。

柳遇春　哎，我就过来，小香，瞧见你杨二叔没有？

群众甲　没看见。怎么，找你没过门的公公商量着办喜事啊？

柳遇春　你这个死丫头！（打闹）正事我还办不过来哪！还顾得上办喜事啊！

群众甲　杨茂大哥今天晚车就回来，还不准备欢迎，瞧你这样儿！也该打扮打扮啊！

柳遇春　嗬！你的消息比我还灵哪！

三奶奶　说真的，小柳，杨茂给你来信了吗？是说今儿晚上回来吗？

柳遇春　是今儿晚上回来。

三奶奶　要说你杨茂大哥，可真是个有出息的孩子，上朝鲜抗美援朝，立过战功，现在还是大工厂的生产小组长，他跟你柳大姐可真是一对啊！

柳遇春　三奶奶，看您说的！

群众乙　真格的，大队长，啥时办，给个信儿，我们好替你忙活忙活。

群众甲　对了，柳大姐，团支部想给你办个新式的！开个晚会啦！唱个歌什么的！

群众乙　那也不能白忙活，我是不会喝酒，反正肉汤得喝上！

群众甲　勤俭办社，勤俭持家，你咋学的？

柳遇春　小虎子，我看你还是多关心关心你们三小队，怎么完成粮食任务吧！

群众甲　还粮食任务呢！他们三小队准完不成！你问问他今儿个干啥活儿了！

柳遇春　我知道。

群众甲　小虎子，你跟柳大姐汇报汇报！瓜地不但没翻，又加劳力又加肥！

群众乙　杨二叔叫去的，还派刘喜才在那儿督着哪！

柳遇春　你们三小队水田挠头遍了没有？

群众乙　没挠。

柳遇春　草长得可不少！你们先回家吧，我找杨二叔去！

三奶奶　小柳，你等等，我有话跟你说。

柳遇春　什么事儿，您说吧！

三奶奶　你看，有人拿麻换花生哪！

柳遇春　我瞧瞧！

三奶奶　（掏出一束麻）这么点麻，换三斤花生哪！你看这多鬼呀！

柳遇春　这是谁家的麻？谁这么投机取巧啊？

三奶奶　那拴子他妈说什么也不说，就问不出是谁家的。

柳遇春　这样吧，您跟她说，把这麻给退回去，咱们可不能让投机取巧的钻了门路！

三奶奶　哎，给他退！

柳遇春　您问问到底是谁家的麻。对了，她不是要用麻吗，那我家里有，让她找我妈拿去。

三奶奶　嘻，你家那点麻，给队上拉扯着使得不少，怎么能……

柳遇春　我用不了，我哪里还有工夫搞家庭副业打草绳子呀！要不这么着，回头我给小拴子他妈送去。您跟她说，咱可不能给那投机取巧的人开门路。

三奶奶　哎，小柳，你过来，还有个事儿。听说昨儿晚上你把你二叔批评了？批评得对，该批评，就得批评。可眼下杨茂回来，你们就要办喜事儿，可别闹崩了！

柳遇春　三奶奶，您就放心吧。干部当中意见不一致，争论争论是常事，杨二叔又是老干部，没啥！好了，我找杨二叔去了！

群众甲、乙　咱们一块走，我们陪着你！

〔三人同下。

三奶奶　（望着柳遇春的背影）要说小柳哪，真是好样儿的！杨

茂那小子，就是有福气啊！多好的一个媳妇啊！（下）

　　〔杨二婶、杨老二上。

杨二婶　（手提化肥桶）这可是咱们的家务事，你还怕她呀！

杨老二　（捎着铁锨）我怕她什么呀！

杨二婶　昨晚上开完会回来，看你气的那个样儿，说："遇春这丫头，翻脸不认人哪！我可受不了她的，这门亲事咱跟她吹。"要说柳遇春这丫头，是气人，去年刚当上大队长，嗐！新官上任三把火，一上台就把我老哥刘喜才的副业组长给撤了！你那么好说歹说，人家就是不点头。今年又为了咱们队上多种了一点儿瓜，你看她……

杨老二　咳！跟你说，队上的事儿，是大家的事儿！你少往里掺和！

杨二婶　那咱们跟柳遇春的事儿，你怎么还不跟她说清楚呀！今儿杨茂回来了，你不办利落了，回来不又是扯不清呀！

杨老二　这事，咱们跟小柳说，不合适。这得等杨茂回来，要退，就得让杨茂自己去跟她当面说。

杨二婶　要是杨茂不愿意哪！

杨老二　不会，他不敢！自己的孩子，还不清楚么？他能为了娶个媳妇儿，闹得老子娘的不安生，一家子不和美？

杨二婶　可是娇娇这头儿哪？要定就定呀！人家也好有个准备呀！你呀，还是个土改的老干部哪！别说了话不算数。

杨老二　我怎么说话不算数啦！一头没退，一头就定下了！这个理咱们站不住，总不能黄瓜茄子一起数呀！

杨二婶　那我把话可说在头里，要是杨茂回来，还要把柳丫头那个祖奶奶娶过来，头天办喜事，二天晚上你就准备给我出殡办丧事！我不找根绳子，在你们杨家门儿上上吊，就算我是个没骨头的窝囊废！（开始啜泣）

杨老二　咳，你这是怎么啦！我不是说了嘛，和小柳这门亲事，算是作罢了！就是拉回砖来，露天灶也不搭了！

杨二婶　咳！要我说，你还是别先去辞那些帮忙搭灶的！喜事还是接着办！

杨老二　（不理解地）我说你到底是怎么回事啊？

杨二婶　给娇娇办，不就得了吗？

杨老二　咳！你这个人，急什么呀？这不是"乱弹琴"吗？就是娶娇娇，也得要杨茂自己去相相呀！咱们不能包办！

杨二婶　我是怕夜长梦多！

杨老二　也得等杨茂回来才算数！（有意结束，转指杨二婶所提的化肥桶）河东那块小麦地的化肥，都布完了吗？

杨二婶　（含糊其词）嗯！完了！

杨老二　咱们三队的小麦，三类苗作物数量多，正是麦苗要化肥的时候，要布得仔细，撒得匀，可不能马马虎虎的，国家支援的化肥，可不能糟蹋呀！

杨二婶　知道呀！我哥刘喜才领着干的，那还有错。

杨老二　哎，杨茂晚上就到家了！回头你到供销社去割点肉，再换几块豆腐就行啦！你先回去张罗着，我到稻地里再去转转，该放水了！

杨二婶　你看你这个人，有福不会享，柳遇春人家什么都走在头里，她愿意忙活，你就让她一个忙活好了！干了一天活儿，人家都收工了，你还不回去歇着呀！

杨老二　一样的干部，还能两样的干法呀！再说，不放好了水，明儿一早那不全让雀儿吃光了！（下）

杨二婶　嘿！这老头子！

〔杨二婶见四下无人，扯出腰里的口袋，把桶里剩余的化肥倒进口袋里去。正在这时刘喜才上。

刘喜才　（咳嗽）老妹子，看着点人呀！

杨二婶　哥，是您哪！这又不是偷，怕什么！

刘喜才 （亲热地）怎么样？老妹子！跟老头子说妥了吗？

杨二婶 说倒是说了！（向刘喜才伸手）还剩多少，都给我倒下吧！

刘喜才 你心里就惦记着这点化肥，这才有多少呀！

杨二婶 咳！你快倒给我吧！等会儿，要叫老头子看见了，就要命啦！

刘喜才 靠这么点化肥！顶什么，叫人看见了，那才"吃不着羊肉，闹身膻"哪！

杨二婶 我那块自留地里种的黄烟正等着肥使哪！（过去夺化肥）

刘喜才 赶明儿个，趁老头子不在队上的时候，咱们把留给瓜园子的化肥，弄出个头四十斤的，还不足够你那点自留地使的呀？

杨二婶 （惊）哪呀，你敢！那不是偷了吗？

刘喜才 老妹子，我是说着玩，还是谈谈咱们两下里的大事吧！到底刚才你和老头子说定了没有呀？得给我个底儿呀！

杨二婶 （宽慰语气）说定啦！

刘喜才 老头子点头啦？

杨二婶 他不点头还行呀！这回他可得依着我。

刘喜才 （兴奋地）好呀！你真行呀！可这时候，是个大关口，千万大意不得，可别叫小柳把老头子拉过去，虽说你是老头子的续房，不管怎么说，你也是杨茂的妈，家里的事你就能做主。小柳的官儿再大，也压不过你这个妈去！

杨二婶 刚才我听见小柳在那边问谁看见杨二叔没有，看样子，真说不定小柳昨天晚上醒过腔来，怕真把老头子得罪了，找他赔个不是哪！

刘喜才 （机警地）我说怎么样？这叫打过巴掌再给你一个甜枣吃，你可不能叫她把老头子再哄的反过口来。说真格的，老头子怎么说的？你说说！

杨二婶 咳！我是说和小柳的亲事退定了！

可是娇娇这头，老头子说，还得等杨茂回来！

刘喜才 咳！这不是小驴推磨，转来转去，还是没离开磨道吗？和小柳退亲，昨晚上就定了，我是问娇娇这头儿亲事！

杨二婶 老头子是愿意呀！就是要等杨茂相相亲。

刘喜才 那倒好办！要紧的，是趁杨茂还没到家，咱们三下里最好是面对面把话挑明了！等杨茂回来，生米已经做成熟饭，翻也翻不过来！

杨二婶 哎！吓！说曹操，曹操就来了！

〔有鸭子叫声，柳遇春闻声出来瞭望。

柳遇春 嘿！又是谁家的扁嘴往地里放呀！

〔低头拣块石头正要向鸭子叫声处投去，听到杨老二幕后声。

杨老二 （内声）吓！吓！去！去！小拴子，把鸭子赶过去，别让它们往地里跑！

〔柳遇春闻杨老二声，看远处笑着，丢下石子。

柳遇春 （大声，向远处）二叔！（隔河相叫）我正找您哪！（听杨老二在说什么）二叔，您等着我，我过去！（过河，顺堤下场）

刘喜才 瞧见没有？过去了！你要壮起胆子来，这可是你后半辈子的大事！虽说她是大队长，你们家老头子是土改时的老干部，老党员，你家杨茂是大工厂的工人阶级，哪点儿也不比她矮！

杨二婶 （得意地）哼！这可不假！

刘喜才 你可要拿定主意，别叫她又把老头子给说的心软了，变了卦。

杨二婶 知道啦！

刘喜才 你要明白，杨茂不是你亲生的儿子，娇娇可是你娘家门儿上的亲侄女，只要你有本事在小柳面前挑明了，咱们两家亲事就算定局，回头就过彩礼。我当老哥哥的可是全为你着想，我这不是把亲闺女交付给你了！——快！别让她和老头子两个人在一块儿，快到他们跟前去！

杨二婶　你看我的就是啦！我可也不是好惹的！这回，我就要撕下脸来，和她闹一闹！（下）

〔刘喜才望着杨二婶怒冲冲走去的背影，欲下，杨二婶又上。

杨二婶　（低声）他们过来了！

〔柳遇春及杨老二上。

柳遇春　二叔，刚才我又到三小队的麦地里去走了一趟。

刘喜才　大队长，对我们三小队是特别关心呀！

柳遇春　（肃然的口气）我看，是关心得不够，一队和二队的稻地都挠头遍秧了，你们三队哪，还没动手！

刘喜才　那是……劳动力紧张嘛！嘿！嘿！

杨老二　（有意避而不听，对杨二婶）你怎么还没有回家呀？

杨二婶　我不是碰见我大哥了吗？我在这儿歇会儿。

〔群众甲、乙上。

柳遇春　二叔，我不是说么？我刚从三小队的麦子地里走过来。

杨老二　（半真半假）怎么？三小队的小麦也出了什么岔子啦？

柳遇春　是呀！三类苗多，追的化肥是按计划执行的么？

杨老二　怎么，化肥追得不够量么？

刘喜才　哪，哪能呀！

杨老二　（严肃地）喜才，三队化肥都是你经手管的，你给大队长汇报汇报！

刘喜才　抢救三类苗儿，大队指出来的，当前在三队上是生产关键问题，那还能马虎行事呀……

杨老二　少说那用不着的，一亩地布多少肥呀？

刘喜才　平均十五斤呀！

杨老二 这不结了！（对柳遇春）你看，行了吧！

刘喜才 这三类苗明明是小张他们那个新耕作法的毛病，他们把黄土都给翻上来了。

柳遇春 人家机耕队用的是新耕作方法，那是成功的经验，你这么说，你敢负责任吗？再说这三类苗，到底是什么原因，咱们还得好好研究哪。咱们撒了那么些肥，怎么苗儿还没有发黑呀！刚才我又去瞧了瞧，今儿布的肥，四圈儿看到肥了，当间儿就稀稀拉拉的！

杨老二 瞧你这么说，我们队上还有人私下往袖筒子里弄化肥呀！

杨二婶 （向柳遇春）你这可是没事找事儿，有人偷化肥你看见了呀？

柳遇春 我没那么说，二婶。二叔！我想找您合计合计……

杨二婶 （拦话）小柳呀！我看你是人大心大，眼里哪还有你二叔哟，哪天你不跟你二叔找碴儿呀！就因为三小队多种了三十亩西瓜，也值得你那么不依不饶的？把你二叔还弄到大队生产委员会上去批评，这不是有意让你二叔现眼吗？你二叔，也看透了，昨天晚上呀……（想提退亲的事）

杨老二 队上的事儿，你别乱掺和！

群众甲 二婶！话可不能那么说，那瞒产私种的事，大队长可是先劝过杨二叔，二叔不听，才提到队委会上去讨论的，在会上，二叔还是没有认错儿呀！那三十亩西瓜地不但没翻，今天又加派了劳力到瓜地里追肥哪！

杨老二 （向柳遇春）种那三十亩瓜地是为了小队大伙多增加点收入！大伙儿的福利，我就看不出错在哪里！

柳遇春 （肃然地）二叔！就是错了！我找您也就是为了这事！昨儿晚上，在会上大伙儿不是都分析过了么！二叔怎么一点儿也没听到心里去哪！去年，三小队的粮食产量就没有完成指标呀！今年，怎么能占用粮食作物的生产面积，瞒着大队，私自在计划外头，又多种了三十亩西瓜？这还能说不错么？二叔，什么来钱儿多，就种什么，净捞肥的吃，还行呀？那还要生产计划干什么？不管怎么，咱们不能忘记了支援国家工业建设的光荣任务呀！

杨老二　可是三小队种的那些西瓜，不是为了三小队的孩子们吃呀！呵！还不是拉进城里去支援工业吗？

群众甲　按咱们大队的计划已经种了十二亩，一个小队三亩，要都像二叔这样把种粮食的地种了瓜，还要计划干啥！本来，就是不对嘛！

柳遇春　刚才二婶说我找碴儿，可是摆着那么些事，我能不提？就拿水田来说吧，为什么老是赶不上去哪！草苗一起长，劳动力紧，可是劳动力都叫什么活儿夺去了？还不是给那三十亩西瓜地追把儿肥去了！不光占了三十亩粮食生产面积，还和粮食作物争劳动力，老根儿还不是在那三十亩计划外头的西瓜地上呀！一着棋错了，步步就要错！

杨老二　水田你放心，瓜地完了，就挠头遍，三小队落不到后头去！

刘喜才　要我看呀！咱们村儿的干部，就是不团结，要是咱们村的干部也像三家店村似的，抱团儿，就是四个小队，再多种十亩二十亩的花生，公社也不会知道，经营管理，可得心里有个算盘子！

柳遇春　（冷然地）你这是什么思想，对国家挂着社会主义集体经济的招牌，要贷款，要化肥，要农药，要电力灌溉设备，可是却一点儿也不打算怎么在粮食生产上，能超额完成支援国家工业的任务，还要瞒着公社搞那些拿不到桌面儿上的买卖，（向杨老二）这是什么道路呀？二叔呀！这还不是损公利私的资本主义道路呀！

刘喜才　咳！小柳！你背后说我什么都行，你可不能当着你二叔的面儿这么说呀！

杨二婶　柳遇春，你这是给你二叔扣大帽子！你如今官也大了，气也粗啦！你二叔都跟我合计好啦！我们家的佛龛小，供不下你这尊三只眼睛的大菩萨，我们家的杨茂老实，也架不住你这个厉害媳妇折腾……

杨老二　你瞎嘟吧啥？

柳遇春　二婶！您这是说什么呀！

杨二婶　（向柳遇春）我就把事情给你说清楚了，我们杨家不敢要你这个厉害媳妇，我们受不了！到家里再压制我们老两口子，闹得我们家里也鸡飞狗跳墙的！

群众甲　（气愤地）这叫啥事儿啊！

柳遇春　二叔，难道说，一队二队在管委会上给您提了那么些意见，您就一点也不考虑吗？您是大队副队长，不能光从三小队的局部利益上考虑问题！

杨二婶　咳！小柳呀！我不是都挑明了吗？你这门亲事作罢了，你二叔当着我的面说了，他不敢要你！

柳遇春　二叔！（硬朗地）您是说过这话么！

杨老二　我是说过！遇春，好丫头！我看咱们俩的缘分儿，也到头了！我把你扶持大了，你的翅膀也硬啦！我早也看透了！咱们爷儿俩的脾气合不到一块儿呀！咱们两家的亲事就作罢啦！

〔全场肃然无声，柳遇春吃惊地呆然转身望着杨老二。

柳遇春　（突然振作地）二叔，咱们公归公，私归私，这里也不是谈咱们爷儿俩私人问题的地方！我们还是商量商量，那三十亩瓜地究竟还翻不翻！山挡路，咱们要山搬家，水挡道，咱们要河改道，咱们可不能为了一小伙人的眼前利益，叫那三十亩黑地在集体经济中变成了绊脚石。婚姻问题，究竟是两个人的事，可是那三十亩瓜地，不但减少了三小队两万斤粮食的产量，还关系到走哪条道路的问题。

杨二婶　小柳！你二叔这两天正张罗着给杨茂办喜事，没工夫想翻地的事儿，我们杨茂回来可是还得另娶呀！

群众甲　（愤怒地）另娶？另娶谁呀？

杨老二　（向杨二婶）住嘴，你给我回去！

群众乙　二叔！你可不能这样办呀！再说，我杨茂大哥……

柳遇春 （向群众乙）不要扯这些啦！人家听见了要笑话！二婶您也别说了，我明白了！

杨二婶 小柳！你可也别怪你二叔和二婶，我……

刘喜才 是呵！话说开了，就算过去了！就凭姑娘你这份人品，哪还怕找不到一棵高枝儿落呀！

柳遇春 刘喜才，这里没你的事儿，回去吧！

刘喜才 哎！（下）

群众甲 柳大姐！

柳遇春 （向群众甲、乙）你们也走吧！

〔群众甲、乙应声下。

柳遇春 （另有所思的声音）二叔。

杨老二 你也别心里抱委屈！二叔老了，想图个心静！咱们爷俩既然合不到一块儿，就别强求了。你是好强的人，也别因为这门亲事做不成，心里难过！

柳遇春 二叔！我不同意您这样简单的处理问题！

杨老二 事情赶到这一步啦！你当你二叔心里好受么！我这心里头也不是滋味呀！孩子！

柳遇春 我是您拉扯大的，咱们爷儿俩之间，没有什么过节儿。您虽然说，是我们的长辈，可是咱们爷儿俩都是党员，谁有了不是，都有责任提个醒儿。也许昨儿个晚上，有个别的同志，批评您的语气重了些，可是我心里也不好受。党把这么重的担子交给咱们，咱们就得把集体经济搞好。可您哪，昨天刚开完了会，今天一队二队都挠头遍秧了，可是三小队的劳力，还在那三十亩黑瓜地上抓把肥，水田里就没有人，眼看着草苗一起长，谁看见，心里不起急，不发火啊！

杨老二 遇春，你还年轻，你得好好考虑考虑，那三十亩瓜地是三小队群众心头上的肉啊！

柳遇春 二叔，可那粮食作物是全大队全公社贫雇农群众心头上的肉啊!

杨老二 遇春哪!头年大队上副业收入,大部分留下来买了化肥,今年三小队多种几亩瓜,你又不让,群众有意见,照这样下去,你要脱离群众啊!

柳遇春 您说的是哪些群众啊?

杨老二 哪些群众你也要满足他。你不满足他,那积极性就能调动起来啦?

柳遇春 像刘喜才这样的人,你永远也满足不了他,人家一队二队又打草绳子又编草帘子,卖钱也不少呀!那才是正当的副业,您不要老听刘喜才那一套!

杨老二 你这是什么话,我听刘喜才的!我让他干什么,他得干什么!再说,你别看人家是富裕中农,人家在农业经营管理上有一套嘛!哪回出外给队里办点事儿,你派别人行吗?人家刘喜才出去,到那儿就把事儿办了!

柳遇春 他那是什么本事?还不是投机耍滑,从大锅里捞肥的本事?二叔,您是跟着刘喜才走上歪道儿了,还不知道哪!

杨老二 你二叔,从土改起,一心跟着党走,忠心无二,我走不了歪道上去,你就别替我担心!有什么错儿,你二叔一个人担。怕担风险,我还不革命了!当初支前的时候,我跟你爹抬的是一副担架,子弹嗖嗖地打耳边过,你二叔就没怕过;土改时候,地主王老九打黑枪,把你爹打死了,剩下我一个人,夜里照样儿到区上去开会;到如今,就因为照顾群众多种几亩瓜,你就这么说我呀!支部书记不在家,你这个大队长说我走歪道,不算数,这条道,我还走定了!

柳遇春 这条道,党绝对不让二叔走!

杨老二 哼!(气下)

柳遇春 (风声响过,自语)一句正经话也听不进去了。怎么就看不清这损失呢?……为了群众?……这不明摆着搞资本主义吗？……又牵扯到我们俩的亲事上来了……刘喜才又搞什么鬼？想拿婚姻压我？……不管你变什么花样，搞资本主义道路就不行……怎么小山上那棵老榆树不见了？

〔群众甲、乙跑上。

群众甲　柳大姐，柳大姐！

柳遇春　怎么你们还没有回去呀！快下雨了。

群众甲　我们担心，怕你吃亏，走了一半又回来了。柳大姐，你看刚才多气人哪！

柳遇春　气有什么用？有人正盼把咱们气糊涂了才好啊！

群众甲　那就算完了？

柳遇春　不！这不单是婚姻问题，这是那三十亩瓜地联起来的！

群众甲、乙　那咱们把瓜地给翻了？

柳遇春　这还是要靠三小队的自觉，咱们是要把那资本主义思想给翻了，小香，你看见小山上那棵老榆树怎么不见了？

群众甲　没有。

群众乙　哎，是不是谁给偷着砍了？

〔张海风喊上。

张海风　柳大姐！柳大姐，在村口……就在村口儿，我刚离开拖拉机，往回走……

群众甲　你真啰唆！

柳遇春　你到底碰到谁了？说清楚呀！

〔张海风不语。

柳遇春　他们俩在这儿，你怕什么？说吧！

群众甲、乙　（同时）嘿！真急死人啦！

张海风　是呀！我说……我碰到娇娇了。她告诉我先不要对别人讲！

群众甲　咳！到底是什么呀？

张海风　她说呀,杨二叔昨天晚上呀,要叫杨茂回来跟你退亲的!

群众甲　这早就知道了!

张海风　你们知道了。那不糟了么!

群众甲　柳大姐可没答应退呀!

张海风　真的呀! 那还好! 不过, 娇娇可是向我说, 她说可不能告诉外人……

群众甲　咳! 不过, 不过的, 又是什么呀? 快说吧!

张海风　对, 娇娇说他爹要把她许配给杨茂!

柳遇春　（又是一个意外）哦! （全场沉静）这倒是有意思啊?
（过了一会儿）这么说（抬起头来环顾）事情还不像咱们想象的那么简单哪!

张海风　是呀! 柳大姐! 你看咱们怎么办呀?

柳遇春　咳! 什么怎么办? 是你怎么办啊, 还是我怎么办啊?

张海风　咳! 你们俩的问题不就是关系到我们俩么?

柳遇春　你和娇娇的关系到底怎么样了? 明确了吗?

张海风　好倒挺好! 可就是没明确呀! 所以我才没主意哪!

柳遇春　你不是最了解娇娇么?

张海风　说了解, 是了解, 可是又不了解。

柳遇春　这怎么解释呀?

张海风　唉! 在工作上, 我了解她有理想, 她想得可美啦! 她跟我说过, 培养不出优良的小麦新品种来, 就不结婚。她还问我, 同意不同意她的看法。可是她对我的感情究竟怎么样, 我一直是不摸头呀!

柳遇春　（带笑意地）傻瓜, 我看你还是和她谈谈吧!

张海风　（小声机密地）我告诉你呀! 她说, 待会儿就到这儿来找我!

柳遇春　这不是很好吗?

张海风　可……可我说什么哪？心里没词儿呀！

柳遇春　小香，你们去看看那棵老榆树，到底怎么回事儿，回来告诉我啊！

群众甲、乙　哎。（下）

柳遇春　小张！（把他戴的鸭嘴帽往上掀了掀）你可别为娇娇的事，愁眉苦脸的！只要你们坚定，谁也挡不住你们！我问你呀！你怎么到市里去了五六天哪？

张海风　等着拿五铧犁的升降器哟！

柳遇春　这回都修好了吧？

张海风　修好啦！

柳遇春　今天上半天，拖拉机不是就在河东耙地么？

张海风　是呀！怎么啦？

柳遇春　你没注意三小队今天早上往小麦地里拉了多少肥么？

张海风　没留心！

柳遇春　没看见手推车推过去么？

张海风　没怎么理会呀！怎么啦？有什么问题么？

柳遇春　我是想呀！西瓜最喜欢肥土，不能不和粮食作物争肥料呀！小张，你以后对什么事情可要多留心呀，你听到了没有？

张海风　听到了！

柳遇春　别因为感情问题闹得吃不好，睡不安的！我可先告诉你呀！要是耙地耙得不细致，我们到时候可不验收，听见了没有？

张海风　你放心吧！没问题！

柳遇春　好！那你就在这儿等吧！（下）

张海风　她倒好，跟没事人似的，怎么这时候还看不到娇娇的影子呀！哎呀！老天！可别下雨哟！可别在这个节骨眼儿过来人呀！

（坐下来）

〔杨茂提着手提箱，背着挎包，拿着风雨衣上。

杨　茂　（意态轩昂，左右环顾着）吓！几年没回来，村里可是大变了！

张海风　你说这个别扭劲儿，说别来人别来人，偏偏在这个节骨眼儿上来了人！

杨　茂　（发现张海风）同志，你是拖拉机队上的吧？

张海风　（背转脸去）是啊！你怎么知道我是拖拉机队上的？

杨　茂　（边说边眺望）看着你穿的那工人装，老远一闻到油味儿，我就知道你是拖拉机队上的啦！

张海风　（看着自己的衣装，旁白）这主儿，自来熟！

杨　茂　（搁下手提箱）同志，咱们这条干渠，是从怀柔水库引来的吧？

张海风　要不，我们这儿去年那场大水，一点儿也没受影响呀！（旁白）糟糕！我怎么不搭碴不搭碴，又搭起碴来了！

杨　茂　真不简单哪！怪不得这块苇子地，现在都变成稻地啦！（见张海风不理）喂！同志！你是哪个村儿的呀？

张海风　（发火）你这个人真怪啦！你走你的道儿，你管我是哪个村儿的？

杨　茂　嘿！你是不是老榆树村的张海风呀！

张海风　哎呀！杨茂大哥，是你呀！

杨　茂　好家伙（以拳击其胸），当了拖拉机手，就不认人啦！架子好大呀！

张海风　哪敢认呀！瞧你这副打扮，可真不敢认！

杨　茂　几年不见，你可变成个大小伙子了！什么时候学开拖拉机的呀？

张海风　五八年，市里办了个训练班，老李领着我们去的。眼下，老李是我们的站长呀！

杨　茂　老李？哪个老李呀？

张海风　二楞子嘛！你当儿童团长那会子，他的青年抗联主任，你怎忘啦？

杨　茂　噢！二楞子当了站长啦！嘿！这可是不简单的工作呀！

张海风　你也不错呀！你这儿童团长，也当了哈尔滨大工厂的轴承工人啦！

杨　茂　你也不错么！呵！农业机械工人呀！听说，咱们这儿的粮食产量，年年往上升，在郊区是个尖子呀！全公社的一杆红旗呀！

张海风　在公社是一杆红旗，可是要跟人家大寨和南韩继比，在粮食上那还得加把劲儿！你也变了样啦！

杨　茂　咱们这里的条件不坏呀！

张海风　这都是我们柳大队长领导得好哇……

杨　茂　嗯？还是靠群众的积极性呀！光小柳一个人就行了？

张海风　是啊，群众的干劲可大了！国家又拨了大批化肥，可是化肥用得大呀，有的麦种，吃不住，就倒伏；有的麦种，吃是能吃，可又口松，一熟就往下掉麦粒儿。要不娇娇和青年们搞了个科学技术试验组，今年要把培育新品种的任务，当重点哪！搞得可是热火朝天呀！我还忘了问你哪！你回来是要结婚吧？

杨　茂　呵！你哪！怎么样？有对象了吗？

张海风　我呀！我不忙，我还年轻……反正呀……走着瞧吧！

杨　茂　嘿！这是什么话？

张海风　我是说，我是说，反正你呀，要是跟柳大姐结了婚，多好呀！那我哪，也就好了！

杨　茂　是！哎？你这是什么意思呀？

张海风　咱们是老战友么！当然你的幸福，我就看作是自己的幸福。

杨　茂　好伙计！

张海风　本来我还年轻，结婚忙什么？

杨　茂　好样的，有志气！趁着年轻，好好地干！要在农业现代化上搞出个名堂来！

张海风　反正，咱们是生产靠前，生活问题就靠后。

杨　茂　好样儿的！（风声，看天）哎呀！掉雨点儿！看样子要有场暴雨，走，到我家去！

张海风　不了！我还有点要紧的事。噢，对了，我们拖拉机站上好些人，都说让你去玩哪！

杨　茂　好！我要去看看他们的，明儿见！（下）

张海风　下大堤一直走。（向杨茂挥手）

杨　茂　（声）有空来玩儿呀！

张海风　呵！（默然沉思，独白）娇娇怎么还不来呀？真倒霉！

〔刘娇娇上，找张海风。

刘娇娇　（叫）小张，小张！

张海风　（吓她）哎！

刘娇娇　看吓人一跳！

张海风　你怎么才来呀？（在树下共顶雨衣，沉默久之）娇娇，我从城里给你们带了本书来，《小麦新培育法》，我给你送家去了。

刘娇娇　谢谢，我代表我们共青团科学试验小组给你道谢了。

张海风　（雨下着）谢什么哪！

刘娇娇　（看张海风脸）瞧这脸泥！（给他手帕擦脸）给我洗！

张海风　你还有心笑哪！杨茂大哥都回来了！

刘娇娇　你碰见啦！

张海风　刚才还在这儿和我说了半天话哪！

刘娇娇　那你说我该怎么办？

张海风　你可要拿定主意！娇娇！反正你和谁结婚我也不反对！可是你还年轻，别那么早结婚！（刘娇娇顿然情绪冷落下来，低下头）革命事业要紧，别到时候禁不住风浪和封建压力，拿不定主意……

刘娇娇 我呀！那可很难说！（故意地）我这个人呀！就是没个准主意！

张海风 娇娇！（恳求地）你听我说呀！

刘娇娇 （走开）本来嘛！有个人说回乡生产好，我初中一毕业就回乡了！哪有个准主意！那好呀，你不反对，我就决定和他结婚了！（跑下）

张海风 娇娇！（追了几步）娇娇！（顿然停住）我本来不是那个意思，可是不知怎么一来，舌头就溜出那么一句话来！

〔柳遇春上。

柳遇春 小张。

张海风 哎，柳大姐，你上哪儿去了？

柳遇春 我到小山上接小香去！小张，刚才过去的是娇娇吧？你们谈得怎么样？

张海风 别提了！（在大雨中激昂地）还是柳大姐说得对，反正不能因为感情问题，影响了工作！今儿晚上不休班了！雨一停，再干它一宿，我就是有这股劲儿！

柳遇春 不因为感情问题影响工作，这是好的。可是你应该看到这不只是婚姻问题，这里边有思想斗争。

张海风 思想斗争？

柳遇春 是呀，我明天就到公社党委去。

〔张海风与柳遇春下。

——幕落

第二幕

时间——第一幕的当天晚上。

布景——杨老二之家，墙上贴有关于防止发生农业用电事故的宣传画，顺义县人委的布告，还有互助组时期的奖旗之类。正中贴有《毛主席到我家》的年画。

舞台分内外两屋，隔窗可以看到里屋的布置。外屋是灶间，有风箱、矮桌及高桌、椅子、凳子。梁上悬挂着苞米棒子，晒干的辣椒之类，一角有水田用的四齿耙子、木锨、长柄扫帚等物。

杨　茂　（内声）咱们家的饭就是香啊！

杨二婶　（在外屋）吃吧，我再给你盛一碗。

〔刘喜才打雨伞上。

刘喜才　（在屋外）大外甥回来了没有？

杨二婶　回来了，他老舅啊，屋里坐！

杨　茂　（内声）老舅啊！

刘喜才　（进屋，悄问杨二婶）说了没有？

杨二婶　还没哪！

杨　茂　（出来）老舅！坐！您好啊？

刘喜才　好啊，你老舅耳不聋，眼不花的，还能说不好啊？集体的生活，缺什么，又有国家这个靠山，还得怎么样呀？人就得知足啊！

杨　茂　老舅能知足就好啊！

刘喜才　知足，这日子过得就得知足。

杨　茂　我娇娇表妹好啊？

刘喜才　好啊，好啊，她常念叨你哪！刚才还说要看你来哪！我说下那么大雨，又是个姑娘家，我代表了！

杨老二　（内声）他老舅啊，吃点来！

刘喜才　（向门内看，点头）吃了，吃了！（推杨茂进里屋）吃饭吧！（又问杨二婶）怎么样，还没说哪？

杨二婶　（悄声）还没哪，老头子就是不开口，真急死人啦，也不知安的什么心！

刘喜才　嗐，早说晚说，早晚也得说。

杨二婶　老头子一回来就埋怨我把话说早了，不该在杨茂没回来的时候就向小柳挑明了。

刘喜才　话已经说出来了，收也收不回来了。老头子念叨两句，就让他念叨两句吧！老妹子，你今儿个在大堤上跟小柳顶对的那几句，可真是干净利索，嘎崩脆啊！

杨二婶　怎么，说得好啊？

刘喜才　说得好，说得漂亮，这就叫有钢使在刀刃上哪！

杨老二　（出来）喜才啊，再喝点！

刘喜才　不啦，不啦！

杨二婶　你干嘛还不跟杨茂说呀？

杨老二　孩子刚回来，挺高兴的，咋说呀？

杨二婶　你可别三心二意的，打退堂鼓！

杨老二　等晚上我们爷俩躺在炕上，好好说，啊！

杨二婶　哎！（进里屋）杨茂，吃饱了，啊！

刘喜才　（叹气）唉！

杨老二　怎么啦，喜才？

刘喜才　老队长！

杨老二　啊？

刘喜才　（激将）咱那三十亩瓜地眼看要收拾完了，是不是还得翻哪？

杨老二　怎么啦？

刘喜才　昨天大队上不是开了会吗？今儿白天小柳又闹了那么一通，我看要是大队长反对你，咱们是不是就……

杨老二　你又犯什么嘀咕呀！

刘喜才　不是，那什么……种三十亩瓜的主意不是我出的么！回头有个对不对的，是吧……原本大队长对我那什么，打上回把我的副业组长的职给撤下来，我就想了，虽说我是个团结对象，可到了不是那依靠的呀！这回别再……

杨老二　喜才呀，你这个毛病总改不了，处处都为个人打算还行啦？虽说种三十亩瓜是你的主意，可是我杨老二做的决定，为了三小队集体的利益，有什么责任我担着，你就放心吧！

刘喜才　其实也是，虽说我刘喜才多操点心、受点累，等打下瓜来，也不能算我一个人的不是？给群众增加点收入，多分俩零花钱，到时候谁能不高兴？谁不拥护你老队长？干部有威信，大家不散心，这不是对巩固集体经济也有好处吗？

杨老二　哎，你懂得了这个道理就对了！

刘喜才　我转过这个弯儿来了，今儿晚上这场雨下得可好啊！刚才我听匣子预报，明天是多云转晴，这真是老天爷帮忙，咱再给瓜地追回化肥，你看怎么样？

杨老二　化肥？我看上回使了猪圈肥就算了，加强管理吧，化肥是国家专门调拨给粮食作物的。

刘喜才　哎，他既然拨给咱们小队了，咱们小队就有这点灵活性，再说这三十亩地改种了瓜，那化肥不也随着地转过来了么！是这个道理儿吧！老队长，三小队大家伙都瞪着眼瞧着西瓜哪，这瓜地是只能种好，不能种坏。瓜最喜肥大，肥要足了，到时候能抢个早市，攒钱啊！

杨二婶　（内声）就是，种不好，将来又叫小柳抓住话柄念叨啦……

刘喜才　哎，你让老队长琢磨琢磨……

杨老二　行啊，有这二百斤化肥够了吧？

刘喜才　够了，够了！

杨老二　喜才呀，明儿个该给水地派劳力，该挠头遍啦！

刘喜才　这……劳力不是紧张吗？要不明儿咱们先派几个人去，

大面上蒢蒢草，过两天那瓜地劳动力就腾下来了。

杨老二　行啊，反正咱们那稻地该拾掇了，咱们不能老让人家说短道长的。

刘喜才　哎，这交我了！

〔杨二婶端饭碗等出来，杨茂跟出。

杨　茂　妈，您给我，我来洗吧！

杨二婶　嗜，坐下，说会儿话！

杨　茂　老舅，您坐。

刘喜才　大外甥，你这回住几天啊？

杨　茂　住五六天。

刘喜才　怎么才住五六天呀？

杨　茂　那西安厂是新建的，还等我们报到才开工哪！

刘喜才　（指内室）哎，大外甥，你爸爸为你的亲事可是操了不少心哪！你看看，这间屋子，倒饬得多漂亮啊！四白落地，玻璃窗透亮，真跟水晶宫似的，你再看看！

杨二婶　你老舅可没少跑腿，到木材厂去挑大柁，选木料的。

刘喜才　（得意地）这还是一九五八年，我弄来的哪！什么事儿，都得心里有个算计。

杨老二　你老舅那鬼心眼就是多！可是这两年队上的事，他也操了不少心。家业大了，过社会主义的幸福生活，脑子里没本账，不会经营管理，就不行！这两年有你老舅帮着，我倒是省了不少心。

杨　茂　老舅这两年参加社里的集体劳动，那为个人打算的思想，有点变了吧？

刘喜才　（得意地）早变了！

杨　茂　（笑）老舅过去可会想些赚钱门道了，上次我回来，正赶上清明节，家家上坟的日子。您还倒腾烧纸、把儿香什么的，偷着卖黑市哪！听说后来让税务局给罚了一家伙。

杨二婶 唉,过去的事儿啦,你还提这些干什么?

〔众笑。

杨老二 过去你老舅的心思,就是用在个人发财致富上,如今,是用在集体经济上,为群众谋福利。

杨 茂 个人离开集体,就不能发家致富,咱们中国几千年的历史摆在那里,还不是发了一家穷了万户呀!

刘喜才 (狼狈中)反正,我这份儿心啊,别人不清楚,你爸爸是清楚的!

杨 茂 老舅啊,过去的,咱们就不说了,可是您要是在这场事上,帮着我爸爸铺张,就不对了!

杨老二 铺张个啥?这咋算铺张?你看囤里头我给你留下三四百斤小麦,那都是你妈和我舍不得吃积攒下来的,那钱也没有花多少,卖了两口猪,留下一口大的准备宰了办喜事,也没为这事拉亏空!

杨 茂 爸爸,咱们可不能给铺张浪费开门路啊!

杨二婶 嘻,这算啥铺张?人家娶媳妇,还从北京城里租辆扎着彩绸的小汽车呢!你爸爸都没开口。

杨 茂 那更不像话了,那还像咱贫雇农家办的事吗?讲排场,破坏咱们社会上勤俭节约的新风气。有了点积蓄,都在办红白喜事上,吃光了,花光了,这是过去的坏习惯!

杨二婶 哎,孩子,你不知道啊!村子里老亲少友的,谁家没有红白事儿啊,咱们能光吃人家的?赶上啦,就要还还人家的酒席。人情来往嘛,有来无往那不叫人家笑话吗?

刘喜才 这也是老人对你的一片心哪!

杨 茂 咱们更不能这么浪费!那不成了旧式结婚了吗?

杨二婶 这还不是为了你呀!土改那年,我到你们杨家门里的时候,你爸爸可没舍得称斤肉啊!

杨老二 那是啥时候啊!你又当着孩子说这些没用的!

杨二婶　那时候，（不满）怎么啦，别的东西家里没有，土改分的小麦你舍得动了？

杨老二　那不是支援前线吗？那时候，（兴奋地）咳！说起那时候，别说小麦啦，粗粮谁舍得吃啊！前方打着仗，流血牺牲，咱们贫雇农在后方，不把粮食拿出去支前，还大吃大喝，那成了什么人啦！

杨　茂　对呀！

杨老二　如今不是不同了？我又你那么一个，喜事就应好好办办，吃点、花点那倒是小事儿！

杨　茂　爸爸，这怎么能说是小事啊？这也关系到一个干部作风！日子过好了，咱们更应该细水长流，勤俭节约，保持优良的革命传统呀！小柳怎么说呢，她也不同意按旧式结婚的风俗办吧？

〔刘喜才愕然，杨老二不语。

杨二婶　杨茂啊，你可别在你爸爸面前，再提小柳那档子事了。

杨　茂　啊？怎么啦？

杨二婶　你是不知道呀！如今她当了大队长，去年又选上副支部书记，可不比你在家的时候啦！

杨　茂　那又怎么样？当上支部副书记就得讲排场啊？小柳可不会讲究这些呀！对！我看看她去！（欲出）

杨二婶　杨茂，别去……这时候，她不在家。

杨　茂　那我不会到我大伯家里去找呀！

刘喜才　你大伯是支部书记啦！到县里开会去了，也没在家。

杨　茂　我会找到她！

杨二婶　孩子，雨可下大了！

杨　茂　不要紧，我有雨衣！

杨老二　（突然大声）杨茂！

杨　茂　（在门外止步）呃？

杨老二　把雨衣放下，我有话跟你说！你先坐下！

刘喜才 对啦！有话爷儿俩好好商量着办！

杨　茂 您说吧！

杨老二 杨茂，我就你这么个孩子！你如今，也长大成人了！按从前那时候来说，咱们家也早该添人进口了，说不定有了几个孩子哪！

刘喜才 那可不假，早抱孙子啦！

杨老二 （未做理会）你们俩一直把工作放在头里，要晚点儿办，我也同意！革命心胜嘛！晚点儿办就晚点儿办。好容易盼着你们同意办了……你可知道做爹妈的这一番心呀？

杨　茂 我知道！

杨老二 你不知道！就说刚才你看见的那两床新被面子吧！搁了三年啦！一直给你留着。帮忙立灶的，头一个月，你老舅都给张罗好了！为了给你们办这场喜事，多了没有，百八十的，花出去了！花点儿我倒不心疼。可是巴结到如今，咱落一场空呀！孩子！

杨　茂 （环顾）怎么会落了一场空呀？

杨老二 唉！小柳这门亲事，咱们退了！

杨　茂 呵！退了？为什么退了呀？

杨老二 一句话，你就明白了！咱们高攀不上人家啦！

杨　茂 怎么能说高攀不上啦？咱们杨、柳两家都是贫雇农，支前时候您和柳家我大伯抬的是一副担架，现在您和小柳又都是村子里的干部，是一根蔓子上结的两个瓜，怎么能说到高攀不高攀呀？

杨老二 杨茂！你要是还和从前一样，听你爸爸的！你就再听你爸爸这一回！这个事我知道，爸爸办得可能有点儿主观，没等你回来，爷儿俩商量商量，话就说出去了！可是当时，是话赶到那儿了，又不能不说。

杨　茂 （开始感到严重）我还不明白，到底出了什么事儿啦？

杨二婶 事儿可多啦！

刘喜才 柳遇春这些日子，净和你爸爸作对呀！处处找老爷子的碴儿，两下里闹得可不好啦！

杨　茂　这是什么意思？老舅？

刘喜才　年轻人，有点文化，眼睛还有不长脑门上的？你爸爸是村儿里的老革命啦，有威信，有群众拥护，不打击你爸爸的威信怎么会树立自己的威信呀？

杨　茂　老舅，听这话，是您对小柳有什么意见吧？

刘喜才　唉，我倒不想说什么，可是群众都看不过去！

杨老二　杨茂，你先答应下来，跟她把亲退了，以后有话，咱们再慢慢儿地说。

杨　茂　您怎么啦，爸爸，当初定亲是您点的头，要退，也得跟人家说个退亲的理由呀！

杨老二　在大队上，你爹是个大老粗，没有文化，低人家一头！她在家里要这样，就不行！

刘喜才　天无二日，人无二主，居家过日子，可不能不讲究是谁当家作主呀！

杨　茂　（收敛笑容向刘喜才）老舅，在集体生产上，是无产阶级思想挂帅，在家庭里也是无产阶级思想当家作主！

杨老二　杨茂，话我可说出来了，（停一下）你心里头要是还有我这个带着你要过饭的爸爸，你就听我的！你要是心里光有你那个小柳，没我这么个人，也随你，你就跟她去过！

杨　茂　（叫）爸爸！

杨二婶　呵唷！我说杨茂呵！我虽说不是你的亲妈，也是眼看着你长大的！你听我一句话，别和你爹拗着了！你还要叫你爹后半辈子在家里受儿媳妇的气呀！再说，你爸爸是啥脾气，你还不知道？他说出去的话，什么时候改过了啊？

杨　茂　（做不重视状）爸爸！您别发那么大火，咱们有意见，慢慢交换，该怎么办，就怎么办！

刘喜才　好啦！好啦！话说开了，就算过去了！别为了这么点事儿，伤了自己家里人的和气。

杨二婶　就是，我是说，咱们家杨茂是个明白人，哪能为个媳妇，弄得一家不和美？再说，大喜的日子就要到了，也要图个吉利！

杨　茂　我不明白，您说的什么？

杨二婶　我说杨茂呀，你表妹娇娇，初中毕了业，有文化，可出息了，办事也能干，她可没断到家来打听你，是不是，他老舅？

刘喜才　常叨念，常叨念！

杨　茂　听说娇娇是个有志气的青年。

刘喜才　还搞那科学试验，搞什么新麦种！

杨　茂　小柳写信常夸她，说她在毕业回乡青年中间还是个骨干哪！

杨二婶　不管谁，咱们村里就没有比得上娇娇的！她老惦记着你，明儿看看去。

刘喜才　她常打听你，我也常跟她说你在什么厂子工作，管什么的，一月能挣多少钱！

杨　茂　怎么，您还跟她说我一个月挣多少钱？

杨老二　嗐，你们是扯到哪儿去啦！杨茂，是这么回事，你妈看咱们把小柳的亲事退了，就跟我商量，要把你表妹娇娇给你说过来当媳妇，喜事还照样儿办！

杨　茂　怎么又把娇娇扯进来了？这可是越来越稀奇了！

杨老二　娇娇这孩子不错，政治条件也挺好，是个共青团员，这门亲事，也没说定，你爸爸不是老封建，这要看你的态度了。你要是看着随心，咱们这个亲事就办，不随心呢，我也不强迫，反正，你老舅这头愿意啦！

刘喜才　娇娇自己也愿意呀！咱们也不包办！

杨二婶　我们仨都同意了！

杨　茂　你们都同意呀？我不同意，（丢掉手中的雨衣，坐在板凳上自语）这像什么话呀？怎么能这样处理问题呀？

杨二婶　我看你先别说同意不同意，明儿个你先过去看看！看准了再说！

杨　茂　（向杨老二）我看小柳去……

杨老二　杨茂，我已经说了，娇娇的事儿，同意不同意在你，可是小柳那边，咱们是退定了！

柳遇春　（声）二叔在屋里吧？

杨二婶　（向杨老二）你快出去，别叫她进来了！（示意杨茂）你不要出声呀？

杨老二　（愕然中，同时）什么事儿呀？你等着，我就来！

杨　茂　小柳！

杨二婶　咳！

〔柳遇春上，匆忙的神色。闻声惊然而喜。

杨　茂　（固执地）你进来呀！

杨二婶　（同时低声止之）杨茂！

柳遇春　谁呀？

杨　茂　我说，你进来！你站在门口干什么？我给你开门。

柳遇春　（欣然走进来）呵！杨茂！你是什么时候到家的呀？我怎么没看见呀？

杨　茂　快到屋里来，你干什么去啦？看你的衣裳弄的……

柳遇春　咱们小山底下那棵老榆树叫风给刮倒了！

杨老二　哪棵老榆树呀？

柳遇春　就是山脚下头的那棵呀！

杨老二　呵！那棵老榆树怎么会倒呀？

柳遇春　年深月久，水土流失，滚到铁道上去了。

杨老二　那还要赶紧想办法哪！不是晚上还有趟对开的火车没过

去吗？

柳遇春　刚刚安全地开过去了！我和小香子他们又搬又抬，就是弄不动，后来还是小虎子拿回锯来，截断了，我们一节一节抬的，刚好，我们把最后一节抬出轨道去，火车就开过来了。

杨　茂　多悬哪！来，你先洗洗脸吧！

柳遇春　不啦！我还有事呢！二叔！咱们得检查检查各队的牲口棚呀！街上的水挺深了，我担心，三队的牲口棚墙基禁不住水泡，再倒了墙，压坏牲口……

杨老二　水挺深呀？

柳遇春　雨来得急，沟眼流不出去，街上的水都像小河沟似的啦！您看，那水都到那儿啦！

杨老二　（向杨二婶）把马灯点起来！

柳遇春　（向杨茂）我还得召集人。你比相片上瘦了些。等会子咱们再说话。

杨　茂　你可比过去结实多了！你先忙你的！

〔柳遇春回头还望着杨茂，嫣然地一笑，跑下。

杨　茂　（向杨老二）爸爸，我和您一块去！

杨二婶　你去做什么？

刘喜才　（向杨老二）你躺着歇歇吧！不是就检查检查牲口棚？（夺灯）交给我啦！唉！这么大的雨，你要是受了凉，得点病，那可是倒了咱们村子的一杆大旗呀！你不能去，交给我吧！

杨二婶　你老舅辛苦一趟就辛苦一趟吧！

刘喜才　有什么，你说说话，我们下边的人就办了！我可不能让你再黑更半夜的在外头蹚水，滑个跟头，那我可没法儿向群众交代。你别听小柳瞎咋唬，没什么大不了的事儿。

杨老二　杨茂，你在家待着吧！

杨　茂　不，我跟您一起去。

〔二人下。

刘喜才 老妹子，我看呀，事儿还挺扎手哪！老头子没给小柳拉过来，可是要给杨茂拉过去了。

杨二婶 哼！你不是还要彩礼吗？还想着要四大件的数儿哪！你可倒好，我当面和小柳挑明了，你就要拿把啦……

刘喜才 亲归亲，礼归礼，别的舍不得，大三针罗马表，你当老姑的，总该给孩子买一块吧！这是你当姑妈的一番心意呀！……眼前，咱们还得拉住老头子……

杨二婶 怎么？你又不要那么多的数啦？就一块表，行啦！

刘喜才 唉！铺的、盖的，毛衣、皮鞋，不要四大件，四小件还能缺了？那可太不体面啦！

杨二婶 这不成了买卖婚姻啦？

刘喜才 你这是什么话，那娇娇娶过来，可给你把家！

杨二婶 给我把家？

刘喜才 你想哪，杨茂往后往家里捎个二三十的，小柳能全交给你？娇娇就不一样了。再说娇娇去年一年挣了两千多分，那就是二三百块，这不是跟人一块过来啦！

杨二婶 你就认钱，怨不得小柳说你是资本主义思想，把你的副业组长给撤了！

刘喜才 你少扯这些，她撤了我，也没逮住我什么，你还想镏子不花就要人哪？

杨二婶 反正我没钱！杨茂自个儿找娇娇说去！

刘喜才 没钱也好说，你存在我手里那体己钱哪？

杨二婶 你敢动我那个钱，老头子不知道我那个钱。

刘喜才 大妹子，我都替你想好了，不用你拿现钱。去年你们分的那几十斤花生拿出来，就够这个数了。

杨二婶 啊？你又想打我那几十斤花生的主意了？我忘了告诉

你，人家把那把子麻退回来了！叫你把那三斤花生种还给人家……

刘喜才 还给她？你告诉她，都给四队拿去了！

杨二婶 人家四队的花生不种了。

刘喜才 哎，你们女人家就别管这些事了！你就告诉她，不能退了！

杨二婶 人家大队长发了话，说这样交换不合理哪！

刘喜才 怎么，这个老婆子，又在小柳跟前揭我的短呀！我看他们二队是成心和咱们三队上的人捣乱！他们看到咱们三队多种几亩瓜地就眼红，自己又没有胆量跟着三队的样儿干……

〔杨老二、杨茂上。

杨老二 哎，这场雨下的！

刘喜才 我说，没事儿吧？

杨老二 水沟都被烂草叶子堵死了，牲口院里的水都浮悠浮悠的了，幸亏去的人多，沟眼掏开了，水才排出去，要不，就是牲口棚的后墙不塌，也得把牲口泡出病来，还亏小柳想得周到。（对杨二婶）哎，你给我打盆水吧。

杨茂 您不也说，小柳在工作上是好样儿的吗！以前写信，您也说过，要我放心，家里的事小柳常来照应，走得挺勤，跟自己家里人一样，挑水、洗衣裳……

杨二婶 嘻，那是以前了，自从当了大队长以后……

杨茂 那也兴她忙……

刘喜才 哎，忙倒是忙点儿……

杨老二 她多挑两担水，少挑两担水，这也没啥。多家来趟，少家来趟，我也不在意这个。年纪轻，担了那么重的担子，忙点儿也能体谅她。

杨茂 那，小柳在队上有什么原则问题吗？

杨老二 原则问题，没有，该怎么说怎么说，就是眼睛里没我这个人哪!

刘喜才 是那个骄傲自满哪!

杨二婶 处处压你爸爸一头哇!

杨 茂 唉!是对您老人家不够尊重呀!她是您的小辈,您是她的长辈,她有什么缺点,您可以给她指出来,可以批评她嘛!您有责任帮助她呀!

杨老二 我还帮助她?她还要管教我呢!

杨 茂 爸爸,您说的这是气话,那就不好谈问题了,要是没有什么原则上的问题,怎么会扯到退亲上去?再说干部之间不团结,也影响工作呀!

杨老二 放心,影响不了工作。你爸爸从土改到现在干工作十几年,这点儿革命劲还有,不管怎么样,我该干什么还干什么!

刘喜才 社员还就佩服你爸爸这个硬劲儿!

杨 茂 那好呀,可是干部之间可也不能闹无原则纠纷哪!

(柳遇春上)

柳遇春 二叔,水都排出去了。喝!今儿晚上大伙干劲真大!对了,大伙都反映说,看老队长那么大年纪,还黑灯瞎火地冒着大雨来了,咱不卖力气行啊!

杨老二 别的小队怎么样?

柳遇春 我都去看过了,问题都解决了。

杨老二 那好。

柳遇春 二叔,这场雨下得是时候,您看是不是三队赶紧挠头遍秧呀!紧接着就该追头遍肥了。

杨老二 嗯。

杨 茂 挠秧,明儿我也算一个,这几年把庄稼活儿都搁生了!

柳遇春 好啊!添个劳动力,欢迎啊!对了,二叔,大队拨给三小队的化肥,您没拨给瓜地使吧?

杨老二 留了二百斤呀！瓜是要肥的，你又不是不知道？

柳遇春 那您还是别动吧，这得大队研究一下吧？

〔杨老二气立起，走到一边儿。

杨二婶 小柳啊！你二叔忙了一天，也该叫他歇着了，时候可不早了！

杨　茂 爸爸，您们先歇着吧！我们先说会儿话。

杨二婶 还说什么呀？要说的你爸爸都当着她的面说了！

刘喜才 小柳在你爹跟前也答应了！

柳遇春 我答应什么啦？

刘喜才 唉，两下里都谈妥了的事，就别再反悔了……

柳遇春 刘喜才，那杨、柳两家的亲事，你怎么那么关心哪？

刘喜才 你看，这里头可没我的事啊！

杨二婶 怎么？小柳！你还要当着杨茂批评他老子一顿呀！

柳遇春 二婶，我跟二叔没啥私人过节儿，我也用不着在谁面前批评他老人家，您别老往私人问题上扯，我跟二叔是干部，二叔有了思想问题，就得要帮助解决啊！

杨老二 （勃然大怒）我有思想问题啦？杨茂，你是要把我气死啊？（愤然进屋，摔物有声）

柳遇春 二叔，当小辈的可真替您担心啊，好了，咱有啥话明儿个再谈吧。

〔全场寂然中，柳遇春从闪出的椅子底下看到麻。

刘喜才 小柳，你就回去，叫你二叔歇着吧！

柳遇春 刘喜才，咱们村子里，有人用线麻讨换人家的花生种，你知道不知道？

刘喜才 （惶惑地）这——这又是哪里的话呀？我不知道呀！

柳遇春 （从椅子底下取麻）就这么一把麻要人家三斤花生？（向杨茂）这不是剥削人啊？

杨二婶　（拿麻）咳！这是他老舅给我预备杨茂回来做鞋底子用的。

柳遇春　（向刘喜才）你能说不知道？

刘喜才　（向杨茂）唉，大外甥……

柳遇春　（向刘喜才）你先好好想想。（向杨茂）杨茂，咱们村子里的自发势力可要在集体经济上挖窟窿，就像老鼠在大堤上掏洞似的！斗争很激烈呀！有些情况，你刚回来，不是一下子就能弄明白的！

杨　茂　对！现在村子里，还有人想剥削呀！

柳遇春　（把麻给杨二婶，对杨茂）你今晚上，好好休息休息，明天咱们好好地谈。我走啦。（下）

杨　茂　（高呼）明天见！

刘喜才　看到了吗？当着你的面，不好直接气你爹，冲着我耍了一顿官僚脾气！你想，你爸爸受得了受不了这份儿气？

杨二婶　杨茂，你可看见我们大队长这个派头多大了吧？

杨　茂　我看到了，我什么都看到了。

杨二婶　那就好，杨茂，娇娇的亲事你也答应了吧！

杨老二　（屋内声）娇娇那亲事，还是那句话，你要相中了，马上就办，我也不强迫。

杨　茂　爸爸！

杨二婶　娇娇这孩子可好了，是个棒劳动力，又是共青团员！

刘喜才　明儿我让娇娇在家等你，两人好好谈谈！

杨　茂　我是要找娇娇谈谈！

——幕落

第三幕

时间——次日黎明。

布景——同第一幕。

〔群众甲站在井台上，向远处瞭望。

群众乙　小香，有人影儿吗？

群众甲　没有，昨晚上柳大姐忙了一个晚上，连晚饭都没吃好，就到公社去了，怎么到现在还不回来？

群众乙　甭着急！咱们大队长，啥时候因为开会耽误过干活儿？说不定正在半道儿上呢！

群众甲　（凑近群众乙）虎子，你是亲眼瞧见，杨茂大哥到娇娇家去相亲了？

群众乙　那还有错，我今儿一早挑水，正碰上杨茂大哥迈进娇娇她们家门槛儿。

群众甲　进去就是相亲哪？

群众乙　那昨儿晚上，我还听见刘喜才到处放风，说今儿一早杨茂大哥到他家去相亲，可今儿一早杨茂大哥就去了。

群众甲　真没想到杨茂大哥是这样个人，柳大姐要是知道了非气坏了不可！

群众乙　小香，你看这事儿还告诉柳大姐不？

群众甲　当然得告诉柳大姐了，这会儿柳大姐还蒙在鼓里呢！这回可好了，昨晚上娇娇和小张谈崩了，今儿杨茂又找到娇娇家门儿上，这不两相情愿吗？

〔刘喜才上。

刘喜才　我说，你们瞅见娇娇了吗？

群众甲　您干嘛还找娇娇啊？杨茂不是到你们家相亲去了吗？

刘喜才　是呀，是呀！杨茂今儿一早到我家去相亲，可杨茂一进门……你们真没看见娇娇啊？

群众乙　喜才叔，娇娇怎么？……

刘喜才 噢，你们在这儿等大队长啊！大队长上公社汇报还没回来吧？小香，你们今儿个干啥活啦？

群众甲 干啥活儿？我们队今天还是挠头遍秧，不像你们队似的，把劳力都派到瓜地上，让稻地荒着。

刘喜才 那是我们小队经营管理的灵活性。

群众甲 不顾国家的计划，啥叫灵活性？你们这样干不合法！

刘喜才 你懂得什么法不法的，国家的政策，杨二叔不比你清楚？咱们是小队核算，想种啥有咱们的自由。我跟你说话白费唾沫，虎子，走，下地干活儿去！

群众乙 喜才叔，我今儿个干啥活啊？

刘喜才 干啥活儿？还不明摆着吗？去瓜地！

群众乙 瓜地？还……

刘喜才 怎么啦？不爱下瓜地干活儿？虎子，我可告诉你，你可是咱们三小队上的人，那瓜地是咱们三小队的摇钱树，你咋不好好想想呢，咱们今年三小队社员的来钱可全指这三十亩瓜地啦！一亩地甭多打，就打它一万斤瓜吧，这三十亩瓜就是三十万斤，这是多大的一笔收入呀？

群众乙 人家群众有意见，有反映，我才不挣这挨骂的分哪！

群众甲 喜才叔，你们稻地该派劳力啦！你们怎么还不挠头遍秧呀？

刘喜才 你别咋唬，咱们是一个和尚一本经，到秋后一拨拉算盘珠子，就分出谁高谁低来了。

柳遇春 （上）喜才叔，你又在拨拉你那算盘珠子哪？

刘喜才 哎哟，大队长回来了，刚从公社回来？辛苦了。

柳遇春 喜才叔，你念的是哪本经呀？

刘喜才 啊，我们这儿扯闲白儿呢！公社有什么指示吗？

柳遇春 当然有指示，待会儿你就知道了。

刘喜才 大队长，刚才我到地里转了转，这场雨下得可真猛，那苗儿都长了一寸多啦。

柳遇春 刚才，我也到地里转了转，我瞧你们稻地的草比苗儿长得还快，喜才叔，你们队今儿稻地派劳力了吗？

刘喜才 啊！可能正在研究这档子事儿吧？我再给您反映反映，小虎子，走，干活去，咱们三小队可得紧赶着点啦！ （下）

群众甲 老滑头！柳大姐，你可回来了，我们等你半天了，可把我们急坏了！

柳遇春 什么事儿呀？这么着急，快说吧！

群众甲 小虎子有要紧事儿告诉你，小虎子，快说吧！

群众乙 行……咋说呀？我说不好，还是你说吧！

群众甲 你不是亲眼看见的吗？

群众乙 嗯！

柳遇春 到底怎么回事啦？

群众乙 是这么回事儿，今儿一早杨茂大哥到娇娇家去相亲啦！

柳遇春 谁？谁到娇娇家相亲去了？

群众甲 就是你那个杨茂呗！

柳遇春 瞎扯些什么呀？到娇娇家相什么亲呀？

群众甲 真的，这可是虎子亲眼看见的，（柳遇春笑）哎呀！柳大姐，你怎么这么实心眼儿呀！昨儿晚上小张就和娇娇谈崩了，娇娇可是已经打算跟杨茂结婚了，你不信去问小张，小张一早还找你来着！

柳遇春 好了，咱不谈这些了，别让人家打乱了阵脚，把注意力全转到私人感情问题上去，那咱们就上当了。

群众甲 怎么啦？

柳遇春 过来，（让她坐下）昨天我上公社党委去，李书记听我汇报情况，就肯定咱们对那三十亩瓜地抓得对，管得对！说这三十亩瓜地是自发势力要把集体经济打开一个缺口，给资本主义开道儿，实质上就是农业战线上两条道路的斗争！

群众甲　对，对极了！就是这么个问题。

群众乙　对，咱们把瓜地给它翻了。

柳遇春　不，咱们还要把资本主义思想给它翻了，要通过这件事情，好好让群众认识一下资本主义的危害性。那刘喜才不是说了，给群众谋福利。咱们就要通过论，看看到底是为了群众还是害了群众。

群众乙　对，我们三小队贫下中农对这三十亩瓜地可有意见啦！东头张大爷还说，照这么搞下去，富裕户能多分钱，可困难户连口粮都保不住。

柳遇春　咱们贫下中农是有认识的，咱们要依靠他们，打垮这次资本主义的进攻。你们在思想上多做些准备，在群众里多做些工作。

群众甲、乙　好，我们走了。

〔欲下。

柳遇春　小香，你到青年团里动员一下，告诉团支委和小组长，咱们晌午头儿上开个支委会。

群众甲　哎！柳大姐，看，娇娇过来了，我可不愿意看见她，我看见她就有气，这回我可把她看透了。

柳遇春　你看透什么啦？我还要和她谈谈哪！

群众甲　那，我走了！

〔群众甲、乙下。刘娇娇上。

刘娇娇　柳大姐，我可找到你了。这件事儿，你听了可别生气呀，我杨茂表哥今儿一早就到我家相亲来了。柳大姐，你看，我该怎么办呢？我爹老是逼着我。

柳遇春　你怎么也这么说，看看你就是相亲呀？

刘娇娇　真的，街坊四邻都知道了。我才看不起他哪，他从前门一进院子，我就从后门溜出来了，他把我看成什么人啦，好像他愿意，我这儿就没问题了。

柳遇春　娇娇，我问你，你想过没有，你爹对杨、柳两家的亲事，那么上心，这到底是个什么问题呀？

刘娇娇　老封建残余势力呗，我爹、我姑，还有我老姑父都结成一伙了。

柳遇春　事情是打哪儿引起来的呀？总得有个根儿啊？

刘娇娇　不是从那三十亩瓜地引起来的吗？你在大队上批评了我老姑父，老姑父火了，就把你们的亲事给拆散了。

柳遇春　你再想想，这到底是什么性质的问题，你联系起来看。

刘娇娇　哎呀！要是联系起来，这不是成了两条道路斗争的问题了吗？

柳遇春　嗯！（点头）

刘娇娇　我爹可真成问题！

柳遇春　娇娇，我不是常说，你该在你爹眼前多做工作，从撤了他的副业组长以后，他那投机取巧、想发大财的心就没有死，自发势力就是这样，一有空子就钻，就要起破坏集体经济的作用，你要多做些他的工作。

刘娇娇　我爹的脑子里老是钱钱钱，我们俩谈不到一块儿去，我一回到家里就憋气，我都不爱理他。

柳遇春　不理他，那太容易做了，你可是个团员，你应该争取他，帮助他，跟他那资本主义思想进行斗争。咱们可不能闷着头，光搞试验，搞生产，忘了阶级斗争。

刘娇娇　可真复杂。

柳遇春　斗争本身就是复杂的嘛！娇娇，你说，你这两天关在家里尽想些什么？

刘娇娇　我呀，一想到家里的事儿，一想到我爹就心烦，我怎么会摊上这么个爸爸！可是一想到我们的科学试验，一想到我们共青团那块优良小麦品种培育田，我又高兴的什么似的，那些心烦的事儿就全忘了。公社党委对我们多关心哪！县里农林局还给我们派来小麦专家做了指导，要水有水，要多少化肥有多少化肥。有这么好的条件，我们怎么能不好好干哪！怎么能不干出点成绩来呢！我记得，在初中毕业典礼上，校长嘱咐我们说的话，农村需要知识青年，青年人应该立大志，改变农村的面貌。昨天，我躺在炕上，睡不着觉，心里火辣辣的，望着窗外的试验田，在月亮地里，就像小说里宝光四射的地方似的。柳大姐，我觉得我是在进行一场植物界的革命哪，柳大姐，要是我们培育的又不倒伏，又不脱粒的小麦种真能成功了，在华北平原那么一推广，嘿！我们能为国家增产多少粮食呀！

柳遇春 娇娇，你想得好呀！可是你没想想，要是咱们创造出这样的优良品种，都像咱们三小队似的，不愿意再往小麦地里多施底肥，把底肥留下来，挪到瓜地上去，还能保证高指标的粮食产量吗？

刘娇娇 怎么，你是说，我爹他们把小麦地里的底肥挪到瓜地里去了？

柳遇春 有这个可能，要不，他们哪儿来的那么些猪圈肥呢？

刘娇娇 对了，我忘了告诉你了，你不是要我检查一下小麦三类苗的原因吗？我们检查了，检查的结果，不是拖拉机新耕作法把黄土翻上来了，就是底肥少了。

柳遇春 你们肯定是这样？

刘娇娇 这是我们五个人一块检查的，没错儿。

柳遇春 那就是说，肯定是他们把底肥给挪用了？

刘娇娇 我还想起一件事来，去年冬天，我们种小麦的时候，三小队保管员就常到我家去，那会儿，他和我爹两个人，就算计开西瓜园子，一亩地要用多少底肥了。好像说，西瓜最能吃肥了。

柳遇春 真的？他们那阵子，就算计种瓜的事儿啦？

〔三奶奶上。

三奶奶 小柳，你在这儿哪！啊，你们俩说话哪！小柳，我得跟你说个事儿。你知道不，那三十亩瓜地，带累的我们队上那几个富裕户——就是合作化的时候跟着刘喜才他们搞富社的，昨儿晚上跑到我们家吵来了，看着人家三小队那三十亩瓜眼红，说是眼下种瓜过了节气了，就撺掇你大哥种黄烟，你大哥说什么都没有答应，铁柱子就要跳队，说三小队领导得好，讲民主，刘喜才的话你二叔都听，你看看！你大哥让我告诉你，你别分心，二小队的事儿有你大哥顶着呢！

柳遇春 我一会儿去找他。

三奶奶 那你们说话吧，我走了。（见刘娇娇）啊，小柳，我问你，今儿一早杨茂是到娇娇家相亲去了？

柳遇春 您听谁说的？

三奶奶 好些人在说呢！昨儿你碰见杨茂了吗？

柳遇春 碰见了。

三奶奶 你们没说说心里话？

柳遇春 哪儿有工夫呀！

三奶奶 杨茂要是当面和你退亲，你可别吐这个活口儿！

柳遇春 不会的。

三奶奶 丫头，这可是你一辈子的事，你也不小了，依我说，你去找杨茂当面和他商量商量，娇娇怎么说，是向着你呀，还是……

柳遇春 娇娇是共青团员，还能和我不贴心呀！

三奶奶 这我就放心了，娇娇你们说话吧，我走了，二小队的事你就不用操心，有你大哥顶着呢！

柳遇春 我大哥是个好队长。

三奶奶 嘿，你别看他平时不爱言语，可那人心里有数，越是那老实巴交的贫下中农他越跟人亲，那投机耍滑的他倒不爱搭理，我就喜欢他这脾气。你们说话吧。你大哥可信服你了，他说你不用分心，二小队的事儿有他顶着呢，我走了。（下）

柳遇春 您慢走！（向刘娇娇）三小队那三十亩瓜地现在已经影

响到二小队的个别富裕中农了。

刘娇娇　听说四小队也要讨换花生种子，准备在计划外再种几十亩花生呢！

柳遇春　（注意地）你是听谁说的？

刘娇娇　四小队队长的老叔，还托我爹给讨换花生种，我亲耳听他说的。

柳遇春　问题这不是越来越清楚了吗？这还不是准备搞变相的瞒产私分呀！娇娇，我还问你一件事，咱们村儿有人用一把子麻换人家三斤花生……

刘娇娇　用麻？

柳遇春　是呀！

刘娇娇　（懊丧地）那又是我爹的事儿！

柳遇春　可是我还没想到他是给四小队讨换花生种。

刘娇娇　呵，怪不得我爹说，你是村里的绊脚石哪，堵着他们的路哪！当然是自发势力的绊脚石啦！

柳遇春　你能清楚就好，我去分配工作了。也许你杨茂表哥找你。你可以和他谈谈村子里的情况。

刘娇娇　我？

柳遇春　呵！

刘娇娇　我不。

柳遇春　（斥责地）看你！

刘娇娇　你看，杨茂表哥来了，你跟他说吧！

〔杨茂上，刘娇娇躲开。

杨　茂　小柳，你不是昨天到公社党委那儿去了吗？

柳遇春　是呀！我刚从公社回来。

杨　茂　小柳，我真没想到，问题发展得这么严重，好像是我父亲完全给刘喜才迷糊住了。

柳遇春 （快慰地）呵！这么说，你已经看出来二叔和我之间的矛盾是在哪里啦！

杨　茂 我昨天晚上就闻出气味不对头了！好像我爸爸挺信任刘喜才似的。我感到刘喜才一定是拿我爸爸当枪使，暗中和你作对。我爸爸怎么这阵子会那么糊涂。

柳遇春 （感慨地）这还不是像昨天倒在铁道上的那棵老榆树一样，一天一天地风吹雨淋，一天一天地水土流失，谁想到会给一阵不算怎么大的狂风刮倒了呀！

杨　茂 （吃惊地）怎么？我爸爸已经倒下来了吗？

柳遇春 （沉思之后）还没完全倒，可是根儿都露出来了。

杨　茂 根儿都露出来了？

柳遇春 问题就在这里，光听富裕中农的话还不脱离贫下中农的队伍？你刚才不是找娇娇去了吗？

杨　茂 呵！

柳遇春 娇娇她在这儿，你先跟她谈谈吧。她了解一些具体情况，我还有事儿。

杨　茂 我好容易找到你。

柳遇春 （低声，亲切地）那这样吧，晌午头儿我们在这里碰头。

刘喜才 （暗上）呵，是他们俩。（愕然而下）

杨　茂 好，那你先忙你的。工作要紧！

〔柳遇春下，杨茂赞慕地望着柳遇春的背影。

刘娇娇 （从树后出现）你看什么呀，杨茂表哥？

杨　茂 娇娇，是你呀，你好。我正找你哪，你干嘛躲着我呀？

刘娇娇 我哪儿躲着你了，我不是站在这儿等你好半天了吗？

杨　茂 娇娇，你告诉我，我爹和小柳，为什么闹成现在这样？

刘娇娇 这事儿说起来可复杂了，来，坐下来，咱们好好谈。

杨　茂 好！

刘娇娇 哎，你看那不是我爹和我老姑父来了，走，咱们到那边说去！

〔刘娇娇、杨茂下。张海风上，正看见二人背影。

张海风 哼，这么一来，我的心反倒踏实了，仿佛雨过天晴，别提多干净了。（用水桶打水）

〔杨老二、刘喜才上。

杨老二 我说，你看准是小柳他俩在这儿接上头啦？

刘喜才 那还有错儿啦？

杨老二 实在不行，我们爷俩儿就分家，各人过各人的日子。

刘喜才 这个口，你可不能开呀，这还不清楚，小柳在背后就和你拧着这个劲儿，你是咱们村子里的老革命，还能栽在她手里呀！——谁呀？小张呀，你在这儿干什么哪？

张海风 （没正视刘喜才）地里不干，拖拉机下不去，今天就歇工，加强保养哪！

杨老二 你没看见你杨茂大哥他们俩呀？

张海风 他俩谈他俩的，该我什么事呀？二叔，你们三小队那块三类苗小麦，为什么怪我们把黄土翻上来呢？我们是采用的先进耕作法，把犁壁都摘下来了，耕得深，没把黄土翻上来呀？

刘喜才 （拉杨老二趋台前）说不定，这小子是给我大外甥他们俩站岗放哨，故意拿小麦三类苗打掩护哪！

杨老二 呵？

刘喜才 这小子不死心呀，要是他俩成了，他还不是指望着我们家的娇娇你大侄女吗？

杨老二 （问张海风）小张，他俩到哪儿去啦？

张海风 我没注意，他俩爱到哪儿去就到哪儿去，我说，二叔，你们的三类小麦苗，应该找找失败的原因……

刘喜才 （和蔼地）小张，你先别说小麦啦，他俩明明刚才还在这儿，你怎么会不知道呢？

张海风 不知道嘛！

杨老二 小张，小麦三类苗的事儿，我们三小队还没下这个结论，他们说的不算数，你别放在心上。（向刘喜才）走，我不信，他们会躲到哪里去！

刘喜才 他们别是看见咱们来就溜了吧？

〔杨老二、刘喜才下。

张海风 这算哪档子事儿呀？（自语）叫人家相亲，可又不叫人家两个人当面谈，真是封建透了。不行，我还得找柳大姐去，非把三类苗责任搞清楚不可。

〔张海风提桶欲下，杨老二与刘喜才春风满面上，刘喜才拦张海风。

刘喜才 小伙子，可别过去呀，你不能打这儿走！

张海风 怎么？有道儿，还不让人走呀？

杨老二 小张，你大哥和娇娇在那边说话哪！等明儿个，你大哥成亲，请你过来喝喜酒呵，听见了吗？

张海风 唔！（向刘喜才）我总得过去呀！

刘喜才 你走大道吧，小张听话，你大哥从哈尔滨调到西安去了，办完了喜事就走，以后叫你大哥给你在西安大工厂里留心挑一个，只要你好好干，要什么样儿的没有呀！

张海风 我还没想到这些哪！（欲走）

刘喜才 （阻之）哎！哎！

张海风 我不上那儿去！（匆匆提桶下）

杨老二 行呀，只要他们俩愿意，咱这当老人的也省得落埋怨！

刘喜才 老妹夫，我实话对你说吧，昨个一宵，我就没合眼呀！……可没想到，两人一见面就谈得那么亲热，肩膀靠肩膀的，我们娇娇念书念的，可一点也不封建。

杨老二 咳！你说到哪儿去了，人家相亲，你当是谈什么？

刘喜才　谈什么?

杨老二　谈政治条件，谈理想，谈学习，两个人要是思想对头了，生活问题就算定局了。

刘喜才　（担心地）你看，两个人思想会对头吧?

杨老二　差不多。一个党员一个共青团员，还不对头呀!

刘喜才　那咱们赶紧张罗，说办就办哪! 赶紧杀猪、立灶。要不夜长梦多。

杨老二　我还得当面问清楚!

刘喜才　那就走呀。（欲走）

杨老二　（叫住）喜才，我问你，去年秋天种小麦的时候，我们都到县里开会去了，家里是你领着人种的吧?

刘喜才　是呀!

杨老二　公社拨给咱们的那批油渣子饼，都按指标使到小麦地里去了?

刘喜才　哪儿使得了那么些呀，使多了不是怕小麦吃不住劲，倒伏吗? 多少剩了点。

杨老二　剩下多少?

刘喜才　你怎么又想到这上来了?

杨老二　我是想呀，人家小张提的意见咱们也不能不考虑考虑，到底是耕作方法不对头呢，还是咱们使的底肥不足呀! 瓜地上的猪圈肥，去年冬天留得可不算少呀，再要油渣子饼上不足，责任可就落在咱们身上来了。

刘喜才　剩下没多少，咱们不是怕肥大了，小麦倒伏吗? 这事儿，明明是小张他们的责任，就是把黄土翻上来了。

杨老二　到底剩了多少?

刘喜才　我也没有过秤，反正不多，当时都掺和到给瓜园子留的猪圈肥里去了，再说，一亩地奔着打万把斤瓜，产量订得高，又不在底肥上下功夫，那还行呀？我说，你就甭怕小柳嘀咕，问问三小队的群众，谁不拥护您，为群众谋福利，正大光明，别说咱们三小队的群众，就是外队也都在背后伸大拇指头呢！人家都说，老队长能抗，三小队就是硬。

杨老二　革命嘛！没有点硬功夫，那还行呀！光讲幸福生活，不在副业生产上打开条出路，那还不是一句空话呀！走，咱们张罗去！

〔二人下。

〔张海风与柳遇春上。

张海风　柳大姐，我跟你说，你非把这个事儿弄清楚不可，他们三小队那三类小麦苗，非说是我们把黄土给翻上来了，我们头年用的那是先进的耕作法，把犁壁都摘下来了，耕得挺深，就是没把黄土给翻上来，你不信，我把头年的验工单给你拿来看看。

柳遇春　这事儿我们正在调查，就会弄清楚的，你着什么急呀？哎，小张，你看见杨茂和娇娇他们在一起了？

张海风　亲眼看见的。

柳遇春　我告诉你，娇娇的心是在你这边呢！

张海风　得了吧，还在我这边儿？

柳遇春　你就放心好了。哎，我跟你说，你们那三类苗的事儿，人家娇娇可给你弄清楚啦，娇娇那个科学试验小组，经过调查分析，最后肯定是底肥上少了，不是你们把黄土翻上来了。怎么样？你真傻！

张海风　哼！反正，反正……哼，我干活儿去了。

〔群众甲喊柳大姐上。

群众甲　柳大姐，柳大姐，他们三小队又出事儿了。这不，小虎子来了。

〔刘喜才追群众乙上。

刘喜才　小虎子，你怎么把白薯秧子背到这儿来了，赶快背回去！

群众乙 喜才叔，我觉得这样分白薯秧子不合适，咱们叫大队长看看。

刘喜才 你，你什么事儿都麻烦大队长，赶紧送回去！

柳遇春 到底是怎么回事儿？

群众乙 喜才叔，你说吧。

群众甲 喜才叔，你说呀！

刘喜才 我说什么呀？送回去，送回去！

群众乙 柳大姐，是这么回事，喜才叔让我把大队拨给三小队的白薯秧子分到各户去。

群众甲 他们三小队真邪行，人家都先栽队上的，剩下的再分到各户，他们好，颠倒着来！

柳遇春 喜才叔，是这样吗？

刘喜才 是这样，我们三小队的白薯地不都种了西瓜了吗？剩不了一二十亩的，又没有劳动力，就把白薯秧子尽量分给各户，剩下的再往队上栽，这事儿老队长知道，是他批准的。

群众乙 喜才叔还让我把好的分给各户，把赖的留给队上。

群众甲 还有哪，还挑那最好的一级秧子留给杨二叔他们，柳大姐您看，这是分给干部的。您再看这个，留给队上的又是什么样儿？

柳遇春 喜才叔，这也是老队长这么交派给你的？

刘喜才 这……

群众甲 你看这合理吗？

刘喜才 这怎么不合理呀！

〔争论中杨老二上。杨茂和刘娇娇从另一方向上。

杨老二 怎么啦？我们三小队成了破鼓啦！谁愿意擂都能来擂两下，又是什么事？

刘喜才 这不，你二叔来了，小柳你当面跟二叔说吧！

柳遇春 二叔，三小队的白薯秧子先分给各户是您决定的？

杨老二 啊！是我跟刘喜才商量的，队上剩下的白地不多了，再说劳力也紧，一早一晚先抽空给各户把自留地栽上，这又怎么啦？

柳遇春 那把好的分给各户把坏的留给队上也是您说的？我看明明是有人打着您的旗号，在这里假传圣旨。

群众甲 还有，把最好的一级秧子留给您，这又是怎么回事呀？

杨老二 啊？这是谁的主意呀？

群众乙 喜才叔这么交派的。

刘喜才 是我交派的，我是说咱们干部日日夜夜地为社员辛苦，照顾一下也是应该的嘛！

杨老二 这不行，谁也不能特殊，干部更不能特殊，都给我送回去！

刘喜才 好，对，虎子，送回去吧！

杨老二 我工作了这么些年，别的不敢说，就是不能特殊，不能自私自利。

柳遇春 二叔，这不是明摆着刘喜才在这里捣鬼吗？把白薯秧子先分到各户，后留给队上就不符合原则。

杨老二 你别当着杨茂的面,说我几句好听的话,做戏给他看了!

杨　茂 爸爸，又怎么啦？

杨老二 你就不用往里掺和，我问你，你和娇娇刚才都谈过了？

杨　茂 呵，谈了一些问题，谈了好一会子了！

杨老二 那就赶快跟我回去吧。（向刘喜才）行了，咱们先走，该张罗张罗啦！

刘喜才 好了，我头里走啦！　（趁机溜走）

柳遇春 二叔！

杨老二 我知道，你今天一早儿就到公社党委那儿去了。好呀，告你二叔的状去了，我等着传被告就是了。

柳遇春 二叔，今儿晌午头上开个支部会，还在大队西屋。

杨老二　好吧！（下）

杨　茂　小柳，娇娇一谈，我全明白了，刚才我也看明白了，我真没想到。小柳，你在重重困难面前站得这样稳，可真不容易呀！

柳遇春　困难是困难，可是有党有群众，我怕啥呀！

刘娇娇　小香，走，咱们走吧！

群众甲　呵？噢！（笑）走，（推张海凤望杨茂和柳遇春）咱们走。

　　〔三人跑下。

杨　茂　遇春，你最近的信里怎么没把这些情况告诉我呀？

柳遇春　二叔是一步一步发展成这样的，我也是一步一步才摸清楚、看明白的，可我就没想到发展得这么快，一个人要走下坡路，简直像往下轱辘似的。你刚才看见了吧，拉都拉不住。

杨　茂　我爹在土改的时候立场那么坚定，可是现在呢？怎么也想不到会跟自发势力闹到一块去了，那刘喜才是什么样的人，我爹应该清楚啊？

柳遇春　过去清楚，现在日子过好了，就忘了阶级和阶级斗争，刘喜才变了个花样儿他就糊涂了，现在走资本主义谁也不敢明目张胆地打资本主义旗号，总得打着社会主义的幌子。

杨　茂　嗯！革命的形势变了，阶级斗争的方式也就跟着变了，我爹就是看不清这一点，城市里的阶级斗争也是这么曲折复杂，有时候看起来平静，实际上他们是在等待时机，等着钻空子呢！

柳遇春　二叔就是刘喜才的空子。

杨　茂　是呀，对资本主义思想，你不战胜它，它就要战胜你，一有空子它就会泛滥起来，而且不可避免地反映到我们党内来。

柳遇春　真是，年前我在党校学习的时候，就知道了在社会主义建设时期有阶级斗争，现在斗争摆在自己面前，可真有体验，咱们党和毛主席就是伟大呀，什么都给你点得清清楚楚。斗争这么复杂，真是觉得自己的能力不够呀，真得好好学习。

杨　茂　这几年没见面，你的变化真大！

柳遇春　大么？我可觉不到。

杨　茂　我得好好向你学习。

柳遇春　别说了，我跟你说的都是严肃的问题，要不是党的培养，我能干得了什么呢？这回这三十亩瓜地的事儿一闹，我就闻到刘喜才的味来了。好，昨天晌午，猛不丁地提出个退亲，当时我还真的蒙了一下，后来，又扯上娇娇，我马上就醒过腔儿来了。无论变了什么花样儿，刘喜才还是刘喜才。有党有群众，想按资本主义道走办不到！可我气的是二叔，他明明叫刘喜才拉着走，还说是为了群众。可他就忘了，没有党和国家，要是社会主义经济不巩固，哪来的群众的利益呢？等公社党委一点，我才清楚。得把刘喜才从二叔背后拉出来，才能解决二叔的思想问题。

杨　茂　是呀！上级党就是眼睛亮呀！我爹哪！他还背着土改时候的老革命包袱，到了社会主义革命的时候，思想就跟不上了，成了自发势力的挡箭牌了。

柳遇春　真的！李书记说得对，资本主义进攻非打垮不可，可二叔到底是个老党员，受了党多年的教育，一定能够把他争取过来的。

杨　茂　你们打算怎么做呢？

柳遇春　今天晚上就开支部会，李书记也来参加。

杨　茂　我既然回来了，就得参加这场斗争，你看，我能够做点什么呢？

柳遇春　二叔的问题，你得多和他谈谈。

杨　茂　好，我要和他谈谈，我们是父子，可我们也都是党员。

柳遇春　可得讲究点方式方法，你们爷儿俩的脾气都够呛！

杨　茂　是费劲儿，我一张嘴，他准把我顶回来，不过你放心，该斗争的就得斗争。

柳遇春 对，咱们就要跟天斗，跟地斗，跟人的资本主义思想斗！（红日东升，上工钟响，田野上有人声、歌声）我该下地了！

杨　茂 我跟你一块去，太阳出来了，今天这一天大概是过得又紧张，又激烈！

柳遇春 是呀，现在搞生产，搞斗争，紧张惯了，要不还觉得没意思了呢。

〔两人下。

——幕落

第四幕

时间——第三幕的当天傍晚。

布景——与第二幕同。

幕开时——杨二婶穿戴一新，头发上还插了一朵花，正在布置新房，在套间的玻璃窗上贴了"双喜"红纸剪字。刘喜才从外面喊着走进来。

刘喜才 大外甥，今天晚上，可得过去吃个便饭呀！

杨二婶 还没回来哪！娇娇呢？

刘喜才 娇娇也没回来，咳！真是年轻人呀！昨天还说是不同意，不同意，闹得我一宵都没睡好，可倒好哇！见了面，两个人谈得那么热乎……（打开门帘）这才像个新房样子哪！门帏也该换换啦！怎么亲家翁又出去了？

杨二婶 老头子怎么啦？催着我今晚上赶紧就把屋子拾掇出来。心里又像是不大痛快。

刘喜才 今天一早因为白薯秧子，小柳又在老头子跟前发了阵威风哪，还会痛快？老妹子呀！赶明天娇娇过门的时候，咱们雇台吹鼓手，吹打吹打啊？

杨二婶 他老舅呀！你把我手里的那几十斤花生给弄去了，还不够呀！你还让我花钱呀！

刘喜才 咳！老妹子！你别老是怕花钱呀！办喜事，娶媳妇，你们可是往家里添劳动力呀！在这上，你别心疼花钱！咱这档子喜事办得越热闹越好！

〔群众乙随杨老二在院门口出现。

杨老二 小虎子！

群众乙 什么事呀？

杨老二 你怎么看着我，要躲呀！

群众乙 二叔，我躲什么呀？有什么事儿呀？

杨老二 今天早上的事儿是怪你喜才叔，话没有交代清楚！没你的错儿！哪！这是西厢房的钥匙，你把那粮食酒、白薯干酒，都拿出点儿来！给灶上的人，预备着，夜里忙完了，一人来二两，下水汤里再煮上一盘子豆腐！呵！

群众乙 知道啦！可是，等会子，我还要开会去哪！

杨二婶 （从屋内走出）虎子知道在哪儿呀？我拿去！（接过钥匙同群众乙下）

杨老二 喜才呀！

刘喜才 呵！

杨老二 往后，工作不管交代给谁，话要说清楚，咱们为群众办事儿是应该的，占便宜可不对！

刘喜才 是啊！今早上怪我，我一心尽想着照顾干部啦，没考虑群众影响。

杨老二 好啦！咱们就不往深里说啦！小虎子是有点不大痛快，回头跟他说说，有不对的地方，咱们当干部的该担当起来就担当起来，别往人家孩子身上推！

刘喜才 这倒是！您到底是老干部，考虑问题周到，我得向您学习！可小柳今天是有意当着大外甥的面，让你下不来台呀！

杨老二　算了，这就甭说她了，要说小柳这孩子，也不易呀！身为大队长，碰上这事，搁谁谁能不管呢！

杨二婶　（上）怎么啦！小柳又找什么碴口呀？

杨老二　咳！干部里头的事儿你就甭问！你想想,还有什么缺的、用的，该借的借，该买的买！我可都依靠你啦！

刘喜才　没错儿！

杨二婶　里屋门上要扎点彩绸就更像个办喜事的样子！

杨老二　那好办！大队上有，把那过国庆用的红绿绸子（向刘喜才）咱借几块！用完了，再还人家，别给人家弄坏了！

刘喜才　这交给我好啦！扎彩绸的小汽车，咱们是不用了？

杨二婶　早就说不用了！

杨老二　（向杨二婶）你别打岔，你让他慢慢想吧！

刘喜才　那小汽车是浪费，可是新娘子明天过门儿，悄没声的，连个响声也听不见！是不是太冷清呀？

杨老二　怎么？还要吹吹打打呀！

刘喜才　这不是大喜的日子吗？谁家还有年年娶媳妇的，一辈子不是就这一回吗？

杨老二　杨茂有话在先，咱们当干部的，不能带头铺张。

刘喜才　按说，新事新办，咱也不是旧脑筋，我倒不想死乞白赖争这个，可是咱们不是退了柳家，才说了我们刘家吗？就这么不声不响的，是不是显着咱们理亏，气儿不壮似的。

杨老二　依我看，咱就别惊动人啦，大家伙儿吃点，喝点，有个人情来往，就行啦！

杨二婶　我看也是。

刘喜才　（固执地）我可是个老脑筋！不吹不打，这像什么？这不像过去封建社会地主家娶偏房似的呀！还不能往正门里抬呢！娇娇这个孩子，你们又不是不知道，可有心眼哪！连这么个面子，都争不到，到时候，娇娇要是不答应，我可没辙呀！

杨老二 嗯！那么说是娇娇要争这个面子呀！

刘喜才 是呀！

杨老二 你看这孩子倒是有个心胸，行啊，我答应啦！

杨二婶 哟，那雇吹鼓手得多少钱哪？

刘喜才 一个人一天有五块钱下来了。

杨二婶 一个吹鼓手一天得五块！一个两个的难看，七个八个的，那得多少钱？听个响儿就行了！

杨老二 对！有个响动就算了！你看那明儿个就办，来得及吗？

刘喜才 这你交给我，大王庄的吹鼓手是有名的，我有熟人，今儿晚上我去一趟，管保明天天一亮就到，你看咱们要几个合适？

杨老二 有那么个意思就行啦！

刘喜才 对，咱们还是以勤俭治家为主，我回头就跑一趟！

杨二婶 哟，深更半夜的，还跑一趟？

刘喜才 办喜事嘛，等会儿杨茂回来，就叫他过去。你们也过去，一块吃吧！

杨老二 哎，喜才呀，给你那块肉，送过去了吗？

刘喜才 呵！送过去啦！可真肥呀！（得意地）我说一百六十多斤，没估错吧！

杨老二 （大声赞之）你算真有眼力！我服了你啦！

〔刘喜才笑容满面下。

杨老二 （向杨二婶）怎么杨茂还没回来？

杨二婶 娇娇也没回去呀！这不是好事儿吗？

群众乙 （匆匆提两个酒瓶上）二叔！

杨老二 呵！小虎子，怎么啦？

群众乙 灶上来帮忙的人，一听说是给娇娇办的喜事，不是杨茂大哥和大队长结亲，都停手不干啦！是三小队的贫雇农，都拍打拍打屁股走啦！

杨老二 呵？都走啦？为什么听说杨茂娶娇娇就都走了呀？啊？

杨二婶 还不是怕得罪柳遇春呀……

群众乙 不是！

杨老二 还有谁留在肉案子上呀？

群众乙 就剩下西头大院的那个老头子了！

杨老二 把个富农叫来帮忙呀？呵？

群众乙 二叔，这话我对您实说了吧，我就是从心里不愿意帮这个忙！

杨老二 呵？你！小虎子，你杨二叔为了三小队的群众，我才和大队上闹的不团结呀！把大队长也得罪了呀！我为谁呀？我是为自己的利益吗？呵？好哇！今天，我用着人了，都走了，成心要看我的笑话呀？呵？

群众乙 二叔，你听我说呀！咱们三小队的贫下中农，一听说是娶娇娇，都不愿意帮这个忙，说这是帮着来拆散杨、柳两家的亲事。

杨二婶 我看，这是要拆你二叔的台！

群众乙 那也不能拆散杨、柳两家亲事！我走啦！ （下）

杨二婶 （见杨老二取马灯）你要到哪儿去？

杨老二 （在点马灯）好哇！他们忘了！开辟老西洼地的时候，冬天冰碴子多厚呀！是我带头下水干的呀！我的两条腿刮破的口子还少呀！呵？今天，这大米白面的，都吃肥了，不听我的啦！

〔刘喜才神色惶然上。

刘喜才 这是婚姻自主,又不是我们包办,这准有人在后边捣鬼！咱们可不能叫人打乱了阵脚！

杨老二 这门亲事，还非明天办不行！

刘喜才 对！咱们到外队上去找人帮忙！这口气非争不可！神是

一炉香，人就是一口气！您就歇着，不用操心。（接过马灯去）

杨老二 把那个富农撵啦！咱们的事，不用他伸手！

刘喜才 哎！四小队上有人！等大外甥回来，别再提这个事儿了！（出门，见杨茂）大外甥回来啦！（下）

〔杨茂上。

杨二婶 回来啦？哟，怎么弄这么一身土啊？

杨 茂 （警异环顾）怎么把新房都拾掇起来了。爸爸，怎么啦？妈，你们这是怎么啦？

杨二婶 杨茂啊，你先陪你爸爸说会子话，一会儿上你老舅家吃饭去！

杨老二 （向杨二婶）你先忙你的去吧！（杨二婶进内室）杨茂，你们既然随心，那事情就算定局了，明天你们就去登记，我们当老人的也没白操这份心，我始终坚持这么一条，得你们自愿！

杨 茂 爸爸，你这是说到哪儿去了？

杨老二 娇娇这孩子不错，你也算是有眼光的。怎么啦，闷声不响的？

杨 茂 爸爸，小柳不是通知您，吃完晚饭开支部会吗？

杨老二 啊，还没到时候哪！

杨 茂 您去吗？

杨老二 什么？党的会嘛，你爸爸啥时候也没落过！

杨 茂 那么，您在会上打算怎么说呢？

杨老二 怎么？你爸爸从来没做过亏心事，没做过对不起党的事，走到哪儿都一样，该说啥就说啥！

杨 茂 对小柳给您提的一些意见哪？

杨老二 怎么，你到了还是跟小柳见了面了？你就那么听她背后叨咕你老子？

杨 茂 爸爸，您怎么能这么看待小柳呢？是娇娇跟我说的。

杨老二　啊？娇娇跟你说什么啦？好啊，她也这么看我啊？这还没过门哪，这往后谁还敢娶儿媳妇呀？

杨　茂　您就别再提这个啦，人家娇娇根本就没这个想法。我哪，也从来没这个打算。

杨老二　你们不是谈过了吗？

杨　茂　什么呀？谈过了？

杨老二　在河边白杨林子那儿，今早上，我还问过你呀？

杨　茂　呵！那是呀！谈过了是谈过了，可我们也没谈到这上面去。

杨老二　（目瞪口呆）那……你们那是哄弄我呀？！

杨　茂　谁哄弄您啦？是您那么想的，怎么能怪我们哪？

杨老二　那你说……

杨二婶　怎么会不愿意哪？娇娇是个姑娘家，她害羞。

杨老二　那你把娇娇给我找来，我当面问问她！

杨二婶　还没过门哪，你当公爹的能这么样？我去找娇娇问问去！（下）

杨老二　杨茂啊，杨茂，你这是成心气我呀？你是跟小柳串通一气，你是有意在村儿里丢我的老脸啊！那也行，你要是不听我的，我还是那句话，咱们爷儿俩分开另过，你别进我家的门！

杨　茂　爸爸，您冷静点儿，咱们不谈这门亲事好不好？（二人沉默）小柳是坚持党的路线，按党的原则办事，小柳对您的批评，一点也没错。

杨老二　那是我错了？

杨　茂　是您错了！

杨老二　你就听那小柳的，小柳教训我，你也来教训我！（掀门帘，做进屋态）

杨　茂　爸爸，您听我说啊，咱们是父子，可咱们也都是党员，

结婚之前 211

您不该这态度!

杨老二　好,你说! (镇静下来,转身坐下)

杨　茂　我和小柳的喜事,办不办,倒是次要的!爸爸,您平常也讲过,没有共产党,就没有咱们,不管什么时候,咱们都要听党的话!可这回我回来哪,爸爸,您变了,您把党的话都当了耳旁风,您尽听刘喜才的啦!

杨老二　什么?我不听党的话?我变了?杨茂,你可说的!咱们可都是党员,我可不许你这么给我扣帽子!

杨　茂　那事实就是事实。您受了刘喜才的包围了,您自己还蒙在鼓里哪!

杨老二　人家刘喜才怎么啦?人家一不是地主,二不是富农,三不是反革命,人家怎么啦?

杨　茂　刘喜才的思想跟咱们社会主义走到两岔子上去了。他脑子里根本就没有国家,没有集体,就他个人,处处为他个人的利益打算,他跟咱们是两个心眼。您忘了,合作化的时候,他领导搞的那个富社,跟您领着搞的穷棒子社打对台,仗着他有两头牲口,一个牲口一天按七分,可咱们一个壮劳动力呢,才四分,您说这说明什么?

杨老二　刘喜才从前是什么人,你爸爸心里有数,可是人家今天……

杨　茂　哪,一点也没变,再那样剥削不行啦,就占集体的便宜,占国家的便宜,那三十亩瓜地还不就是这么回事儿吗?

杨老二　杨茂啊,杨茂,你也太瞧不起你爸爸啦!他们真有那个思想,你爸爸就看不出来?我就能跟着他们那种思想走?

〔柳遇春上。

柳遇春　二叔,支部会就要开了。李书记也来参加。

杨老二　啊?李书记来了?李书记从土改起就跟我在一块,他了解我,那党他知道我,尽听你们的?我斗地主那会儿,你们还不知道

那咸盐是咸的哪！（欲下）

柳遇春 二叔，在开支部会之前，我先跟您谈谈。

杨老二 什么事？

柳遇春 咱们村儿里的阶级斗争。

杨老二 （大惊）怎么？是地主王老九家又有什么破坏活动？

柳遇春 不是。

杨老二 那是刚摘帽子的富农？

柳遇春 也不是，被打倒的阶级敌人变天的思想是不会死的，咱们是得随时警惕，可是现在阶级斗争反映到咱们内部来了。

杨老二 （倦怠地）噢，你又说那三十亩瓜地，是吧？

柳遇春 不光那三十亩瓜地，那三十亩瓜地已经给几个队的富裕中农打了气，他们公开地说，粮食少种点没啥，反正粮食多了是国家的，钱多了，是自己的！二小队上有的撺掇种黄烟，有的闹着用大车去拉脚……另外，上次撤了刘喜才的副业组长，咱们党内的认识也还没有完全统一。

杨老二 关于刘喜才，如果你们有事实，证明他今天确实有鬼，那算我瞎了眼，算我认错了人啦，我承认错误。

柳遇春 刘喜才还鼓弄四小队，在生产计划外头多种二十亩花生，他还高价倒腾花生种子。三小队的保管员的问题，已经查清楚，他自己交代和刘喜才有关系，那小麦三类苗就是因为他们私分了一千多斤油渣子饼，又挪用到瓜地上三千斤，您想，小麦还有底肥呀？这个根儿咱们一定要追下去！

杨老二 啊？

柳遇春 现在该是把咱们村儿整个阶级斗争的盖子揭一揭的时候了。

杨 茂 爸爸，刘喜才是个什么人，您还不明白？再说，他为什么在咱们杨、柳两家的亲事上这么上心，还不是为了打击小柳！他为什么打击小柳，还不是为了小柳撤了他副业组长的职？挡了他资本主义自发势力的道儿？他对小柳是怀恨在心！

杨老二　我说杨茂，你不了解情况，你可别乱说呀！

杨　茂　娇娇亲口跟我说的！刘喜才说小柳是他的绊脚石，他打击她是让您听他的！

杨老二　让我听他的？

杨　茂　您还看不出来刘喜才是什么人？您还跟他跑？

杨老二　我跟他跑？

杨　茂　那三十亩瓜地，您还不是跟着他跑了？我看，您应该好好检查检查自己的思想，要不然哪，社会主义革命这一关，您就过不去啦！

杨老二　你是说我也有资本主义思想？我也不顾集体，我也自私自利？

柳遇春　二叔，咱们开会去吧！

杨老二　好！（生气下，柳遇春随下）

杨二婶　（上）小柳怎么又到咱们家来了？这可不好。

杨　茂　她是找我爸爸开会去的。

杨二婶　娇娇这孩子到哪儿去了？杨茂，你今儿个到底跟娇娇怎么说的呀？

杨　茂　妈，您今天够累的了，我看您就歇会儿吧！

〔灯光灭，暗转。

〔暗转后，次日清晨。

〔杨二婶从里面出来，焦急地到门口张望。

杨二婶　（自语地）老头子上哪儿去了？这一宿折腾的！……老头子是开完会没回来，还是一早又出去了？……弄得我这心里七上八下的。（向远处喊）杨茂他爹！到这日子口儿，这爷儿俩都到哪儿去了？这……这喜事怎么办哪？！

〔杨茂和刘娇娇上。

杨　茂　妈，爹还没回来？

杨二婶　没有啊！（见刘娇娇）咦，你们俩一大早上哪儿去啦？

杨　茂　我跟娇娇找我爸爸去了。

杨二婶　你们俩找他？

刘娇娇　表哥，咱们另外找个地方，接着说吧。

杨二婶　（误会了）你们就在这儿谈吧，我还得张罗去哪！（高兴地下）

刘娇娇　表哥，你说我姑父到底上哪儿去了呢？

杨　茂　不要紧，大概一个人跑到什么地方思想斗争去了，听小柳说，昨天支部会开得很好，对我爹思想上震动很大。

刘娇娇　那太好了。可是要解决我爹的问题，准得特费劲儿，今儿个晚上开社员会，他还指不定什么态度哪！

杨　茂　是费劲儿，可是咱们该斗争的，还要斗争！你在这次斗争里表现得很好，你揭露的一些材料很起作用。听说你今儿个晚上要在社员会上发言，是吗？

刘娇娇　嗯，我代表我们共青团科学试验小组发言。柳大姐说，除了揭露我爹他们私分底肥这些具体事，更重要的是从思想上对他进行批判和帮助。

杨　茂　你们科学试验小组弄清楚了三类苗的原因，功劳不小啊！娇娇，你找我谈什么事儿啊？

〔刘娇娇笑而不答。

杨　茂　怎么，你跟小张还绷着哪？

刘娇娇　你怎么知道？是柳大姐跟你说的？……反正……也怪我任性。真的，要不是柳大姐帮助，我还净陷在个人感情的圈子里哪！

杨　茂　明白过来了，就别再绷着了。

刘娇娇　杨茂表哥，听小张说，他最信服你啦！

杨　茂　啊……这事得你们自己解决！

张海风　（上）杨茂大哥！

刘娇娇　他来了。

杨　茂　好呀！进来吧，小张！正好，你来了！

张海风　杨茂大哥，杨二叔还没回来？（发现刘娇娇，继续对杨茂）柳大姐说，她回大队部研究晚上社员会的事去了，二叔回来，马上去找她！我走了。（欲下）

杨　茂　（拦住）回来！人家娇娇可找了你半天啦！

刘娇娇　什么呀！

〔杨茂下。

张海风　刘娇娇同志，我们拖拉机队感谢你们调查了小麦三类苗的原因，今儿晚上我们站上还要派代表，参加你们三小队批判资本主义自发势力的群众会呢！

刘娇娇　张海风同志，欢迎你们来参加。（见张海风仍站立）坐呀！

张海风　（坐下）听说，你要在会上发言……听说，你在这次斗争里表现得很好，我很高兴。

刘娇娇　小张，通过这次斗争，我觉得……我好像长大了好几岁，你呢？

张海风　我也是……嘿嘿！

刘娇娇　小张，你看柳大姐跟我杨茂表哥，立场站得多稳啊！我们应该好好向他们学习！

杨二婶　（上）啊，你们俩？！

刘娇娇　姑妈，我们谈了，谈得挺好的！（跑下）

张海风　（喜气洋洋）二婶，回见吧！（下）

杨二婶　我的天，这到底是怎么回事啊？不行，我得找我哥去。

〔杨二婶欲出门，见杨老二走来。

杨二婶　谁呀？哟，你可回来啦！你这溜溜儿的一宿，上哪儿去了？……你怎么，像个斗败了的鹌鹑似的！饿了吧？

杨老二　你什么也不用张罗啦！（揭下门上的喜字）先不用忙这些，今天队上开社员会，你把你们办的那事到会上交代去！

杨二婶　我？我办了什么见不得人的事儿啦？

杨老二　问你自己！

杨二婶　呵？我就弄了一点桶里边剩下的化肥底子，又不是偷！还要叫我到大会上去交代呀？我还当是什么会哪，这不叫咱们在众人面前丢脸吗？

杨老二　怎么？你还偷了化肥啦？

〔杨茂上，听他们谈话。

杨二婶　一点底子,总共连二斤也没有！是拣的,怎么能算偷呀？

杨老二　你和他们还私自分了小麦地的油渣子饼了吧？

杨二婶　和谁呀？什么油渣子饼呀？

杨老二　三小队保管员和你娘家门上哥哥，他们分了油渣子饼！

杨二婶　我的天哪！娇娇他爹背着我和保管还往家里私分油渣子饼啊！怪不得他们家的自留地，芝麻和黄烟都长得那么旺性，黑油油的哪！

杨老二　唉！

杨二婶　那油渣子饼我可没沾边儿！

杨老二　谁也不怨，都怪我糊涂，我就没看出来，我依靠的是自发势力！那自发势力拿我当枪使啦！你也别哭天抹泪了，到会上好好检讨检讨！

杨　茂　妈，您先进屋去，让爸爸心里清静一下。（劝杨二婶进里屋）爸爸，您上哪儿去了？我跟小柳找了您半天！

杨老二　小柳呢？你去找她来！

杨　茂　您是一宿没睡吧？要不，先歇歇！

杨老二 不，你把小柳找来，我心里乱得慌。

杨 茂 您怎么……

杨老二 杨茂，你不能在家里多住几天吗？我心里有好些话要跟你说，你还算是了解你爸爸！

杨 茂 我在家这几天，咱们有多少话都能说，可是您的问题主要还是得依靠组织解决，要说了解，还是党最了解，公社党委、大队支部、小柳他们了解的最清楚。您过去就是听顺耳的话听惯了，可是那些诚恳批评您的话，就听不进去了。

杨老二 嗯，等小柳来了，再说吧。唉！我也对不住你们，连你们的亲事也……

杨 茂 这事好说，我跟小柳已经商量好了，我临走以前，总会办了。可这两天，小柳忙着组织群众展开斗争，还顾不上这个。

杨老二 好啊，你们心胸大，老是把工作摆在头里，只要你们能把事儿办了，我心里也就踏实了，可你就不能多待两天？

杨 茂 不行啊，我这次调到西安去，新建的厂，任务重，人手少，我们这些工龄长点儿的，一个人得顶几个人干哪！早去一天，生产上就多发挥点作用。我们是搞轴承的，凡是机器就离不开轴承，这您清楚啊，光咱们广大农村，发展起来需要多少农业机械，又需要多少轴承啊！

杨老二 是啊，工业重要啊，你们该多培养点人手啊！

杨 茂 农业也很重要，农业是基础，再说，咱们的粮食生产还不能算过关哪！

杨老二 粮食……粮食！小柳那时候说，我怎么就听不进去呢？

杨 茂 您屋里歇歇，我找小柳去。（下）

杨老二 （自语地）粮食……国家社会主义工业化需要粮食啊！

〔杨二婶自室内出来。

杨二婶 老头子，你别生气，是我错了，我私心重，不像个干部家属的样儿，该怎么检讨我就怎么检讨！

〔刘喜才兴致勃勃地跑上。

刘喜才 亲家！亲家！（进屋）亲家！这回全齐了！昨儿这一宿，差点把我老命搭进去！昨儿个黑下我骑车奔大王庄了，好，这伙吹鼓手还拿我一把哪！说农活正忙，来不了，我好说歹说，才说妥了。等我往回赶的时候，三星都斜了，我说快点走吧，好，一家伙差点把车翻到干渠里去，瞧把我这腿崴的，到如今还疼呢！等我进了村，家家户户全黑灯了。得，你们快张罗吧，一会儿吹鼓手就来了……怎么，这日子口儿老公母俩拌嘴啦？怎么啦，亲家？

杨老二 你别叫我亲家！

刘喜才 这大喜的日子！

杨老二 喜事儿不办了，你把这些都送回去！

杨二婶 什么？哎哟，你这不是坑死人吗！这怎么……

刘喜才 我说咱们可都是一把胡子的人啦，不能把儿女亲事当儿戏，不能把说出的话当沙子扬！你跟小柳退亲是一句话，人家孤儿寡母的是外来户，我们娇娇可是有门有户有老家儿的坐地户，不能由你，说要就要，说吹就吹，你可是老干部，咱们有地方说理去！

杨老二 呸！刘喜才呀，我今天才看透了你！你想想，你在三小队上办的是些什么事儿吧！还背后撺掇着四小队在计划外头种二十亩花生，搞瞒产私分？你可真会浑水摸鱼啊！

刘喜才 你就别扯这些，计划外种花生是瞒产私分，那你带头在计划外种西瓜是不是瞒产私分哪？

杨老二 什么，你也提那西瓜地？！我种西瓜是为了群众，你撺掇种西瓜为谁？

刘喜才 我为你！

杨二婶 你为谁？定亲彩礼，连我那四十斤花生也让你鼓弄去了，你……

杨老二　小柳把你那副业组长撤了，她撤得对！你那资本主义老根儿一点也没变！我算是瞎了眼，跟你走了瞎道儿啦！

刘喜才　杨老二，你当队长的不能乱栽诬人！你凭什么这么说我？……可又一说，老队长，你怎么能说跟你走了呢？你是官，我是民，你不发话，我敢走一步？你是队长，我还不是听你使唤哪！

　　〔杨茂与柳遇春上。

刘喜才　（见二人）哟，大队长……你二叔，这正帮助我呢！

柳遇春　大概你对这个帮助思想上还没搞通吧？许是连上次撤换你副业组长的职，你也还不满意吧？

刘喜才　这不会，领导上信任谁，不信任谁，我能说什么呀！

柳遇春　你嘴里不说，心里有话呀，让你当副业组长的时候，你投机取巧，借机会自己倒腾生意，撤职以后，也不肯悔改，还撺掇三小队搞你那资本主义的一套，你私下搞的鬼不算少吧？

刘喜才　我没明白……我觉着这阵子一心为集体，这老队长……

柳遇春　今儿晚上咱们要开个社员会，讨论咱们村儿里资本主义自发势力的问题，你先回去准备一下，有什么问题主动地交代！

刘喜才　呵？交代？那……我是不是在这儿先跟您说说……

柳遇春　可以。

刘喜才　唉！仔细一想，我们三小队是有问题，我是出了些不大相当的主意。我是想着，有老队长把着舵，还能走错到哪儿去？（向杨老二）老队长啊，三小队上的事儿，您当领导的得多负点责任哪！

柳遇春　三小队的领导是有问题，二叔是要负责任，可是你跟二叔的问题不一样，打根儿上就不一样。今儿个在大会上，主要是你做交代。

刘喜才　（惊）我？！

柳遇春　你！

刘喜才　三小队掌握大旗的可是你二叔，不是我，出了问题，让我们下边的先检讨，这……

柳遇春　掌资本主义自发势力大旗的是你！

杨老二　在生产计划外头，种的那三十亩瓜，有错误，我负责任，党批评了我，我要今天晚上在社员会上带头检讨，可刘喜才你借着这个捣的那些鬼，你赖不过去！

柳遇春　小麦三类苗到底是什么原因啊？

刘喜才　啊？……嗐！这事儿我是犯主观了，我猜想是小张他们拖拉机耕作上的毛病，也没把原因弄清楚，我就给人家扣帽子。

柳遇春　原因你很清楚，我提醒你，三小队的保管员已经交代了。

刘喜才　啊？……嗐！我糊涂，我真糊涂呀！我交代！

柳遇春　你还不光是这一样。有什么问题，到会上去交代吧！

刘喜才　我倒是还撺掇过四小队种花生来着！

柳遇春　你要是能老老实实把你那本自发势力的底账，全份儿端出来，你的问题，还是人民内部问题！

刘喜才　哎！

杨　茂　还有，老舅，你为什么那么积极，想要破坏我爹跟小柳的关系？究竟打的什么算盘？也应该交代交代！

刘喜才　哎呀！大外甥，我这上可没什么歹意呀，绝意没有！

〔刘娇娇已经在外面听了一会儿，进室内。

刘娇娇　爹，您就别想再捂着盖着了，您对柳大姐怀恨在心，想打击柳大姐，还不明摆着吗？

刘喜才　哎呀，闺女，这可不能乱说呀！你这不是要坑了我吗？

刘娇娇　您别再糊涂了，柳大姐挡了您的道儿，您想把柳大姐打击下去，剩下我姑父，连大队经营管理，都得由着您的心思搞了？您要不承认错误，对您没好处！要不是人家柳大姐帮助您，您的问题就真要出圈儿啦！

刘喜才　你！唉……（软下来）小柳，我这个人呀！就是心胸窄点儿呀！

柳遇春　你先去吧！

刘喜才　哎……（下）

　〔柳遇春对刘娇娇低语几句，刘娇娇下。

杨二婶　小柳啊，我哥哥的事，我可没沾边，我就捡了点化肥桶里的底子！

柳遇春　二婶，您只要知道不对，肯检讨就行了。可是您也别把这就看成小事，二叔是干部，您这样做，影响可不好啊！

杨二婶　哎！孩子，你二婶往后改。

杨老二　行了，你把那些东西还回去吧！

杨二婶　哎！（下）

柳遇春　二叔，开完会，您这一宿上哪儿去了？

杨老二　小柳，昨儿晚上支部会开得好啊，我哪还睡得着觉啊？我到地里转了转，看了看那瓜地，那三十亩地的粮食，叫我给耽误了。麦地苗儿发锈呀！稻地草苗一起长呵！这都是多大的损失啊！我对不起党啊！我光想着，如今不是解放前的苦日子了，该尽量照顾大伙过富裕日子，可我就忘了国家，忘了党啦！

柳遇春　咱们是要让大伙过富裕日子，可按您的想法，那不是把群众引到个人发家致富的道路上去了吗？个人离开集体，怎么会发家致富哪！那不是做梦？那样，咱们不是慢慢地又回到旧社会的老路上去了吗？您还说这是调动群众的积极性，您说这群众的积极性是靠提高社会主义觉悟呢，还是靠奔大把的钱呢？您想，要是人人心里都奔大钱，那哪还有为集体的积极性啊？不管什么时候，也不能忘了社会主义方向，不然的话，就会走到岔道上去了！

杨　茂　爸爸，您应该好好儿接受这次教训！

柳遇春　那三十亩瓜地是多坏的影响啊！四小队要种花生还不是看着三小队的样儿来的吗！要是队队这么搞下去，那咱大队成啥样儿啊？往大处说，要是村村社社都搞这三十亩瓜地，那咱们国家会变成什么样儿？还能建成社会主义吗？

杨老二 小柳，你说得对，我是给资本主义自发势力开了闸门了，咱们是得把它堵住！我看那三十亩瓜地，咱把它翻了吧！

柳遇春 不，咱们还是按照公社党委的指示，把它交给大队，将来统一分配。粮食产量上的损失，咱们另外想措施，一定找回来！

〔远处有吹打乐器声。

杨 茂 哎，怎么回事？

杨二婶 （跑来）老头子呀！打大王庄请来的吹鼓手还真的来了哪！这可怎么打发人家走啊？

杨老二 （愕然）请来的吹鼓手还真来了？

杨 茂 妈，怎么还请吹鼓手啊？

杨二婶 嘻！还不是你老舅出的主意吗？

杨 茂 爸爸，你看……

杨老二 我打发他走！（欲下）

柳遇春 二叔，您一宿没睡了，您歇会儿吧！

杨老二 不行，我一听这喇叭声，就想起刘喜才那鬼东西来了！

〔三奶奶忙上。

三奶奶 这不是刘喜才请来的吹鼓手，这是人家铁路上派来的。

杨 茂 铁路上派来的？

三奶奶 是啊，人家是感谢小柳抢救列车，来送感谢信的！（向杨老二）老二啊，借着这个当儿，该张罗给孩子们办喜事了！

杨 茂 三奶奶，我们已经商量好了，在我走之前，一定把喜事办了！

杨老二 小柳啊，你就到家来吧，这个家就归你掌舵了！

柳遇春 二叔，咱们还是一块把好集体这个舵吧！咱们要跟资本主义自发势力斗争到底，在毛主席思想光辉照耀下，我们打着三面红旗，一定要坚决走社会主义道路！

〔张海风，刘娇娇，群众甲、乙等跑上。

刘娇娇　柳大姐，铁路上送感谢信来了！

群众甲　大伙在大队部等着你哪！

柳遇春　好！我就来！（继续前言）我们要时时刻刻记住，我们是无产阶级革命的一个细胞，不能忘记整体！好了，我们欢迎他们去吧！

〔外面吹打乐声大作，众人欢快地簇拥柳遇春下。

——幕落，剧终

一九六四年十月二十日

镜泊湖畔

一

在吉林省延吉县的街道上，正值九一八事变之后的戒严时期。路旁的垃圾箱内外，全是空罐头筒和破鞋什么的。有一条瘦狗，在那啃骨头，可见几天来没有什么人打扫了。街道上有马粪、碎草。一张九月二十二日的破报纸，在车道上被风刮着，随地卷舞。那报纸印有大字标题"沈阳事变扩大""二十日日本关东军又东占吉林，南迫锦州"及"城内军警奉命绝不抵抗，任日军缴械"等字样，随风贴地旋舞着，刮到一双高跟鞋旁，被踏了一脚。这穿着高跟鞋的女人，是街上唯一的行人，西装外衣，短的黑裙；再看那细眉大眼，温柔中又带着果敢坚强的神气和面型，就知道这是一个朝鲜族的少妇。她走路的姿态既敏捷，又端庄，充分表现出一个有教养的高级知识分子的特点。她的围巾随风飘着，只听见高跟鞋声清脆有力地响着。

在街口上，还有伪警察站着双岗，都两手持枪，做出一种随时随地可以刺杀什么人的姿态。这时，听到她的脚步声，都转过头来注视，脸色却都是无聊的，眼光都是怯生生的。

转过一条背街，有些挂着"延吉县朝阳宿屋""延吉市平壤酒屋"之类布标的泥壁、木窗的草屋。门口外都挂着块方形白布，上面有朝鲜文又有汉文，写有"艺妓""料理"等字样。

从迎面走过来一伙斜披"满洲铁路株式会社"肩带的测量人员，

大部头戴软胎制帽，樱花帽徽；也有的用毛巾拧成绳，系着头，或把毛巾结在脖子上，或挂在臀后。都扛着测量仪器、标杆、标旗之类的东西，浪人式地在街上纵情高歌，三五一伙，抱颈搭肩地走来，都带着事变后的一种狂妄姿态，显然又都刚刚喝过酒。因之，有个颈扎毛巾的浪人，见到她迎面走来，就又胡调又献媚地笑着。那朝鲜族少妇镇静地老远就躲开他走，但又走得很自然。那颈结毛巾的斜步走来，而少妇又试图走向另一边，终于不得不面对着他，镇定地站下来。她那眼睛、脸色，又端庄，又冷静，仿佛不知道他们要做什么，而又自信他们不敢对她无礼节。那颈结毛巾的日本浪人，在这种脸色下不得不改变自己的调笑方式，竟伸手拍了拍她的面颊。只见她在他侧身让路之后还站在那里，最后掏出自己的手绢来，擦了擦，仿佛丢掉一块吐过痰的手纸一样把手绢扔掉了，傲然而快步地走去。那些日本测量人员，早已停止歌唱，现在却全然困惑地呆立在那里，又转身注视着她的背影。正当浪人们由于她的意外举止不知所措的时候，忽听见屋檐底下站双岗执行戒严任务的伪警发出哧哧的窃笑声。于是他们气势汹汹地走过来，两个伪警赶紧立正，站得笔挺，却被浪人们夺了枪，揪去警帽。然后有个日本浪人扛枪，却把警帽扔在地上，又抓住伪警衣领要他俩面壁而立，有的浪人临走拣起警帽，扣住他们的眼睛，这才狂笑着，仍然互相搭着肩搂着脖子，纵情地唱着什么走开。

放纵的歌声出现在城郊的路上。还是那伙测量人员，他们走到插着"驻军区内禁止通行"木牌子的路口，木牌子注明"驻延吉第十三混成旅七团三营王示"的字样。这伙浪人就暴叫着，围上去，有的用脚踢……最后，木牌子给拔掉了，扔开去。他们就这样狂妄无忌地向禁止通行的小路走去，更有人拾起丢掉的木牌，扛着它领头走进这条路。小路两旁树木丛生，在拐弯处，只听见一声大喊："口令！"

这伙人先是一惊，但接着又纵情唱起来，抱肩搭背地往前走过去。

画外音又是一声："口令！"

那伙日本浪人稍一迟疑，仍然往前走，纵情嚎着。

远远岗楼上出现士兵的面影和枪口。

声音："站下！再不站下开枪啦！"又一声："准备！"

但他们仍然蔑视地唱着往前走！

声音："我命令开枪！"

双枪齐鸣中，两三个日本浪人倒下去。其他人突然清醒地站立下来了，但不一会儿，又同时高叫着往前冲去，于是枪声再起，又是两三个人倒下去，最后，那个颈结毛巾的日本测量人员也倒了下来，其他的人员全部溃散地往回逃窜了。丢了满地的测量仪器、标杆、标旗和七八具尸体，有两具尸体手里还握着从伪警那夺来的空枪。

带岗楼的院子。门口两侧排列着两行军棍。部队在口令声中跑步集合。

营长王德林的办公室。正厅。室内众人环绕着王德林。这人五十开外，外形魁梧，却也看得出由于长期胃病而有点瘦弱。他的军服佩着上校的领章、肩章，衣扣还没扣上。他正从墙上摘下武装带，挂着指挥刀。孔宪荣在一旁侧立。这是他的三连连长。另外还有随从副官、勤务兵等人。

王德林："不是朝天放的吗？"

某连长："不是！打死了七个，重伤一个，上头一再命令，不准惹事，要回避和日本人冲突。可是值日班长，胆大妄为……"

王德林扎好腰带："谁的值日班长？"

某连长："史忠恒。我已经叫人把他绑起来了。"

史忠恒和大麻子被五花大绑着带进来，两人依壁而立。

这里是值勤室，收发人员背对着他们朝玻璃窗外张望。

大麻子低声："史班长，怎么办？"

史忠恒慷慨激昂地："我下的命令，没有你的事！"

收发人员仍然朝外望着，一边叹息着喃喃自语道："唉！这是什么年月啊！中国算是亡啦！"

院子里有"解散！"的口令声，接着是急促的跑步声，询问声："谁在那呢？谁的值日班长呀？"许多人在门口探头，有的人在玻璃窗前拥挤，往里窥望。

朴根重排开众人走进来。

收发人员仍面向窗外："有什么好看的，走开……朴班长，你进来干什么？"

朴根重："为什么五花大绑呢？咱们大营的告示牌子都给日本人拔啦，我听到史班长喊过三回要他们站下……"

门口观望的士兵："我们跑出大营门口也听见啦！"

王德林、孔宪荣、吴大城等人来到出事地点。王德林还在匆忙地心不在焉地戴手套。

王德林："没有一个活的吗？"

孔宪荣："都打死啦！"

某连长："这要是朝鲜人还好办，可都是真正的日本人！"

王德林用脚踢着手边有告示牌的日本死尸，仿佛试试他是不是还活着："打死啦！还有什么法子！"

某连长惊疑的神色。

孔宪荣："要是上头下来调查，把史忠恒交出去就得啦！打死人偿命吧！还有啥话说！"

吴大城："要我说，史班长还真有种！别人，谁敢呀！"

在往回走的路上，王德林自语式地喃喃问："都打死了吗？"

某连长："跑掉三个人！"

王德林听到，吃惊地站住，望了望他，皱起眉，又急急走着，在沉思。

一进办公室，就摘下他的帽子，解扣子。

史忠恒和哨兵被绑着带进来，王德林仿佛完全没有注意似的。

王德林注意地观察史的神色，仿佛以前从来不认识，又用自语式的语气："你，真糟透啦！"

史忠恒："报告营长，我是为了我们东北军的神圣不可侵犯的荣誉，为了国家的主权……"

王德林低声自语："糊涂虫！"

史忠恒："报告营长，我并不糊涂……大丈夫生死有命……"

朴根重暗扯他的衣襟。

某连长："混蛋！在营长面前，你还敢强词夺理……"

王德林愤怒地大喝："你是糊涂虫！"又向某连长："给他解开……解开绳子！"

某连长神色惊疑，朴根重开始给史解绳子，并给大麻子解绳子。窗外有人低声欢呼："没事啦！解开绳子啦！"

王德林："要开枪，就一个也不留呀！跑回去一个日本鬼子，不是留祸根呀！糊涂！都出去！"

史忠恒惊讶而恍然大悟的脸色："敬礼！"

史忠恒和大麻子并排走出去。

孔宪荣在他们背后叮嘱："你们可不能私自走出大营院子外头去，事儿还没了！"

史忠恒声："知道！"

王德林在众连长围立下，挂电话："要延吉镇守使公署，找骑兵旅李参谋！对！李庆宾不在吗？好吧！"搁下电话，神色茫然地站在那里。

二

延吉县城里的街道上，行人冷冷落落。伪警在路口也是站着双岗，同样是两手持枪，神色懈怠、无聊。

一个腰围粗壮的军官，驾驶着一辆俄式漂亮的带篷双辕马车，马蹄声嘚嘚有节。这军官穿着有双排胸扣的军大衣，戴着少校级肩章，满脸热情洋溢，给人一种豪爽、直率的印象，嘴巴刮得溜光。

一个腰挂长刀的伪警巡官，叮当作响地走过来，老远招呼："李参谋，到哪去呀？"

李庆宾："接家庭教师去！"

马车的辕马在李庆宾参谋的一声叱呼下，乖乖地停下来。

李庆宾小声机密地问："有什么消息吗？"

巡官："谣言很多，王营长一开走，城里就有人散传单啦！"

李庆宾："我看你们还是少管闲事好！"

巡官："我是徐庶进曹营，一言不发呀！"

李庆宾："好吧！再见啦！"

马车来到延吉县立师范学校的围墙外，墙内的杨树萧萧作响，落叶纷纷。墙外全是堆积的树叶，马车在僻静的师范学校大门前停下来。

从直通大门的走道上，响起高跟鞋的声音，走出来的正是那个西装短裙的朝鲜族少妇。

传达室的门锁着，窗没有关，任随风吹动着。显然学校早已停课，走道上竖着块黑板，上写"我们最后的一课"，注有"九月十九日"的字样。

李庆宾走上台阶和她握手。

女："孩子们好吗？"

李庆宾："都想他们的家庭教师呢！"在并肩走下台阶时又小声说："我今天到北大营去啦！只剩下一座空大营！"

女惊讶地站住："空大营？"

李庆宾："是呀！空大营，王德林这回可要上日本人的大当。调到吉林去，可能全部缴械。"两人继续并肩走着："我想，今天晚上赶到省城去看看！"

女机密地："你不能去，今天晚上，延边中心县委召开紧急会议。"

说话之间，二人坐上马车。李庆宾拿起鞭子。

女："你一定要参加，延、珲、和、汪四个县的县委书记都到齐啦！"

李庆宾："那等会议结束了再看吧！我想老三营的前途是凶多吉少！"说完，喝叱着马匹，抖着缰绳，马车开始在树丛夹峙的僻静的马路上走去。

三

敦化火车站，周围有日本警备队的步兵监视哨环立，气氛紧张。停货场上，王德林的全营士兵在集合。火车头来去鸣笛，换道。各连连长高呼口令声，此起彼落，极为杂乱。

另有伪警在盘查正在下车的寥寥无几的旅客。

王德林在积货场的一角麻袋垛之间，来回踱步，状极不安。侍从副官等人，一直注视着他，心情也都显得很沉重。

某连长匆匆走来："报告团长，都等着命令啦！"

王德林："不是什么团长……你没看见吗？"目示周围日本兵："这像是干什么！？"

孔宪荣："我昨天做了个梦，咱们都穿大黄袍子啦，绣着龙……"

王德林："我做的梦可不好！"

某连长："咱们老留在货场上，可不好！"

王德林用摆脱烦恼的口吻："那……上火车吧！"

三营的士兵们在口令声中，分排走过来，一个个愁眉不展，极为颓丧，有的偷眼窥视王德林的神色。

孔宪荣："精神点，干什么，像打败仗一样！到省城咱们老营长官升一级还不好吗？这些婊子儿，都想什么哪！"

史忠恒从王德林身旁走过，神色肃然，有所考虑似的，低着头。王德林突然发现什么似的注意着。

王德林："史忠恒，你出来！"

史忠恒离队敬礼："报告营长！"

王德林："你不要跟着我们去啦！"向副官长："副官长，你给他开二十元钱。你拿着走吧！一到蛟河，就赶紧和大麻子下车。你们都各自逃命去吧！"语气显得沉重。

史忠恒："报告营长！我惹的祸……"

王德林挥挥手随即又忍痛而不舍地握手："你……"想说什么又改了原意："去吧！按命令执行，把钱揣起来！"

史忠恒："是！"

史忠恒走进闷罐车，茫然地，手里还捏着那二十元日本金票。全车士兵惊疑地注视着他，但都沉闷不语。有的促膝，有的斜卧。只听见周围日本警备队的马蹄声，火车头的喷气声，风吹电线的呜咽声。火车鸣笛，慢慢开动。

年轻的朝鲜族班长朴根重神态严谨，走过来，挨靠史忠恒坐下。史忠恒一见他，就抱着他的肩膀，很久默然。

史忠恒："老朴！我们到省城要出事！"

朴根重："老营长什么话的说啦！"

史忠恒低声："我看，他心里也有数，要我和大麻子逃走……"

许多人都开始注意他俩的密谈，有人垂头打瞌睡，别的伙伴用膝盖触他："醒醒！"

朴根重："我想，一到吉林就要让日本人缴械。"

大麻子："咱们上哪逃，不如带着枪上山，挑出旗号打他个兔崽子！"

史忠恒心胸顿然开阔："是呀！老营长这不是给了咱们二十元盘缠。你想，打死他们八个人，咱们全营开到船厂还有好下场吗？"又环顾四围："要上山挑旗号，抗日，得咱们大家伙抱团呀，光我们两个人跑掉，实在是亏心！"

士兵哗然响应。有的说："是呀！日本子兵在车站那股气势，明摆着是要包围我们吗！""要上山挑旗子，我算一份！""谁要是不跟着你们走，是大姑娘养的！我说了就算！"说话人解开皮带来，全车厢骚动。

朴根重："咻！咻！你们知道，要抗日，打倒日本帝国主义，我们就可以重新建立独立的国家！谁愿上山，就把皮腰带解开，不要撕符号！先举起皮带，我来点点数，不要吵！咻！"

车厢里全体士兵解开皮带举起来，神色兴奋、激动。

车在行进中停下来，是小站，包括史忠恒、朴根重、大麻子等所有人纷纷走下来，悄悄转到其他各车厢去。原来的车厢空了下来。

车停在这个小站上，不一会儿只见各个列车里的列兵都现着兴奋、激动的面色，所有的士兵都手提着腰带纷纷下车。低呼着，督促着："下来呀！快！到货场上集合！"

在奔跑的列兵群当中，出现了孔宪荣，带着一种惊慌失措的脸色，来往奔跑，他着急地喊着："怎么的啦！？呵？怎么的啦！"

孔宪荣在月台上迎面碰到王德林及其所率领的各连连长、副官等人，除了王德林神色严肃、阴沉之外，都有些茫然。

孔宪荣："这些婊子儿！要闹事！"

王德林迈着稳重而又充满自信的步伐。积货场上的士兵群注意到王德林的来临，开始安静下来，并自动地给王德林让开路，现出踌躇的样子，不知道是敬礼好，还是躲开好。王德林全不在意，直向史忠恒等一群人走过去。史忠恒和朴根重等人迎来，匆忙敬礼。

王德林："史忠恒！是你和大麻子领头闹事吗？"

史忠恒：“报告营长，我们要求营长领着我们上山抗日。到吉林一定让日本人缴械了！”

朴根重：“我们不能去投降，不能让老营长吃日本子的亏！”

王德林：“抗日是好事，可咱们能抗得了吗？”

朴根重：“抗不了也要抗，哪怕一个换一个呢！也比白白去送死好！”

王德林：“你们都是谁愿意抗日呀！”

全体骚然响应。

“抗日的到粮仓那边空场上去站着，愿意跟我到船厂去接事的都留着别动。”

在相互寂然的观望中，以史忠恒、朴根重和大麻子为首的人，坚定不移地走向麻袋垛背后的积货场上去。他们并回顾一下，只见大半手提皮腰带的士兵骚然地跟随着跑来。有人登上麻袋垛大呼：“是有种的中国人，都过来呀！”

另外一部分士兵也开始解皮腰带，跑着步，呼啸而来。

火车司机挥动着帽子，跑过来高呼着：“要打日本，算我一份！”

孔宪荣迎过去问：“你有枪吗？”

司机：“没有枪，可是有中国人的良心！”

孔宪荣：“没枪，是空话。还是养家糊口去吧！”

许多远远观望的铁路职工跑过来，欢呼着，围绕着司机热烈地说着什么。

王德林正在和吴大城、副官等神色紧张地谈什么。孔宪荣撞过来，拉着王德林的袖子走向僻静处。

孔宪荣：“我做的梦现在应了！打不过日本子，咱们就上山当胡子！”

火车司机带领着一些铁路工人跑来。

司机仍然欢呼式地大声说：“报告长官！你们都是爱国的。我们没有枪，不能跟着你们抗日，可是我们车站还有几匹洋马，我们全都捐献给你们啦！算是我们的一份爱国心！"悄悄向王德林："站长也同意啦！他装不知道，你们派人牵出来吧！"

王德林："好！谢谢你们。"

孔宪荣："在哪呢？"向马弁："去！跟着去牵过来！"

王德林趁孔宪荣和司机谈话的时候，大步走向积货场。在副官和吴大城的扶持下，登上了麻袋垛。所有在货箱上、麻袋垛上和空地间的士兵群都转向王德林，注视着他，停止了兴奋的议论。

王德林："抗日是大事情，谁也不愿当亡国奴！在敦化车站，咱们在日本人监视下上火车，那个滋味好受吗？"

众："不好受！"

王德林："可咱们要军饷没军饷，要给养没给养，抗日要吃苦哇！"

众声轰然："养兵千日用兵一时！""为国效力，命都不要啦！还要什么军饷！""不要军饷，吃苦也干！"

王德林："好哇！咱们得先离开铁道，到老山沟里去再合计，抗日是大事！"

众："好哇！"在欢呼声中，有人向空中抛帽子。

队伍昂然地在山路上行进，在村民们纷纷出迎的村庄的车道上行进，在丛林中行进。

士兵高唱着："三国战将勇，首推赵子龙，长坂坡前，逞英雄！"一首老调军歌。

王德林、孔宪荣、吴大城等都骑在洋马上领队，谈论着。

四

日本驻吉林的特务机关本部。

挂着外务厅木牌子的会议室里。

一个魁梧而仪态尊严的日本高级特务人员吉村和日本关东军驻吉林的多门师团长、天野旅团长、间岛四县的日本领事官酒井等人，围桌而坐。

吉村："据我们从哈尔滨方面得到的情报，王德林这股漏网的土匪，已经到达汪清县北部的小城子啦！看起来，他们还没有和盘结在中东铁路本部的二十八旅李杜勾结的企图。间岛方面的治安，就要由我们的领事官酒井先生用政治手段来暂时维持。"说话中间以手指扣杯，不胜忧虑不安！

酒井："要是多门师团长阁下和天野旅团长阁下无暇东顾，我们只有靠间岛方面商界的士绅，去安抚王德林这股土匪保持现状。等待人军回剿！"

多门望着天野："我们还要进攻哈尔滨，在我皇军进驻哈尔滨之后，才能有暇回剿东边铁道一带反满土匪。"

吉村："能找出一些和王德林有交情的地方士绅吗？"

酒井："能！延吉县的实业局长曹梦九是王德林当土匪时候的结盟弟兄，满洲人称作磕头弟兄。"

吉村："这样的人物能找出一些来吗？"

酒井："王德林当年在间岛各县东边道一带活动很久。各县都有一些这样的士绅。"

吉村："都信托我们大日本帝国吗？"

酒井："不全一样，可是要满洲地方政权来出头发动，要他们考虑地方安全，他们都要保护生命、财产，会去说服王德林，稳住他不采取挑衅活动，那么我们就赢得时间啦！"

天野："王德林不过小小五百人的股匪，您不是把他的武力估计得过高了吗？"

吉村连连摇头："不是，不是！他的部下连、排长，孔宪荣、吴大城都是马贼出身。东边道一带的山头、地势熟得很。如果一有共匪的政治人员渗进去，将来是满洲的大患！"

身材短小的天野少将，嘴角含着轻蔑的神色轻轻摇摇头。

五

在汪清北部的一个村镇上，飘着鹅毛大雪。

正街上，有的是临街的小杂货铺，门前竖着酒幌、卖醋的葫芦招牌之类；有的是背街倒座的住宅，后窗临街；还有的是背街隔着个木栅栏围墙。栅栏木头都是椽子一般粗，显出了山区的特色。另外，还有挂着膏药幌子的药铺、双幌的理发铺和旗杆上高挑着一串罗圈幌子的"高升大车店"。正街短，从这头可以望到那头，村口有木头建的林区称"望火楼"的哨兵岗楼。

尽管是雪天，来往的行人还很多，都是排、连长一流的军官，也有摘去肩章的警佐，还有头顶着水罐的朝鲜族妇女和赶着爬犁的农民，背着围枪、带领着围狗的猎户。

我们通过这些行人，可以看见村口外进来一伙人，有的背着小包裹，有的提着军用水壶，都是青年。看打扮，有教员，有大学生、中学生，有伐木工人、铁路工人，也有失业的军官。李庆宾参谋是这伙人里最突出的人物，牵着一匹高头洋马。哨兵在问他们什么，又指给他们路。他们都随着哨兵所指处，注意到那串高挑着的罗圈幌。

骑兵参谋李庆宾的眉毛上、皮领护嘴处，都是喘息所形成的白霜。在鹅毛大雪中，牵着那匹日本种洋马。马上驮着大小不一的背囊、行李和包裹，上面都覆盖着白雪。显然，李庆宾自己不骑，驮的都是同伴的东西。

李庆宾的帽子上摘去了帽徽，肩上也摘去了肩章，高靿皮鞋，手里提着短藤棍，热情洋溢地用藤棍指着前面——在一片白雪中，矗着"高升大车店"的罗圈幌，回头高呼："爷儿们脚下加劲呀！"人们一听李庆宾的招呼，都大为振奋，相互欢呼："快走呀！大车店在那儿呢！"纷纷疾步往前走来。这些人当中，有两个少女：一个体格雄健，一个娇小玲珑。

"我们已经到啦！谢谢啦！"有个穿大衣的教员感激地说。

"我送你们到店里去！"李庆宾开朗地笑着并狡猾地努努嘴："你们到啦！我也到啦！"

"那你不是告长假，回去看家的吗？"

李庆宾和他们握着手，望着一个个兴奋的脸色，不说什么。

"那你一定认识王德林！"有的中学生说。

"也是来参加抗日的呀！多好啊！"

"我早就看出来了！"

"你怎么不带兵来呢！"

人们一边急匆匆走着，一边笑着、谈着。走到高升车店，只见大车店的马棚里，全堆着大小行李、提箱、包裹之类。屋檐底下也同样垛着一排行囊。店主头戴瓜皮帽，身穿短袄、套裤，脚穿毡窝子走出来。

店主："连柴火棚底下都住满啦！"但又不得不殷勤地说："先进屋，在柜房里暖和暖和吧！"

李庆宾："你好呀，老掌柜的！"

店主："呵呀！你看我这眼神，不中用啦！这不是镇守使公署的李参谋吗？你老好呀！"

李庆宾："好呵，怎么？不能给他们颠兑颠兑住的地方吗？"

店主："都是老远投奔老三营来抗日的，我还能往外推吗？可是早就满了。再说……先把牲口给我！"

李庆宾把缰绳交给店主，用短鞭柄敲打着皮靴。从背后嘱咐店主："给我的牲口多拌点料呀，有高粱吗？"

那伙旅客都围绕着马，在卸东西，各人提起各人的小行李、提箱什么的，往正房里走去。还有的在等着什么人。李庆宾爱抚地抱着一个青年的肩膀，走进屋子。

"好黑呀！"那中学生说。

门口是账桌，两旁是铺着席的火炕。墙上挂着衣物，双妹牌生发油的广告美人画，画的都是民国初年的打扮：高领、窄袖。满炕行李密排，有三五人或坐或躺，都带着雪天无聊的神色。

军官："您是从延吉来的么？炕头上坐吧！脱了靴子，来，不冻脚吧？"

李庆宾："有靰鞡草，走道还不冷，就怕坐车！"

军官："您和王德林熟吗？"

李庆宾："怎么样？"

军官："你看，来的人这样多，哪天都有。就这么闲待着，带的钱都花光啦，连烟末也没得抽！"

李庆宾向四周环视之后说："你们看什么呢！都坐到炕上去，先暖和暖和，总有咱们住的地方！"

店主："你的牲口，我给拴起来啦！歇歇再喂吧！"趋前，密语式地："你来得正好！老营长这些日子愁坏啦！"小声贴耳说："给延吉来的商会会长曹梦九他们包围啦！他们是来说降的！"又大声说："我心里都明白，你别看我老！"

李庆宾暗暗吃惊又佯作不在意地："曹梦九来了吗？还有谁呢？"

店主："七个县的商会会长、地方代表，都来啦！住在厨房呢！"这时，听见院子有脚步声，他扭头向外望着。

史忠恒带着一个传令兵急急大步走来。

史忠恒："延吉县实业局的曹局长在吗？司令部里请他！"

店主："好！李参谋你喝茶呀！我带他去！来吧！"传令兵随之走出。

史忠恒注意地望着李庆宾。

李庆宾："是呀！这边坐吧！"又不在意地向同伴们招呼着："现在可不要烤火呀！脚越冻，越不能烤，烤火就坏啦！"

女甲："是吗？"

女乙："那怎么回事？"

史忠恒："李参谋是从延吉刚到吧？"

李庆宾："刚到，我们都是半路上碰到的！"

史忠恒："听说十三混成旅都投降日本啦！是真的吗？"

李庆宾："不清楚，我是从敦化一路找来的，走了差不多二十多天啦！"

住店军官："他就是下命令打死日本测量队的史班长。"

李庆宾意外地惊喜，亲切地说："呵，那么你是史忠恒！好啊！来！"握手，左右环视："你们知道吗？这是我们东北军的英雄！"

甲乙两个少女注视史忠恒，并窃窃伏耳私语，史忠恒显得十分腼腆。

李庆宾突然想起什么似的："你来，看看我那匹马，怎么样？你喜欢马吗？"

史忠恒跟着李庆宾走出。随李庆宾来的那些同伴都不胜仰慕地议论着史忠恒。

两位姑娘倚门望着史忠恒的背影。

李庆宾、史忠恒在鹅毛雪中走向马棚。

李庆宾抚摸马头："正七岁口。"又说："十三混成旅的头子们投降啦，可是士兵是爱国的，下级军官都两只眼，看着你们三营啦！"

史忠恒："看我们吗？"不胜忧苦地叹息。

李庆宾："你们的老营长不是要坚决抗日吗？"

史忠恒："您见了我们老营长就知道了！我只是执行命令！"

突然，在他们背后有人高呼。"好大胆呀！李庆宾！你单人匹马私自来探山啦？"接着是响亮的奸笑声，随着笑声，出现了向他们走来的曹梦九。此人五绺长须、团花马褂、翻檐水獭帽，外罩狐皮斗篷。尾随他的都是盛装地方士绅。史忠恒厌烦地走开，在背后和传令兵谈话。

李庆宾："这不是曹梦九局长吗？你不在延吉办实业，跑到这小城子来，给什么人办外交，当说客呀？"

曹梦九朗声大笑，以拳触李之背，一副讨好地、似捶似亲的姿态。"国家兴亡，匹夫有责呀！"

李庆宾："我当是蒋干过江，替曹操出力，原来你还要当忠心保汉的卧龙么！"

曹梦九掩饰地："笑话，笑话！来！肖会长你认识认识！这是蛟河县的商会会长萧懋功，这是宁安县的商会会长范玉明……"

李庆宾在"久仰！久仰！"声中逐一握手。

李庆宾："怎么样？诸位都是代表什么人来的呀？"

曹梦九赶忙接话："不代表谁，都是老兄弟啦！还不能上山来看看呀！"又亲切地小声说："你还没见过我们的老王吧？"

李庆宾："我刚到。"

曹梦九："你看怎么样？"佯作机密地："日本关东军的天野开来一个旅团，坐镇吉林，一营人马，能抗得了人家吗？"

李庆宾："你们看呢？"

曹梦九："这就是仁者爱山，智者爱水，各有各的看法啦！你知道，老弟，（小声）国民党代表盖文华他们来了吗？"

李庆宾："不知道，他们是什么态度呀？"

曹梦九："他们要拉我们老王，给个自卫军总司令的空头衔，又没军饷，又不让和日本人冲突，还不是和投降一样呀！"

李庆宾："你们打算呢？"

曹梦九："不应该再上蒋介石的当啦！不如坐山观望，待机而起，现在不能盲动。老弟，你看呢？"

李庆宾："军人不问政治，老营长怎么打算呢？"

曹梦九俯耳："优柔寡断。（**大声**）希望老弟一言以兴邦。他和你的交情厚，一块走吧！"

李庆宾一语双关地："我们走不到一条路上去呀！"

曹梦九领会地，又以拳击其背："那么在我们老王那边儿见啦！"

曹梦九在群绅随从下，走开。

史忠恒："李参谋，我先回司令部去啦！"

李庆宾："你歇会儿，能给我找个人遛遛马吗？"

史忠恒："一定办到！"说完敬礼走开。

李庆宾关切地望着史忠恒的背影。

原东北军二十八旅李杜的代表魏参谋，戴少校肩章，从店房走出，适和李庆宾迎面。

魏参谋："好哇！你怎么来啦？"

李庆宾："真想不到呀！在这里能碰到你？"

两人热情地握握手。

魏参谋低语："为公事来的吗？"

李庆宾："私人关系！你呢？"转身带魏参谋转向马棚。

魏参谋："我是代表二十八旅来要王德林参加我们抗日自卫军的！想把他们编一个团。"

李庆宾："谈得怎么样？"

魏参谋："你没看见吗？那些商会会长整天围着他，真是乌烟瘴气！"

李庆宾："王德林的态度呢？"

魏参谋做密语："四个字，犹疑不决！"

会议桌上一个烟碟里满是纸烟头和火柴。

王德林敞着胸口，露出里面的皮坎肩，抽着纸烟，烟碟摆在他手边。现在他正接着第二根纸烟抽。

两张方桌拼拢的会议桌周围，全是盛装的地方士绅，还有穿着西装大衣的国民党代表盖文华。烟气弥漫，群声嗡然。

盖文华："诸位！诸位！"

曹梦九以手拍桌："哎，大家静一静，听国民党代表盖先生说什么？"

盖文华："诸位，外事，有我们国民政府驻日内瓦的代表施肇基交涉，九月二十三日我们蒋委员长说得很清楚啊！要求我们忍辱含垢，听国联的公理裁判，我们不能抵抗！"

群绅哗然而笑。

曹梦九："是呀！那还戴自卫军的头衔做什么？老王！这是很明白的！要是一接受自卫军的空头衔，表示和国民党有牵连，就堵上自己的后路了，现在你要当机立断，不能再犹豫了。"

在众目灼灼之下，王德林低头抽烟，不作一语。

孔宪荣："要我说，接受国民党改编叫自卫军也好，接受延边七个县的士绅代表们的建议，改编成山林警备队也好，归根到底，不抗日！这是一码子事嘛！"

盖文华："那不一样！"

曹梦九等几乎同时："那可大不一样！"

群声又轰然而起，只能听清楚盖文华大声嚷："自卫军是国家的部队！"

曹梦九："山林警备队是地方部队，不能受国民党节制。"

副官匆匆走进来，趋王德林前低语。

王德林起立，结扣，光头走出来，群绅等哑然凝视，起立，趋到窗前。曹梦九用手指刮玻璃上的冰霜向外窥视。只见李庆宾在副官陪同下走进院子，哨兵立正敬礼。曹梦九颓然坐下。

王德林在屋檐底下和李庆宾握手。

王德林："你来得正好，我天天盼你的消息，打过几回电话，就是打听不到你的行踪。"

李庆宾："我从延吉找到敦化，又转回来，总算在这山沟里找到啦！"

王德林："你不要进去啦！到后院去先休息休息，咱们再谈吧！"这时孔宪荣也走出来。

李庆宾："好啊！"

孔宪荣："欢迎！欢迎！你到底来看我们啦！"

李庆宾："我怎么能不来呢？这节骨眼儿，再远也要来看你们呀！"

雪仍然在落着。深夜，王德林的住所，窗外透出辉煌的灯光，人影闪动。屋檐底下有些连、排长，在暗中窥听着什么。

院子里，不时有人影走动，苞米楼子底下，马架子底下，全是铺着草的宿地。从手电的闪动中，可以看到史忠恒、朴根重，都裹着被子或大衣促膝而坐，小声问着："谁？"

大麻子："我呀！怎么样，有消息吗？"

史忠恒："坐在这儿等吧！"

朴根重："你不是和他谈过话吗？"

史忠恒："可是他和那帮商会会长挺熟呀！"

门响，有人发出"咪"声。随之，许多庞杂的脚步声纷纷离去，会议显然是结束了。

有人高声说："好大的雪呀！""军人应该爽快，真闷人！""不谈啦！不谈啦！"

史忠恒悄悄摇手，最先从苞米楼子底下蹿出来。朴根重、大麻子等随着走来。

史忠恒小声："那些亲日派都走啦！"当他见到马架子底下也有

士兵走出，便摇手以示机密。他们在雪地上悄悄向屋檐下移动。明亮的灯光现在已经移开。在后院王德林住室里，玻璃罩煤油灯光亮起来，连、排长们早已随王德林之后摸到屋檐底下，在窥探，见到史忠恒等，摇手叫他们不要作声。人们悄悄走近，有人靠着墙贴壁而立，有的俯在窗上。玻璃结着霜冻，只听见里边倒酒的声音，勃勃作响。

王德林还敞着胸口，露出里面的皮坎肩，手擎酒杯，和李庆宾坐在矮凳上烤火，炉火正旺。

李庆宾用铁筷子拨着炭，安闲地："都走了吗？"

孔宪荣站在一边，倒背两手贴着墙回答说："都走啦！你们谈吧！"

王德林："你什么都知道啦吧？"

李庆宾："知道啦！"

王德林大口喝酒："你说，我该怎么办？国民党、李杜、七个县的士绅代表，三方面，咱们弟兄听谁的？"

孔宪荣："要钱没钱，要饷没饷。上山四个来月，弟兄们连咸菜都快吃不上啦！连掌鞋的钱都没有，可是，天天山下还三十、二十地来……"

李庆宾始终安闲地胸有成竹地拨弄着火："钱倒是小事，单看我们走什么路啦！"抬头望着王德林说："你今年五十几啦？"

王德林："我吗？老了，五十四岁啦！要是年轻力壮还说什么？"

李庆宾："你还能再活一个五十四岁吗？人生一世，总要给后人留个好名声吧！"他见王德林已放下酒瓶，正视地在听，便问："你的儿女也不小啦！"

王德林："你有什么话尽管说吧！"

李庆宾："我是说，应该给后人想想。"若有所思地用铁筷拨火。"你不想当岳武穆，还要当秦桧，给子孙留下万代的骂名吗？"

王德林坚定地说："不能！我们怎么样也不能当秦桧，不能给后人留下骂名。可是，我们手里三四个月分文没有呀！伙计！"

李庆宾扔下铁筷子，也站起来："大事决定了，钱好办，我们将来可以没收敌伪汉奸的财产。主要的是我们站在民族大义的旗下救国呢，还是当汉奸？"

王德林："那么国民党的代表呢？他们又不主张抗日！"

李庆宾："打发他们走，这些卖国的代表！"

王德林："怎么打发他们呀！"

李庆宾："这里的邮电所有几千元的敌伪公款，我们可以先让他们捐献出来。"

王德林："行吗？"

李庆宾："大义所在，只要抗口，人人会解囊相助的，不要说那还是敌伪的公款。"

王德林："好呀！咱们决定抗日啦！"

在窗外窥听的连长、排长、士兵越来越多，相互交头接耳，低低密语。

孔宪荣："要抗日也行，可是别说得这么死，咱们要留条后路，各方面还要拉着。"忽然听见窗外的响声，急步走出来。这时各连、排长都站立未动，士兵们纷纷逃开。

孔宪荣："谁在这里呀？都快回去睡觉吧！"

各连、排长，侍从副官等稳步走开去。这时村鸡正啼，已是距离天亮不远的时候。

史忠恒和朴根重又在苞米楼子底下，用被子围着身子，兴奋而幸福地喘息着。

史忠恒："好啊！大事算是决定啦！"

朴根重："可是还有些动摇分子。"

史忠恒小声俯在朴根重的耳朵上："李参谋是共产党吗？"

朴根重吃惊地："谁说的？"

史忠恒："国民党代表说，只有共产党才坚决抗日呢！"

朴根重："你说，坚决抗日不好吗？"

史忠恒："好呀！"

听见脚步声沙沙地响，朴根重发出"咻"声，院门外有人在换岗，冻得跺脚的声音。

鸡叫第二遍。

王德林兴奋地在李庆宾面前站着，倒着酒。

王德林："就这样决定啦！你要担任我们的参谋长，兼着二十八旅编的那个补充团团长。"

孔宪荣不悦。

孔宪荣："可是要兼补充团……"

王德林："李杜的代表，要我们编一个团给他，抗战要配合呀！我们能推脱吗？"

孔宪荣："我倒不是说不给他编……"

王德林："要不全待在高升大车站，镇上投军的青年，都满满的啦，我们怎么打发呀！再说，咱们都是大老粗，也摆弄不了这些人马刀枪，我看给李庆宾带还能听摆弄。"

孔宪荣："那也行，可是老三营的人不要动！"

李庆宾："我总得有个班子呀！是不是？"

王德林："你说都要谁吧？"

李庆宾："史忠恒、朴根重、大麻子……"

王德林："你可倒好，净从沙子里挑金子呀！"

李庆宾："都是你的心头肉，可是你知道，补充团里还必得有你的心头肉呀！"

王德林："嗷！行啊！要谁给谁！"

孔宪荣："武器呢！"

李庆宾："武器，我们自己解决。"

打着"抗日救国军补充团宣传队"旗帜的队伍，集合出发了。李庆宾讲话，那两个少女，依然是原来的装束，所不同的是都戴了臂章。

戴着"抗日救国军补充团"臂章的士兵出发了！猎手依然捎着猎枪，依然是短皮大衣，不同的是都戴了制帽、臂章。

史忠恒、朴根重、大麻子三个军人，腰插匣枪，率队前进。

六

在小城子的热闹街道上，又出现了一伙背包裹、扛行李的爱国青年和穿戴褴褛的农民。内中有敦化县商会会长万茂森，他穿着西式皮大衣、长袍、水獭皮三耳帽，围着皮领子，持手杖。另外一个也是富商打扮，都有那种唯我独尊的神态。

他们走进高升车店门口。店主正在院子里向先到的那些爱国青年们说话："你们都到张家大院去吧，补充团招待所在那里，你们去一登记就编队，可快啦！出不了三天就能扛上枪！"

万茂森："喂，你先给我们找个地方落脚！"

富商："这是敦化县商会万会长，是到司令部去的！"

店主："呵！知道呀！你们又是来劝降的吧？不行啦，二道沟的日本指导官都给起事的补充团打死啦！"

在店主揶揄和群众轻蔑下，万茂森惶然，不知所措。

店主："不行喽！我们连抗日的都没地方接待呀！哪有地方接待你们呀！"

万茂森："你怎么敢这样说话呀！"

店主："三天前我还不敢这么说，现在我就敢说。凡是不抗日的，要住，就得和牲口住一块儿！"万茂森愕然失色。

这时，史忠恒跨着大步昂然走来。

店主向投军的群众："这不是补充团的史连副来啦！你们跟他去吧！"

史忠恒去马棚牵马，青年、农民及万茂森等走过去。店主从屋檐底下，递过马鞭子。

史忠恒笑容满面地谈着什么，牵马走过来，又冷然地转向万茂森说："你们自己到张家烧锅去好啦！我们司令正在粮食仓房里召集延边七个县的县商会代表开会哪！"

万茂森："往哪走呢？"

史忠恒："你们这么老远从敦化都来啦，到张家烧锅就不会走了吗？打听呀！"

万茂森："咱们走吧！"和富商相互叹息后又说："想不到这里的民气还这样高呀！"

富商："真想不到！"

七

在一个木板钉的粮食仓子里，到处是火盆。所有的士绅代表、国民党代表等人，都穿着大衣、斗篷坐在板凳上，当中是几个方桌拼的长条案子。王德林、李庆宾、孔宪荣、吴大城等隔案与士绅们相对而坐。桌子上点着松明子。因为天气冷，门关着，屋子里，有人冻得跺脚。火盆上的热水冒着气，人们乱哄哄地交谈。

王德林："今天……"人们仍是大声交谈着。

孔宪荣："大家伙儿，静一静！"

有个副官走向王德林，伏身低语，王愕然之后，又转告李庆宾。

群绅已安静下来，都注意并互相询问地巡视。

王德林："敦化县万茂森来了，人刚到，我们再等等吧。"

画外音："万会长到！"

王德林："请！"

万茂森进屋之后，有些士绅站立起来。

万茂森："惠民兄！民国六年一分手，想不到今天在这儿又见面啦！"说着摘下皮帽。

王德林："是呵！请里边坐，不要脱大衣啦，路上冷吧？"站起和万茂森握手，说："现在，就请李庆宾参谋长给大家讲几句话吧！大家上山，二十几天啦！挺着急，李庆宾参谋呢，就代表我，向大伙说说我的意思。"又向万茂森说："你来得正好。"

万茂森和曹梦九握过手，低声交谈。

李庆宾站起身说："咱们大家伙过去都是老朋友啦！今天呢？就不一样啦……"群绅感到惊疑，于是互相询视。"我们是抗日救国军的爱国军人，你们是什么呢？呵！你们自己说说！"

群绅惶然相视，有人注意到史忠恒、朴根重两人走进来，腰间插着短枪，严肃地侧立仓库门的两旁，便暗暗以肘互相触碰着。

李庆宾："你们想想，给日本人当说客，是干的什么买卖呀？是出卖我们民族，是认贼作父，这样的人有什么脸和我们抗日救国军称兄道弟呀！"

群绅惶然失色，纷纷站立起来。有的脱帽子，只有万茂森还强自镇定，并把要站起来的富翁，暗地扯扯，让他们坐下。曹梦九手扶长案，手指在抖。

王德林："大家不要怕，我保证大家的生命安全，都坐下，坐下。"

李庆宾已注意到万茂森的姿态，便问："难道是从敦化来的商会会长还不同吗？还是爱国的士绅吗？还是真的和我们总指挥是老朋友，知道我们抗日救国军的经费困难，连灯油也断啦，给我们带来了爱国捐款吗？是吗？请万会长当场说说。"

万茂森在众目注视之下站起来。

万茂森："兄弟实在没想到，这里的民气如此之盛，很惭愧！实在是惭愧！若是咱们部队经费困难，兄弟回到敦化去一定给筹划筹划！"

萧懋功："是啦！我们蛟河县官银钱号，本来还有些公款，要是你们打进蛟河去……"

李庆宾和王德林交换一下眼色。

李庆宾："不要在这里谈空话，我一定要看你们的行动！现在请总指挥来和国民党三人代表谈几句吧！"

王德林："我们现在给你们国民党的代表每人一百元的路费，请你们回去吧！若是你们的军队从关里打回来，我们再会师。"

盖文华："你们知道，抗日是和我们国军作对呀！主张抗日的只有共产党……"

王德林："多余的话不必说啦！打日本是东北的民意，我不管什么党派，要打日本就是好样的，给中国争口气还不好吗？副官长，给盖先生准备送行！"

孔宪荣和曹梦九并肩密谈。

孔宪荣："以后还要仰仗曹局长，老总跟前，我说话不好使，人家听外来的……"

曹梦九："你要小心，别把刀把子给外人抓了去！"

李庆宾在众人中找到了万茂森、萧懋功等，低声谈着什么，走开去。敦化富商跟在背后，见万茂森回顾并招之以目，即赶上去。

万茂森："我们敦化县官银钱号也能有十万八万公款吧？"

富商："那总有，可是去晚了，日本人会提走的！"

李庆宾："我们可以先打敦化，后攻蛟河！这两笔款是东北百姓的血汗，不能给敌人拿去！"

万、萧："我们一定照办！"

富商："可要早！"

夜间，王德林在自己的住所里和李庆宾烤火，王德林大口喝酒，不胜兴奋。

王德林："要打敦化，路过小沙滩的时候，戴凤岭管保要杀几口猪慰劳我们，粮食也能拿出来！"

李庆宾："呵？戴凤岭是什么人呢？"

王德林："早年我的拜把子大哥，很义气！"

八

臂章上写有"抗日救国军第一补充团"字样的队伍在前进。他们的服装杂乱，各式各样：有的披着牧人羊皮袄，却戴着春季毡帽；有的短袄，套了几件夹裤，又戴着大的狗皮帽子，脚底下可还是一双草鞋，没有能换上靰鞡。内中最出色的就是我们在高升车店见过的那些知识青年，他们则是大衣、皮帽、手套齐全，只是脚下有的棉鞋用麻绳绑着，皮鞋、裤脚已经都挂满冻结的泥浆。但全都神采奕奕，兴奋而又昂扬。他们肩上都有枪，但长短不一，牌子很杂，而且都是老旧不堪，腰间都有子弹袋和手榴弹。

李庆宾和一个猎户打扮的人并肩走着。李庆宾身穿一件短的俄式皮外套，马车夫似的，下身却是呢军裤，扎着绑腿，长筒狗皮袜子，套着双草鞋；只是没有皮手套，常常呵手，摩擦着取暖。那猎户牵着头猎狗，背着背夹子。他就是中心县委派来的交通员王发。

王发："我这回跟孟泾清同志一块儿来的。"

李庆宾欣慰地："他到底来啦，在哪呢？"

王发："他在前边小沙滩等你啦！昨天晚上就知道队伍要到啦！"

李庆宾："怎么就他一个人呢？"

王发："金大伦还在宁安，走不开！"

李庆宾："好啦！我们总算有了支部书记啦！敦化情况怎么样呢？"

王发："人心惶惶，枪一响，伪军管保瓦解。就是北门离日本警备队近，有二百来人的样子！街面上冷清清。"

两个人在队前匆匆走着，攀谈。只见李庆宾的洋马现在已经瘦骨棱棱，驮着油印机、书籍、纸张、文件、军用挂包之类的东西。

树林呼啸，树丛中坠雪有声。风过时李庆宾和王发都歪着头，仿佛用斜肩抵挡着西风，可以看到，尾随的老三营正规军，在补充团之后正在下岭。他们的军帽，都有皮帽耳，都是戴着无指手套，臀后扎着块当坐垫用的狍子皮，裹腿、靰鞡，装备整齐，臂上都戴着抗日救国军的臂章。

队伍越过树林，就远远地望见岭下的小沙滩村落。

村中间有一个大院落，周围有四座护院炮楼，可以看到院内有四处露天灶，正冒着蒸腾的热气，这是东北办红白事或杀喜猪所有的景象。

炮手和妇女来来往往，远远传来宰猪时特有的叫声。

李庆宾："呵！这个大地主戴凤岭，枪多吗？"

王发："有个二百三百的，还有些是二十响的德国造匣枪呢！"

李庆宾："呵？"惊奇中颇有兴奋之色，"真的？"

村口上有些农民和孩子远远观望，只见史忠恒和大麻子带着宣传队的人员，匆匆地大步赶来迎接，身后还有一个穿羊皮袄的便衣人物。这人中等身材，敞着胸，露出铁路职员的制服，老远大步走来。他注视着李庆宾，但他已经认不出这个满腮有胡子、半个月也没刮脸的人物了。

李庆宾走到他跟前："孟泾清同志！你可来啦！你一来，我两个肩膀可轻了！"说着伸出两只手去。

孟泾清："嘿！老李！我真认不出你来啦！"从无指手套里伸出手来，四手相握。"你怎么样？呵，连手套也没有吗？好凉呀！呵！怎么，也弄不到一双靰鞡穿吗？"

李庆宾："弟兄们头上、脚下都没换的，我怎么能特别呀！总部的参议室都筹备好了，老营长总是问我，怎么我们的参议长老是没有来？"

孟泾清："路不好走，等交通员等了半个月！"说完又回头和王发握手。

李庆宾又和其余来迎接的人们一一握手。

李庆宾和史忠恒并肩走着："你们的事办得怎么样？"

史忠恒："三座铁路的暗桥都破坏啦！"

大麻子："今早两点钟的火车只开到蛟河，过不来啦！"

李庆宾："这样，我们就无后顾之忧啦！"扭头又向女兵："你们呢？"

女甲："我们昨天演了《万宝山惨案》，效果很好！"

女乙："偷偷要求参加抗日的可多啦！"

李庆宾："呵，怎么偷偷……"似有所理解："呵？还要偷偷呀！"

孟泾清："啊！你们的部队，怎么和这个大地主的关系这么好呀！"

李庆宾对他耳语："他是我们老总的拜把子大哥！当年也拉过大帮，抱过山头哟！"

这时已近村口，戴凤岭头戴狗皮帽子，穿着团花缎子的狐皮马褂来迎，下身是带补丁的绸料套裤。他五短身材，满腮胡子，双眼机警、阴沉，面型粗犷。只见他满脸高兴的样子，双手抱拳说着欢迎之类的话。

"抗日救国军来了！抗日救国军来了！"有个孩子高兴地欢呼着，从村口跑开去，显然，是往村子里给谁报信去。满街贴有抗日标语、"告同胞书"，家家户户的茅草屋里都有人跑出来。

补充团的队伍已开进村街了。

孟泾清、李庆宾、戴凤岭头前大步走着。史忠恒、大麻子等随后跟着，走进戴家有炮楼的大院门。

只见打麦场上，有几处大草垛，木板筑的大粮仓。有几条大狗，项下都悬着一根粗木短杠子，所以狗虽凶猛地叫，走路却极其蹒跚。有几只公鸡惊惶地飞到草垛上，咯咯地叫，昂颈四顾。

炮手们都清一色是没挂布面的牧人式羊皮袄，有的叱吓狗，有的抱拳欢迎。

戴凤岭陪着众人到场院里。场院一侧也筑有炮楼。

戴凤岭："众位弟兄总算到家了，一路上也辛苦，先让队伍歇歇！"随之又对李庆宾说："领你们几位到炮楼上看看咱村子……"

戴凤岭领着李庆宾、孟泾清等人登上炮楼。

戴凤岭指着村前村后开阔地说："咱村离山远，四围是一眼望不到边的庄稼地，这炮楼子就顶大用了。"

李庆宾点点头又指场院里的炮手说："你们的炮手可真不少，每人还配备了三八枪。"

戴凤岭连忙解释说："摆场面的，其实'老连珠'和'套筒子'多呢。"

李庆宾说："可是你看我们补充团，有的还空着手呢！"

戴凤岭有所警惕的眼光，狡黠地示意着，腰插短枪的炮手见状都避开去了。

"我这是拿来护宅子，用它打仗可差得远喽！"戴凤岭说着转身让路，"咱们到宅子里歇着去吧！"

人们随着戴凤岭从炮楼上走下来。

这时，王德林也带着老三营进了村。

李庆宾仍是诱导地说："刚才从炮楼上看，你这儿的气派不小啊！"

戴凤岭说："哪里，哪里！能护着宅子就不错了！"接着话题一转："这回，你们拉着队伍打算怎么办？"

李庆宾说："还不是跟日本人绕着影壁转，这是人家打上门来的，可不是咱请的！"

戴凤岭："跟日本人干？！……啊，先进屋休息吧！"又转身对随从说："把狗都赶到后院锁起来！叫老三快弄火盆来！弟兄们怕冻坏了！"

人们于是纷纷跟着戴凤岭身后走着。

东厢房一排炮手们住宿的地方，都有补充团的士兵们进进出出。

前厅，一连五间，当中是通道，两边的门框框，都有用粉笔写的"参谋处""卫队室"等。

戴凤岭让孟泾清先进屋，李庆宾和戴凤岭也随之进屋。一些卫兵及勤务兵也相继进屋。

炮手们端着火盆进屋，有的忙着沏茶、递烟。

戴凤岭手拿长杆大烟袋指点着李庆宾、孟泾清等人说："弟兄们已经来到这儿啦，先住些日子缓缓气！"

李庆宾谦虚地："我们的人也不少，哪能成天闲住哪！"

戴凤岭豁达地："吃不穷我们，粮草总还有些嘛！"

孟泾清说："这次去敦化，路过小沙滩，是应该来看你老哥的！"

李庆宾接着说："粮草我们是不缺的，短少的是枪支啊！"

戴凤岭已听出来龙去脉，便支吾地："是啊……"说着对一个炮手说："看看去，饭准备妥了吗？"

画外音："王司令到！"

戴凤岭："好啊！"对一随从说："摆队相迎！"

前厅和后厅的套院，戴家的妇女、孩子，都站在屋檐底下，兴奋地观望，小声耳语。有个年长的主妇，坐在凳子上，口含长烟管，年轻的媳妇辈在给划火。有个梳大辫的姑娘伏在前厅后窗上窥望之后，跑过来，在屋檐底下向一个媳妇小声说；"胡子拉碴的！"发出哧哧的笑声。

有个炮手跑来向老太太说："王德林来啦！"

许多妇女的声音："哪个是？哪个是？"

只见戴凤岭和王德林、孟泾清并肩从过道上走来。李庆宾、孔宪荣随着。王和孟手牵着手在说什么。最后是副官长等随从人员。

年轻的主妇放下手中抱的八岁大孩子，伏在他耳朵上小声叮咛什么，眼望着王德林，并把孩子推动。那孩子手指含在嘴里，怯怯向前走去，又回顾，妇女们都努努嘴鼓励他，有的斜眼看他，以示威胁。于是另外一个男孩子勇敢地跑过去，抱着王德林的双腿叫："五姥爷！五姥爷！"有的女孩子也跑过来大叫："五叔，五叔！"有的竟跑到李庆宾面前，李庆宾就双手抱起来。

李庆宾："好孩子！你长大干什么呀？"

孩子："扛枪打日本鬼子！"

李庆宾："啊呀！英雄！英雄！"

王德林："这孩子可机灵呀！"说着便一手抱一个："来，副官长，一个孩子给一块大洋，做个见面礼！"

戴凤岭："下来，小柱子！赶快给五叔请安！"

孩子下来之后果然行满洲礼，屈膝打千。

李庆宾："不对，不对！要行举手礼。"扭身向戴凤岭说："你们脑筋还这样旧呀！太赶不上潮流啦！你听到吗？孩子都要扛枪打日本鬼子啦！"

戴凤岭："还有你七叔呢！"

孔宪荣："大哥，你的福气真好！"

妇女们都闪开路，王德林和年老主妇说着什么，牵着孟泾清的手走进后厅。那里已摆好两桌酒席的杯、筷、碟、瓶。桌面上铺着绒毯。东西内房的门框都写有"总部""警卫"等字样。

戴凤岭悄悄拉了孔宪荣一下，小声问："怎么，你们这个参谋长老是在我的枪上打主意呀！"

孔宪荣叹气说："现在人家当令，咱们的脑袋瓜不行啦！"戴凤岭瞠然吃惊。

戴凤岭说："你先陪陪，我到后院看看！"

戴走到后院，正是露天搭灶的场所。猪，有的已经褪毛，有的正在案子上切着、剔骨，有的锅里已煮出下水。炮手们来往奔走，有的从厨房端着盘子在准备上菜，高声叫道："油着，油着。"狗吠人喧，十分热闹。

戴凤岭走到一个戴风帽的老汉身边，那人手握着烟袋荷包在指挥什么。

戴凤岭："老二！到这来！"

戴家老二随戴凤岭走向厨房，那里锅勺、刀墩之间响声有节，时时夹杂笑声。戴凤岭和戴老二来到厨师住的小屋里，戴凤岭掀门帘朝外面窥看之后，关上门，神色紧张。

戴凤岭："你知道！那个姓李的参谋长，看着咱们护院的二三百杆枪，眼红啦！"

戴老二："那他不是白眼红，冲着王德林的面子，他还敢缴咱们呀？"

戴凤岭："这些人，很难说呀！听老七这小子的口风可不好！"

戴老二："他们要缴咱们的枪，就打他个兔崽子！"

在后厅酒席桌上，已婚的年轻妇女按辈分在两桌前分成四排侍立，递擦面毛巾，递茶，递火，由最末一个点烟。

王德林对孟泾清如遇故知般兴奋地说："我在宣统年间跟木头帮上的人，在老山里砍木头，那时候天气可真冷呀！比今天冷得厉害，就穿一件破棉袄，哪有靰鞡呀！"

孟泾清："那你怎么到军界上来的呢？"

王德林显然在兴奋状态中："那年，我去大柜上领工钱，还没回到工棚去，那天夜里，工棚子的人都给人家用斧子剁啦！他们是想来抢钱的。当时我可是背着钱口袋在半路上。回去一看，这个仇，非报不可，就把这几万工钱拿出来买了枪，招人，拉起大帮来啦。都是山东家乡的人，报仇也齐心。后来，就撒不开手了。庆宾知道，从江北拉过来，民国七年才降了官军！一直干到现在！"

在王德林说话中间，炮手们已轮流端着盘子上菜，高声叫着："油着，油着！"一到门口，就由侍宴的年轻妇女依次传递上去。

李庆宾："怎么，老掌柜哪去啦？"

妇女："在后院呢，您们喝酒吧！"

院里连声喊着："来了！来了！"

戴凤岭一进屋就摘掉狗皮帽子大声说："对不住，怎么，还不喝呀！这是家宴，没外人，来，来！"

全体肃立，手擎酒杯。

戴凤岭："我刚才去安置了安置。我呀！今天要跟着我们老五，抗日救国，带头打敦化！"

表示吃惊的不仅是两桌宾客，还有那些侍宴的妇女。窗外玻璃上，也都有人在往里窥望。只有李庆宾和孟泾清交换眼光中透露出会心的笑意，似乎看出戴凤岭这个老滑头。

戴凤岭向妇女们说："你们别担心，老二都把你们送到北平去落户。"

李庆宾："好呀！你的人马齐全，枪支又多，要不真想借点使呢！"

戴凤岭霍霍大笑："我早就看出来啦！"

王德林："啊？"

李庆宾："水浒传上的玉麒麟卢俊义也没有你爽快！来！为了我们的小沙滩聚义干杯！"

群起干杯，欢声雷动。

九

深夜向敦化进军，狂风卷雪，鸣啸有声。

孟泾清："你以为戴凤岭还是个英雄吗？"

李庆宾："看样子不坏呀！豪爽，当机立断，知道大节！"

他们说话时候，气息如烟，天气转寒，帽耳贴嘴巴处和眉毛，都挂着白霜。史忠恒和朴根重在他们两侧，孟泾清说话时一臂抱着史忠恒的肩膀，手上戴着五指手套，衣襟、围巾向前斜卷地飘着。借着风势，走得格外快。他们脸上热情奋发，完全置身于严寒境外似的，只是偶然有人摸摸腰间的枪，插得更紧一些。

孟泾清："我们不能单单从相貌上看人。"

李庆宾："当然啦！他是大地主。那么你说万茂森呢？敦化县这个商会会长，办火柴厂的实业家，又是电灯公司的经理，不也是十足的资产阶级吗？可是有民族正义感。"

孟泾清："当然，当前他们表现得不错！"口气亲切地："但我们万不能想得太天真呀！大的封建地主和民族资产阶级又各有不同！"

说话当中，孟泾清注意到史忠恒，仿佛也在鼓励他似的，紧接着走到队伍外头。

孟泾清："好啦！"说着脱下手套来。"我不远送你们啦！我们在总部等候你们胜利的消息。你们回来的时候，延吉的煤矿工人，也许就到了。哪！戴上，不要说什么啦！我们又要爱护士兵，又要爱护我们的指挥！"说完大声笑着。

李庆宾在笑声中戴上孟泾清的五指手套。李庆宾、史忠恒、朴根重等和孟泾清在欢笑中挥手告别。队伍前头传来："前面找参谋长！"

李庆宾急匆匆地大步追赶补充团先头部队。

在敦化县北郊树林里，李庆宾带着传令兵出现在吴大城、大麻子面前，远处可以看到深夜时候城市的街灯。

李庆宾："什么事呀？"

吴大城低声说："独立营营长戴凤岭，进城要放手让弟兄们弄点'洋捞儿'。"

李庆宾："啊？他以为跟着咱们出来是当胡子吗？"又十分低沉地说："这个家伙！在小沙滩出发时，我不是说明咱们必须遵守军纪吗？"

大麻子："是呀！我们前方的吴指挥就说过，这可不是闹着玩，要问参谋长！"

李庆宾："这还要问什么！军纪人人遵守，我们自己制定的呀！传令兵！你去通知独立营，他的队伍，赶紧调换到后卫去。把督战队调去打南门，戴凤岭部队到西边铁路去做警卫。不要他们参加攻城的这场交手仗！"

传令兵："是！"举手敬礼，跑步走开。

李庆宾："回来！"

传令兵："有！"

李庆宾："告诉戴营长，没有命令，独立营的炮手们，谁也不许进城！赶紧去吧！"

传令兵："是！"跑步离开。

李庆宾："赶紧准备云梯攻城！补充团已经靠上去啦！"

枪炮声在李庆宾伏腰潜进中大作。

十

拂晓。

戴凤岭独立营的炮手们在铁道两旁的壕沟里卧伏着。这里，到处是枕木、铁道钉、钢轨，四边是河流，铁桥已经倒塌。桥墩还完整，冰面上有零散的铁桥钢架子。东方，枪声中夹着炮声，轰轰传来。

炮手甲："城里起火啦，你看那烟！"

炮手乙昂头探望："是北门的警察署吧！"

一双穿靰鞡鞋的脚，在炮手乙身旁出现，踢踢他的肩膀。

戴凤岭："不要命啦，躺好，鼻子贴地。"

炮手甲："大叔，怎么救国军不让咱们伸手呢？在这里躺着挨冻呀！"

戴凤岭："你悄没声的吧！"怒气满胸，左右环顾，无处排泄的样子。

炮手甲、乙互相递眼色，炮手甲还伸舌头以饰窘态。

炮手乙："躺在这好冷，脊梁上结了冰一样！"

炮手甲："那是汗水，冻啦！"

枪声渐稀，炮声渐远。

戴凤岭："起来，蹲着烤火吧！"

壕沟里的炮手们，都伏腰走动，往东窥望，睁着惊异的眼睛。有的去折树枝，有的搬枕木，互相说："补充团打进去啦！""怎么不要咱们打头阵啦！真奇怪！"壕沟里已生起篝火。

戴凤岭愤怒地来回徘徊。

戴凤岭："你们准备，跟我进城！"

十一

黎明，敦化县的街道上，冷寂无人。只有李庆宾和传令兵两人的脚步声踏踏作响。

街道上有丢弃的日本钢盔、军用壶和手套，到处是散乱的子弹。在一个丁字街口上，有整套的警官制服，袖带金边的警官大衣、腰刀，显然是它们的主人在这里化装逃走了。

李庆宾在这街口上站住，招呼远远走过来的王发所率领的先遣小队。他们都是猎户打扮，背着背夹，肩上都有三五支枪，胡乱地从地上搜捡子弹。背夹内有日本指挥刀、棉手套、日本军靴、军大衣之类的东西。

李庆宾仍是满脸紧张而又严肃的神色："王发，你们不要在这儿零零碎碎打扫啦！要赶紧找大车，到北门警察署去，把补充团缴的枪拉出去！动作要快！"

"是！"王发等欢笑着，急急走开。

李庆宾现在走近敦化县官银钱号。钱号四周设有炮台。

一个穿戴整齐的武装炮手，从大门缝里外窥，立刻欢呼着开了大门。一色是皮靴、裹腿、羊皮帽、短皮外套的炮手们蹿出来，迎接。

"你们好呀！"李庆宾向大家问候。

一时炮手们不胜兴奋，激动而又欢快地笑着，不知说什么。有人高呼："敬礼！"于是全体肃立敬礼，以作回答。

李庆宾率领传令兵，昂然大步走进。万茂森便装打扮，光着头在议事厅廊檐底下出迎。

檐底下许多惊飞的鸽子轰然而起。

"你们受惊了吧？"李庆宾和万茂森握手，见他脸色有些紧张的样子。又说："这炮声是从南山上打的，不要紧。"

万茂森："队伍能在县里住两天吧？"

李庆宾："看吧！先要把款子提出去！"

万茂森："还得预备卡车往外运呢！"

李庆宾："有多少？"

万茂森："三十万挂零！"

大厅内，办事人员都在点款，打算盘，登记数目字，核对捐款人手册，签字盖章。到处是捻动纸票子的唰唰声、现洋敲击的叮当声和算盘噼啪声。

李庆宾被万茂森和一些银号高级职员包围着。

李庆宾："有凉水吗？"

万茂森："烧开水不好吗？关襄理！"

李庆宾："凉水就行，渴坏啦！"

万茂森："那好……"

李庆宾从那些在办理手续的忙碌的银号人员的桌椅之间走过。

甲一手捻着票子，一手扒拉算盘喊："永衡官帖是按昨天的市价算吗？"

乙在办公桌上点票子："今天没行情……"

丙从另一桌走过来："谁点的金票呀！怎么不在封条上签字盖章呀！"

有人送过一碗冷水，李庆宾接过来，并未注意是什么，又走过去，站在一个手法熟练的点票子人背后，那人在点第二遍。

李庆宾左右环顾："大家辛苦啦！点出多少了？"

有人说："总共点了……拿金票计算是三千二百元挂零！"

李庆宾走开，大口喝水，突然想起什么，给传令兵倒了半杯。

李庆宾："万会长，这样按部就班地办手续不成。我们要用军事手段办理！"

全办公厅的人员都吃惊地睁大眼睛。

关襄理："这可是银子钱呀！"

李庆宾："就这样干吧！要快。"

万茂森："好啦！装麻袋去吧！"

所有的办公人员都移动椅子，离开座位。

开始一捆一捆装麻袋。有人高叫着："五十六万二千吊！官帖都到这边来，五十六万二千吊！……"

李庆宾："再弄点凉水喝吧！"他看着表，正是九点。

壁上十二点过五分。

一个炮手匆匆走来，在万茂森耳旁低语，万茂森走开去。

院子里职员出出进进，正往大门外的卡车上装麻袋，万茂森路过时，嘱咐："快装！干完了，就开饭！今天大伙儿有酒喝！"

李庆宾在办公厅内："怎么样呀？"

襄理之类的人物："找司机去啦！"

办公人员仍在高呼着："永衡官帖二百二十万零六千五百吊！快！这边来，二百二十万零六千五百吊！"

院子里的炮手在集合，万茂森惊惊惶惶地在说着什么。李庆宾从窗子外窥，以手擦着玻璃。炮手都手持步枪纷纷走向围院炮台，有的从腰间拔出短枪。

廊檐底下鸽子又轰然飞起。

李庆宾急步走出来，在石铺的台阶上迎见万茂森，探询地注视他："发生什么事儿啦？"

万茂森："你们的部队里有坏人，已经在西大街抢了我们一家小钱庄！抢走四千元日本金票，大铁页子门也给用斧子劈开了！人家要告发我们，说我们勾结你们进城的！你们赶紧走吧，款子，一个子也不能动！"

李庆宾："是我们抗日救国军的人吗？"

万茂森："那还假啦！你们独立营的！都有臂章！"

"抢了多少？"李庆宾的气势顿然缓和，压抑着愤怒。

万茂森："四千日本金票！"

李庆宾："从敌伪公款提出来，还他！"

万茂森："不行，事儿要犯！这不能怪我们！你们现在出去，我们的炮手决不伤害你们！"

李庆宾："这是什么意思？"

万茂森："没有旁的意思，不打几枪，日本人回来，我们没法交代！"

李庆宾："万会长，你可知道，你保护的是敌伪公款！我们急需的是军饷！"

万茂森理直气壮地："这不能怪我们！"

李庆宾："你不能跟我们上山吗？"

万茂森："我们能扔下家业上山吗？你们快走吧！"

李庆宾冷静地低头考虑后说："好吧！"又转过身来："你可知道，在紧急关头，你和我们分手啦！"

万茂森："对不住啦！"回头向炮手们遥呼："开枪吧！"

在向空鸣放的枪声中，李庆宾带着传令兵大踏步走出。

十二

戴凤岭腰插短枪，昂然自得地从村外走来。

哨兵敬礼，见其走过，鄙视地大声吐痰。

在院子里本来嬉笑自若的士兵中，有人小声说："来了！来了！"全都冷然向戴注视。

哨兵："你在门口等一等！"

戴凤岭："干什么！是总司令要我来的！"

副官长从农舍走出，见到戴凤岭走到院门口："跟我来！"戴凤岭的神色惊疑。

副官长对警卫人员："把他的枪下啦！"

戴凤岭手把腰间的枪："你们要干什么？！"

副官长："总司令的命令！"

戴凤岭颓然地垂下手来，一位卫兵摘下他的枪及子弹袋。

这时，孔宪荣从室内掀帘走出。

孔宪荣："老大，你怎么弄的呀？呵？"

戴凤岭喃喃自语："我一时糊涂，真糊涂！"

孔宪荣小声埋怨："你真叫我们弟兄在姓李的面前丢丑！要抢，也别给补充团捉到把柄呀！连臂章也不摘，真是傻瓜！"随后又大声说："赶快进来吧！"

王德林一手做拳形叉腰，背对门口，面壁站在那里，装作看地图。因为纸窗有破洞，用破裤子什么堵着，屋里很暗，虽是白天，还点着灯，方桌周围，有李庆宾、孟泾清。

孔宪荣进屋说道："独立营营长戴凤岭来啦！"

王德林仍背对戴凤岭沉默很久："你长了几个脑袋呀！敢派人私自进城抢钱庄！"

戴凤岭惶然四顾，见到李庆宾、孟泾清等冷森目光，突然匍匐在地下，向王德林脊背连称："该死，该死！"

王德林转身问："你还有什么话说吗？"

孔宪荣："你怎么不说话呀！这时候你不说，还等什么时候？"

戴凤岭："我该死！"

王德林："为什么，你敢败坏我的军纪呀？你说说！"

孔宪荣："说呀！啊？有话就说呀！"

戴凤岭突然大声宣布式地状极激昂："我还有什么话说呢！我姓戴的为了抗日救国，六百垧好地，扔掉啦！两仓粮食，交给部队啦！我还有什么没拿出来！我是倾家荡产啦！可是我全家一百来口子，在关里怎么活呢？"声音转低突然开始呜咽："老的老，小的小，我想弄点钱给他们捎去，在北平……买点房产……就是这样……"不禁号啕大哭："两辈子的家业，在我手里算完啦！"

王德林颇为感动地低头，叹息似的说："站起来，站起来说话！"

孔宪荣："老大为了抗日真是什么都拿出来啦，弄到如今，家破人亡！"

李庆宾："戴凤岭为一己之私，不但败坏军纪，更破坏了我们整个作战计划，孔明挥泪斩马谡，公私不得不分清楚，应该依军法执行！"

孔宪荣："按正理说，是怪万茂森那婊子养的，他为什么不跟着咱们上山抗日呀！"

李庆宾："你这是什么意思……"说完两人怒目相视。

孟泾清在桌下暗踢李庆宾的脚："还是听总部的意见吧！"

王德林卷着纸烟，在灯上抽着，吐烟，叹息："我们都是老哥儿们啦！不要在钱财上伤了义气，打下蛟河县再说吧！"向戴凤岭："还不给参谋长请安、赔礼！"

李庆宾目视孟泾清，满脸怒容。孟泾清向他眨眼，叫他不要发作。戴凤岭连忙趋前，打千，请安。

李庆宾："这是干什么？向我赔的哪份礼！"

王德林："再给他记一大过，以后戴罪立功吧！"说完又转向孟泾清："怎么样？"

孟泾清："好呵！实在说，独立营长可是做得很不对呀！"

人们纷纷站起来。孟泾清随着李庆宾走出，来到院子里锯木厂的架子底下。

孟泾清："你没有注意孔宪荣的态度吗？我们不要在小节上算账，要顾全大局，我们还要团结他们共同抗日呀！"

李庆宾："好啦！好啦！你决定就是啦！我没什么说的！"

孟泾清："咱们俩可以在党支部会上争论争论呀！"

李庆宾亲切地向孟破颜作笑："你确实说得有理，该顾全大局，可就是心里憋着一口气！"

十三

风雪漫卷山谷，约有一千五百名煤矿工人的徒手队伍，顺着雪爬犁的痕迹走向草原的盆地。

这些矿工穿戴褴褛，而他们却都显得精神抖擞，呈现着摆脱了欺压与侮辱后所有的自由与快乐的神态。他们一路上哄哄然地喧闹着，对风雪的威胁全不在意。

为首的三个人，都捎着老式步枪。中间的穿破棉袄，腰扎一根草绳，臂章有"延吉老头沟煤矿罢工委员会"及"总指挥"等字样。他满脸胡子，戴着顶破狗皮帽，尽管天气很冷，他却不把帽耳放下来遮护。他手持爬山的小树干，神色越来越迟疑。因为爬犁走过的痕迹和马蹄印，已经在草原盆地间消失了，被埋在流沙似的雪底下了。

他用手中的小树干，试探着雪下的路基，又观察四周给雪覆盖着的露头草丛，眼色有点茫然地观望他的同伴。

远处白茫茫的一片雪地。

总指挥："你看，这里没有草，像不像是原先的路呢？"

矿甲："这不是向东南么？咱们可是向西南走呀！"

矿乙："走吧！反正咱们不能在这停下，要转出去！"

总指挥毅然地顺着两边露出草丛之间的一条像雪铺的路走去。

喧闹的队伍停下来时已肃然无声，现在又开始走动。喧闹声又随之而起。

矿工总指挥和矿甲、矿乙三个人，沿着积雪，终于走进被雪掩盖的草泽地，雪没到膝盖，而且眼前，全是露头的草丛。

总指挥："我们真的离开原来的车道了！"

矿甲："咱们还是奔西南吧！反正蛟河是在西南方向！"

总指挥向他摇手，又回头高呼："弟兄们，不要闲扯！"

矿乙："都悄没声的！"

在沉静中，从风的狂吼中，听到有狗吠声，遥远而隐约。

总指挥："听见吗？"

矿乙："我听不到什么动静！"

总指挥："南边有村子！"

矿甲："很远呢！"

总指挥："咱们奔正南走，有狗叫就有人家。"

总指挥率队在草泽地继续行进。

他们到达满是树木的山谷中间，矿工们各自在避风处，拾干柴、枯枝，有些朝鲜族男女白成一伙。天色已经黑下来。矿甲用斧头砍着枯树上的松脂木，朝鲜族妇女用刀子削松脂，点起松明子，于是许许多多篝火燃起来。矿工们仍然欢乐自得，聚集取暖。有的人从兜里掏出大把大豆来，或者从布口袋里掏出土豆来，烤着，闲谈。

矿工总指挥和矿乙两人走到光秃秃的山巅四下观望。

总指挥："咱们走了一天还碰不到一户人家。"

矿乙："关东山就是这样。"

总指挥："你听，是不是还是那头狗叫呢？"

矿乙："你是心里那么想。哪里有狗叫！"

总指挥："我总听到有狗叫，就是听不大清楚。"

矿乙："要是咱们能想法缴地主保安队的枪，再不，缴警察出张所的械……自己成立队伍多好！"

总指挥："老郑，咱们要按中心县委指示办事，一定要赶快找到抗日救国军，找到咱们的补充团……你听，是狗叫……准是！"

矿乙："在下边！是啦！是狗叫，还不止一头狗呢！"

一群猎狗，吠叫着在沟谷里出现，一个扛枪的猎人向矿工们的篝火处走来。

猎人："你们是'柳子'上的么？"

矿丁："我们是从老头沟煤矿拉出来的，你是哪个村子的？过来烤火吧！"

猎人："你们这是到哪去？"

矿丁："我们是到蛟河，找抗日救国军的！"

猎人："你们是投奔抗日救国军的呀？你们怎么走到这里来啦？"

矿甲赶过来，许多矿工和朝鲜族男女也围拢来。

矿甲："我们这是在哪啦？"

猎人："转过山去是小沙滩，离敦化县还有一百四十里！"矿甲及所有矿工全都吃惊地注目相视，哄然大笑。

矿甲："那么说，我们走了三天，又转回来啦！"

总指挥及矿乙也凑了过来。

总指挥："怎么，我们不是往西走吗？呵？叫鬼迷住啦！"

猎人："再说，抗日救国军前天就打进蛟河县去啦！昨天我们村拉大木头的碰到抗日救国军，都往北撤走啦！得的枪可多啦！一人都扛三四杆，都是三八式！你们赶紧往北走，还赶得上。"

全部矿工纷纷喧叫："又打胜仗啦！""咱们一到就能扛上枪啦！""乖乖的，都是三八式呀！"

总指挥："弟兄们，咱们烤烤裤腿，烤烤脚就出发，有绑腿的把绑腿系结实。没棍子的砍小树，咱们要连夜追赶……"

在篝火中，狗吠声中，群众欢呼。

十四

天色阴沉，乌云密布，树枝摆动，风声呼啸。

王德林、孔宪荣、副官长在队伍中并马走着，脸色都极憔悴。王德林的脸埋在大衣领里，眼光阴沉。孔宪荣头上裹着毛巾，怕风把帽子刮掉似的。最后，警卫、传令兵、副官等骑着马紧紧跟随。

孔宪荣："现在咱们怎么办？"

王德林阴沉不语，独自在思索什么似的。

孔宪荣："人越来越多，走到哪里都像蝗虫一样！还不是流寇呀！"

王德林仍独自不语，木然骑在马上，松着缰绳，马随意走着。

孔宪荣："连打三座县城，毛也没捞着一根，可是肥了补充团，又是三八式步枪连，韩林春步枪连，机关枪连……"

副官长："可是反正的伪军，没有谁愿意编到补充团去的！他们的服装太坏啦！"

孔宪荣："现在还坏呀？日本大衣、皮袄，都换到身上啦！他们补充团可肥啦！"

副官长："可是脚底下呢？"

近处，路过一个小镇市，镇民们都站在街道上观望，笑着。街头上一个掌鞋的匠人，坐在马扎上，高声叫："谁补靰鞡呀！我不要钱！"他身旁，有出卖成堆的野鸡和冻硬的狍子的猎户，部队都注视着向他笑着。

王德林仍然阴郁地，目无所睹地骑在马上思索着什么。

在出街口时，有柴草市卖靰鞡草的担子，有一些士兵围在那里吵嚷什么。孔宪荣骑马走过去。

孔宪荣："干什么，你们？"

某班长："报告，我们一个多月，脚底下没换的了，同他讨点卖不了的烂靰鞡草，他开口骂人，说我们是胡子！"

卖靰鞡草的："长官，你说说看，前头有人拿了两把子靰鞡草就走啦！钱不给不说，一句话也没有！"

孔宪荣："带走他，这个婊子养的！我们是胡子，我看你是汉奸，日本的探子！"

孔宪荣说话间，向某班长挥马鞭示意之后，尽自拍马走开。

卖靰鞡草的人愤慨地高声说着什么，在士兵们拥挟之下挑着担子，被带往镇外。

许多士兵围上来，抢走了靰鞡草，某班长最后也神色慌张地在回顾之后抢了两把子草，逃走。拥挟的士兵也一哄而上，抢光所有的靰鞡草逃去。

卖草人站在空担子旁愤慨地大声喊道："胡子！你们就是胡子！"

小镇市纷纷关门，补充团的队伍都吃惊地望着周围。街道上有谁丢掉的一只手套和扁担。唯有掌鞋的还停在那儿。

李庆宾参谋长和孟泾清并肩步行在这个冷寂无行人的市镇上。他们正热烈地谈着什么，史忠恒、朴根重随在两侧。

李庆宾："发生过什么事啦？"

史忠恒跑开去，和掌鞋的询问后，跑步回来。

史忠恒："老三营的人抢了一担靰鞡草！"

孟泾清："不一定是老三营的人吧！"

史忠恒："掌鞋的说，刚开过去的队伍。"

孟泾清和李庆宾谈着什么，李庆宾一摆头，示意史忠恒追赶队伍。自己和孟泾清走向掌鞋的。

在一个作为宿营地的大车店的柜房里，南北炕全是副官、参谋等随从人员，两炕之间的地铺上是警卫士兵，壁上灯光闪闪。都心情沉重，寂然呆坐。

柜房套间，李庆宾、王德林、孔宪荣、吴大城四人正在谈话。

李庆宾："我们款没有到手，可是武装大大发展啦！连攻三座县城，我们抗日救国军威名大震呀！并不是打败了呀！"

孔宪荣："不要再唱高调啦！再讲什么军纪，老三营的弟兄们脚就要冻残废啦！我们打敦化时还情有可原，打蛟河就该放开手，打额穆更应该给买卖人点颜色看。买卖人没好东西，就认钱！"

李庆宾："那不成了胡子吗？是不是呀？"他向王德林笑着问。

孔宪荣："就是胡子呀！在日本地面上当胡子没什么丢脸的！"

门外："干什么的？"

画外音："送鸡毛信的！"

王德林和李庆宾站起来，出迎。

哨兵带着一个车夫打扮的人走进来。

车夫从帽子里掏出鸡毛信："敦化县开到日本骑兵老鼻子啦。"

所有南北两炕和两炕之间的士兵，都现出吃惊的神色。

十五

在敦化县火车站外，插有日本小旗的军用小汽车、三轮摩托车、带篷的俄式马车云集。还有一些由日本马夫牵管的马匹，都在等候着。另外，在周围戒严的伪警刀声叮当，伪警备队的军靴声橐橐，日本巡逻兵的马蹄声嘚嘚，倒显得车站分外的肃静。

远处，从铁丝网看到麻袋垛。空场依然是三个月以前荒凉的样子。

大批的日本陆军正在那里忙乱走动，显然他们是刚刚下车。炮兵们拥着炮车，跑向空场，套上马匹。街灯亮了，戒严的日伪军警都肃然笔挺地站在两侧。从站内走出一个典型的日本将级军人。伴随他的是日本领事，头戴大礼帽，穿礼服，披绶带。其后是日本县政指导官、骑兵联队长、戴有"报道"大字臂章的随军记者、伪县知事、伪警察局长、伪警备司令等人员，各自在随从侍卫下，登车、骑马，尾随天野少将的军用汽车，离开车站。马蹄嘚嘚，车声隆隆。随之，戒严的日伪军警都撤走，车站里又走出一个戴"列车员"臂章的妇女，手提一网袋苹果，有辆俄式带篷的马车赶来。

在那女列车员上车的时候，我们看清楚，原来她就是李庆宾称作

"家庭教师"的党的地下工作者，赶车人是王发，两人交换了一个机密警惕的眼光。

马车慢慢离开车站。

一队日本宪兵出现在肃静的街道上，步声哒哒，充满杀气。他们在巡逻。

若干乘坐卡车的日本宪兵，跟随急驰而过的几辆双轮摩托车。一辆三轮卡，在一所挂着万宅牌子的楼房门前停下来。

挂指挥刀的日本宪兵大尉，背后随着翻译官、宪兵伍长等，用枪柄嘭嘭敲门。

万茂森仓皇地走出内室，迎面是日本宪兵大尉。

翻译官："你是万茂森吗？"

万茂森："是我！"

翻译官："奉吉林大日本特务机关的命令，你要到吉林去受军事法庭的审判！"

万茂森："为什么？"

日宪大尉做手势不要翻译讲话，一手握腰刀刀柄："嗯！你的良心大大的坏啦！"回头一声呼喊，日本宪兵蜂拥而上，万茂森的马褂被粗暴地撕开，搜身，戴上手铐。

日本宪兵已闯入内室，只听见抽屉乒乓响，脚步匆促来往，孩子哭叫。一个妇女尖声高喊："你们要干什么呀，土匪！强盗！"并有被推翻什么的声音，什么东西倒了下来，玻璃打碎的响声，妇女低声的呻吟。

万茂森在这些骚乱的声音中，显着愤恨不已的面色，被推出去。

一辆军用卡车和挂日本旗的小汽车急驰而过，在火车站停下来。军用卡车上，日本宪兵队押着万茂森和另外几个被捕的工商界人物，还有铁路局的警务段长等人，跳下车，所有被捕的人，都用带子蒙着眼睛。

在刺刀的包围和日本兵的呵责下，被押解的人们鱼贯而行。

小汽车上走出来的是日本便衣特务和翻译官陪同下的曹梦九。他穿戴依然，只是胸前已挂着伪满的一颗铸有"功勋"两字的樱花勋章。他们眼看着囚犯在面前走过去，翻译看着万茂森说着什么，曹梦九点头示意，尾随宪兵队长之后上车。

十六

戴凤岭和两名亲信炮手，骑马从雪路上奔驰着，浑身覆盖着积雪。

在村头一个孤立的茅屋前，见到哨兵从看瓜棚里走出来窥探。

戴凤岭："副指挥在哪？"

哨兵："就在这里。"

两匹马转过头，骑者见到马夫正在牵马走出苞米架子，备鞍，扎肚带。

戴凤岭和炮手们下马，戴凤岭把马缰绳扔给炮手，匆匆走进去。

戴凤岭："又有新消息，日本炮兵也开到了，总共有万把人！万茂森也给日本鬼子抓去了！"

孔宪荣："好呀！太好啦！"说着在屋子里匆匆走动着："买卖人没好东西……日本兵，哼！越多越好，我就是不怕多。怎么样？呵？你看补充团还敢说抗日吗？敢吗？"

戴凤岭："咱们不动，就他补充团七百人，还不是鸡蛋碰石头呀？！"

孔宪荣："现在咱们要对付补充团。呵！他们不敢说大话了吧！呵？他们可要听咱们摆布啦！"

戴凤岭："要是老五早听你副司令的话，咱们何苦打进三座县城去，两手空空，还弄得弟兄们为了靰鞡草受李庆宾那小子的闲气呢？"

孔宪荣："我算死心啦！抱山头！当胡子！大干一场！"

"你可要拿定主意，我听你的，咱们走吧！看看，这回李庆宾有什么话说？！"戴凤岭说。

孔宪荣："说什么这回咱们可要攥住刀把子啦！呵？一个旅团的日本兵呀！乖乖，又有炮！呵？好哇！"说话中间一只脚踏在炕上，扎靰鞡："走吧！"

两人离开茅草屋，骑上马，在鹅毛大雪中带着传令兵、炮手等向村外奔驰而去。村子里到处都有老三营的兵士在抱柴、抱草，从村民住房里走进走出。

戴凤岭和孔宪荣路过另外一座雪覆盖的村子，路口有哨兵在雪中挺然而立。

哨兵："口令！"

戴凤岭："总部副司令你不认识吗？"

孔宪荣："你们团长呢？"

哨兵："到沟里去了。"

孔宪荣："棺材脸子村召集紧急会议，他不知道吗？"

哨兵："史营长一早就出去啦。"

孔宪荣和戴凤岭打马走开。

孔宪荣："他倒安闲！"

戴凤岭："怕是没法在会上露面！"

哨兵见孔、戴两人及随从急驰而去，又四周望了一下，匆匆跑到草垛之后，和另一哨兵说什么，那哨兵就又绕路走进有篱笆围的菜窖，打开堵窖口的麻袋，向里大声喊："报告！孔司令和戴凤岭过去啦！"

李庆宾："知道啦！"

菜窖里点着松明子，黑烟缭绕。李庆宾、孟泾清、王发、朴根重、大麻子等围着马灯而坐。白菜堆上铺着地图，人们坐处都铺着谷草，显然这是他们的宿营地点。

孟泾清："敌人是一个旅团外加骑兵联队，半机械化的装备，八千兵力。我们呢？是七百人，一人平均三十发子弹……要是不打呢？怎么样？暂时避开他？"

李庆宾："形势所迫，不能不打！不打，孔小鬼就要开进宁安去，抢光买卖家，上山当胡子。抗日救国军就要土崩瓦解！"

孟泾清："我们再想想看……宁安镜泊湖一带，地势那么好吗？"

王发："李参谋长说的那个南湖头，我走过不知多少次，那个地势打埋伏，再好没有了！"

李庆宾："我们错过这个战机是要后悔一辈子的！"

孟泾清："是呀！我们再分析分析，反复地考虑考虑。要在棺材脸了紧急军事会议上拿出去，就定案。叫那些想上山当土匪的驳不倒，攻不破！"

棺材脸子村一个板壁围绕的锯木厂门外，拴着几匹马，院子里的木板堆上，有警卫人员坐在那儿谈论着。

孔宪荣、戴凤岭在院子里下马，随从接过缰绳，副官长走出来探询着。

副官长："李参谋长还没到呀？"

孔宪荣："李参谋长今天不会来啦！"

戴凤岭："他作威作福的日子完啦！他的八字上就是这么几天当权的日子，再跟着他走，咱们连冻土豆都吃不上啦！"

副官长吃惊的脸色。

锯木厂饭厅里，木板堆成长条座位。

连级以上的指挥人员或立或坐，声音嘈杂，烟气弥漫。许多只手从大把子烟叶上撕烟，搓着，在攀谈中卷纸烟吸。

史忠恒成为许多军官围绕的中心，有的人至今还穿着伪警察巡官的大衣，戴有袖章。

史忠恒："关里，在上海，在北平，抗日救国会千千万万人看着我们，驻密山、绥芬河的东北军也都看着我们，民望所归，我们不能不打！"

有谁小声说："副司令过来啦！"

有些军官趋到门前观望。

突然孔宪荣从门外出现，戴凤岭随着也来到。

孔宪荣："怎么样？诸位豪杰，有什么高明的主意呀？"

吴大城："你看到老总了吗？"

孔宪荣："我刚从后院来，老总也掉了魂似的，没有主意啦！喝闷酒呢！我看，开会吧！"

吴大城："参谋长还没到呢！"

戴凤岭："参谋长不会来啦！"

孔宪荣："等参谋长干什么！咱们长的脑袋管什么，光吃冻土豆呀？"似乎对自己的诙谐极为得意。

吴大城："总部的意思呢？"

孔宪荣："我就是总部！总部是牌位，到时候，咱们烧香上供好啦！连打三座县城……纪律，纪律，人生一世不是为名就是为利，他要名，爱吃冻土豆，那咱们就分手！"

吴大城："要是当胡子，人心可要散！"

孔宪荣怒气爆发："谁说的？！"

吴大城以肘触姚甲航："你说呀！"

姚甲航："是我刚才碰见刘金风连长……"

孔宪荣："他才带出几个人来？两排人，给了他一个连长，他还要怎么的？一个小排长！"

全体沉默。

孔宪荣："我们要打宁安，这回打进去，给他个一干二净！买卖人光知道钱，这些人给咱送什么啦，纪律个鬼呀！没意见就散会！"

史忠恒："报告，补充团坚决抗日救国，反对当胡子！"

孔宪荣猛地立起："你好大的胆子！你这婊子养的，祸都是你惹出来的！"说着从腰间拔出手枪，有人恐慌地躲开，吴大城站起，用身体挡住史忠恒，并大声喊着："耀臣！"

李庆宾在门外出现，除戴凤岭之外，全都欢跃起来。

李庆宾："做什么呀？这样大的火气！"李庆宾的冷静使孔宪荣气短。

孔宪荣仍在困惑，慌乱中说："哪个官不比你大三级。总部还没到，你敢决定全军大计方针！"说着把手枪扔在桌上。扭头，对传令兵："去！找老总出来，要开会啦！"

史忠恒始终光明磊落而又庄严地站立在那里。对着孔宪荣的困惑和咒骂，掀了掀自己头上的军帽舌，意味深长地摇摇头。

内院，副官长高呼："李参谋长来了！"

王德林兴奋而又慌忙地结胸扣，扎着武装带走动着。李庆宾掀棉布帘走进来，王德林趋前握手。

王德林："老弟呀！他们都说，你今天不会来啦！"

李庆宾："我怎么能不来呢！"

王德林："是呀！"拉过木墩子坐下："你们参谋处和补充团怎么打算呢？"又低声说："耀臣主张赶到天野旅团头里，先打进宁安去，再上山拉大帮，你看呢？"

李庆宾脱掉短羊皮袄外衣，舒适地坐下来烤着火："我们是主战的！"

王德林："打么？"

李庆宾："打！"

王德林感慨地："老弟！咱们是全部家当都赌上去吗？咱们面前是个八千半机械化的日本部队呀！一个正式日本关东军的扩充旅团呀！要是输了，咱们两手空空的，就没金箍棒耍啦！"见副官长进来，便说："叫他们先开吧！不要等我们。"转身又问李庆宾："你说说你们的作战方案吧！"

李庆宾："抗日救国就不能当胡子，当胡子就不能抗日救国。我们出来的时候，才不到五百人呀！现在是四千五百人，我们的部队是大大发展啦！若不是我们抗日救国，能这样吗？"

王德林："有道理！"

李庆宾："当胡子，部队能这样发展吗？"

王德林："那不能！"

李庆宾："是吧！不但不能发展，还要全散掉啦，不得人心！"

王德林："老弟，部队是大大发展啦！……可是吃饭的人也多啦！"

李庆宾："我们眼前很困难，冻坏脚的人，哪个连里没有！可是，我们不能因小失大呀！你看，是不是？"

王德林："好啦！我们不谈这些啦！你说说，你们怎么合计的？提出作战方案来吧！"

在军事会议上。

孔宪荣："慢一点，什么作战方案呀！我先问一问，要打么？"说着便站了起来。

全部参加会议的人寂然无声。

李庆宾："是的！要打！总司令已经同意我们的作战方案啦！"

孔宪荣："今天，你说了不算，我们哥儿们二十年来，马上马下，打下一点家业不那么容易。要打，你们补充团去打，你们为名，我们为利！"

李庆宾："老百姓半夜三更给我们送鸡毛信；铁路工人一听说老三营要抗日，就捐献马匹；我们一攻城，警察扔枪让路，还不是因为我们抗日救国么？当了土匪是和我们自己作对，诸位，我们就变成孤立的民族罪人！当胡子，末路一条，走不得的！"

孔宪荣："你老弟，不要在这里唱高调，收买人心。我问你，你们补充团能打吗？"

王德林："老七不要说啦，听听补充团的作战计划吧！"

孔宪荣："我先问你一声，补充团凭什么这么硬气呀！平均一个人不到三十粒子弹，难道你当我孔宪荣不知道呀！别在这说大话啦！"

李庆宾："总司令已经答应把军械处所有的手榴弹全部调给我们啦！"

孔宪荣："呵！那么是不是不动用咱们老三营一兵一卒呢？"说着，紧紧盯着王德林。

王德林："我已经和李参谋长说好啦！把戴凤岭的独立团调给他们指挥，叫戴凤岭戴罪立功。你先听听参谋处的作战计划再说话吧！"

李庆宾："我们的作战计划是八个字，'明修栈道，暗度陈仓'。我们抗日救国军要派出两团人去攻打汪清县，迷惑敌人。同时暗渡镜泊湖，在天野旅团必经的山路上，打他个落花流水。"说着又转身询问人们："请大家研究研究镜泊湖一带的地势吧！在这里日本匪部从敦化到宁安，只有两条路可走！"

群起立，围看挂图。

一根藤棍指着军用地图的宁安县城北的拉古车站。持藤棍的是敌寇天野少将。

天野："王德林匪部就在这一带盘踞，我们先切断他们和中东铁路的联系，从宁安到海林，从宁安到拉古，两路包围一举歼灭……"

骑兵联队长："不会惊动绥芬河二十一旅，张振邦的驻军吗？"

天野四顾找日本领事。

日本领事：“二十一旅由土肥原阁下政治解决，正在哈尔滨研究方案呢！”

天野：“王德林匪部是孤立的乌合之众，可以一网打尽！”

壁钟指针是十一点。

在夜风怒吼当中，棺材脸子村里出现了大批徒手矿工，为首的腰扎一麻绳，人声沸腾。

众声：“可到啦！”“总司令部吗？”

哨兵：“里面正开紧急会议呢，你们不要吵！”

副官从院子里走出来：“干什么的？”

矿总指挥：“我们是从延吉老头沟煤矿来的！”

副官匆匆退回，孔宪荣从院门口出来。

孔宪荣：“你们干什么呀？”

矿总指挥：“我们来抗日的……都是煤矿工人！”

孔宪荣：“你们来了多少人呀？”

矿总指挥：“一千五百多人！都是年轻力壮的！”

孔宪荣：“带来多少枪呀？”

矿总指挥惶惑四顾。天真地微笑：“哪里有枪呀！有枪倒好了，就是没有枪呀！”

孔宪荣：“没枪抗什么日呀？”

扎麻绳的矿工首领和甲、乙低语。

矿总指挥：“你是什么人？怎么能讲这样的话呀？我们从延吉老头沟罢工出来，转了一二千里路来找我们的抗日救国军来啦！你凭什么在这泼凉水呀？”

矿工中声：“打这个坏蛋！”“把他拉出来！”

孔宪荣悄然溜走。

会议场内。

李庆宾已解开胸口，热情洋溢地说着："……是一千五百多名矿工来了！我们的事业是革命的事业，就是我们补充团，我自己都牺牲了，我们中国还是不会亡的，我们的抗日革命事业，还会有千千万万爱国志士继承的！请我们的总部宣布作战命令吧！"说完伏身向王德林耳语。

王德林同样兴奋地站起来："我今年五十四岁啦！不能成功，还能成仁呢！按参谋处的规定执行吧！明天拂晓分头出发，吴大城带着老三营的人马开赴汪清……"此时，外面哗声大作，可以听到："要参谋长出来！""我们吃了多少苦头……"李庆宾和王德林低声研究后，走了出去。

来往奔走的随行人员手持松明子，哨兵和随从人员阻挡："你们不能进来！"矿总指挥高呼："要遵守秩序！"有人喊："冻坏脚啦！"

"来了！来了！"李庆宾在松明子照耀下出现。

李庆宾："矿工同志们！辛苦啦！"

矿工中开始肃然无声。

李庆宾："我代表抗日救国军总司令王德林将军，欢迎你们！"

矿工欢声雷动！在欢乐声中，矿总指挥和李庆宾热烈地握手。

在锯木厂院子里聚集着散会后的人们。军官们面带胜利的笑容边走边小声议论着，显得对于会议很满意，很愉快，而完全不去注意院门外的景象。接着各自招呼马夫，准备赶回各自的驻地去。

十七

冬天的镜泊湖。冻裂的湖冰，光秃秃的山峰。峰巅和山阴都有积雪。从北岸出现一个雪爬犁，赶车的人背着围枪，一群猎狗吠叫着带路从冰上过湖。远远可以听到猎人嘹亮的歌声。

猎人陈文起赶着爬犁，行经"墙缝"地带。

一条沿江蜿蜒开去的山脚下的狭路。

沿顺着山脚，全是一些山岩排列，山上光秃秃的，只在峰顶有棵小树，长在悬崖之巅，并挂着写有"求之必应"的红布。悬崖上刻有"墙缝"两个字。

这条路很幽静，能够听到远处野鸡鸣叫声。

陈文起戴着狗皮帽子，衣衫染满猎人所有的斑斑血污，马匹瘦骨嶙嶙，说明猎人并不富裕，但他却自由自在地歌唱着"镜泊湖的风光好"，又足见这人生活得很快乐。

当猎狗停下来，向着岩石嗅着、吠叫的时候，陈文起喊道："大青，头前跑！"说着挥鞭作势："咱们今天什么也不打啦！行啦！伙计！三副野猪下水，还没吃够吗？伙计们！快走！"

爬犁驰过去，群狗群起而追之。那爬犁上有三口冻硬的野猪和一头狗熊。

当爬犁和围狗远远疾驰而过之后，从那山脚的巉岩背后，就探出一排排头戴各式各样冬季皮帽的人头在窥探。

原来，所有的抗日救国军补充团的七百名士兵都在这里一字线排列开来潜伏着。

在有孤立小树的顶峰悬岩背后，已搭着日本式军用帐篷，李庆宾和孟泾清、史忠恒、朴根重、王发以及腰扎麻绳的矿工甲、矿工乙都坐在铺草的地铺上，围着地图在研究。现在他们都纷纷站立起来，随李庆宾走出去。

李庆宾低声说："从这边，过了山坡就是南湖村，我们进可以攻，退可以守。"

孟泾清低沉地："地势没问题！主要的是戴凤岭是不是能守住我们背后这条山道？"

李庆宾："我把刘金风一连人，调去监视他。"

孟泾清："他们刚反正不久，可靠吗？"

李庆宾："我们再没有人了，七百名勇士都摆在前沿阵地上啦！"

矿总指挥："若是发给我们手榴弹……"

孟泾清摆摆手说："你们现在还不能上来。"

李庆宾："打下这一仗，才能武装你们，现在重要的是我们后门口的警卫问题……"

朴根重："我们二营的阵地紧靠着戴凤岭，我们可以和三连一起监视他。"

史忠恒："日本军队不摸情况，又在哈尔滨打了胜仗，骄气十足，我看，不会摸到咱们后门口来！"

王发："他们都是半机械化的，这条山道，也没法走！"

李庆宾："但愿是这样……"

十八

黎明，天野旅团在敦化通往宁安的大路上前进。军靴橐橐，炮车轮声隆隆，马蹄嘚嘚，在步兵联队中，有的少佐竟把腰刀扛在肩上，傲气十足。

夜晚，部队路过的村庄燃烧着，高杆子上挂着人头。

在"墙缝"路口，出现了逃难的农民，赶着牛，骑着马。有爬犁，有朝鲜族牛车、四轮大车。各个人脸色紧张而又仓皇。孩子尖叫，人声喧沸。

猎户陈文起在爬犁上回头高呼着："大青！大青！"毅然地扔下围枪，跳下爬犁，把缰绳就势扔给他的老婆。

陈妻："文起！文起！你到哪去呀！"

陈文起并不回顾，随着人群往回走！

陈文起："我的大青没跟来，你走吧！"

陈妻："你发疯了呀！陈文起……"

迎面走来甲："你怎么还往回头走呀！"

陈文起："大青！大青！我丢了一条围狗！"

甲："你别胡来啦……"

陈文起一直逆着人流，走出哄闹、拥挤的旋涡，离开大路。他爬上路口的巉岩，在岩石背后突然他发现了哨兵和坐在地铺上的戴凤岭、刘金风、朴根重，双方都显出吃惊的样子。在陈文起的脸上瞬间显出喜出望外的样子，转身向岩石疾走，并喊着："喂！这里……"立刻被哨兵用手遮住他的嘴。

陈文起眨眨眼："呵！我懂啦！"

朝鲜族战士老尹："你要干什么！"

陈文起："我的围狗没跟来，又回瓦房店去啦！"

老尹："不行，这里封锁啦！"

他羚羊似的从岩石背后跳开去，只好被迫又掉回头追赶逃向南湖头的难民群。

十九

深夜，天空有繁星闪烁。

寂静的"墙缝"狭路。

寂静的南沟口外是盖着残雪的田野。

沟口的山，山后打柴小道是一片巉岩。

巉岩背后有两个哨兵在低声谈话。一个是炮手打扮，一个是伪警备队的装备。

炮手："都打春啦，还这样冻脚呀？"

哨乙："你们独立营都有靰鞡，还冻脚呀！"

炮手："可是我们出来一个多月，净跑道，靰鞡草呢？一把子也不发！"

哨乙："再过一个月，天气就该暖和了！"

炮手："有烟末吗？我有卷烟纸。"

哨乙："你没听到指挥所的命令吗？放哨绝对不能抽烟！"

炮手："日本鬼子两天没动静啦，离着一百四十里路……再说，咱们又不在正面上，怕啥？"

哨乙："不能抽烟呀！我们连长要看到，打军棍。不像你们独立营。"

炮手："你们警备队这样棒，怎么不在老三营里，倒编在补充团啦？"

哨乙："我们连长是自愿来抗日的，别看补充团穿戴乱七八糟，听我们连长说，打哪个地方都是补充团在头里。"

一个身影悄悄地敏捷地从他们背后的岩石上跳过去，羚羊似的跳跃到一条沟谷间。一块小石头滚下去，发着响声。

哨乙：（声）"谁？"

黑影卧伏下来。

炮手：（声）"黄皮子找食吃呢！别大惊小怪的啦！"

原来，卧伏在沟崖底下的是猎户陈文起。他伏着腰，经过一段沟崖，悄悄地走开去，又爬上另一座雪岭，现在他才感到沟外风很大。

陈文起在村里的家门口，两手抱着他的围狗，脸贴着大青的鼻子，喃喃道："怎么样也不能丢下你呀！是不是？老伙计！"

狗在他怀抱中，伸着舌头，不胜宽慰地摇尾巴。突然竖起两只耳朵来，显然听到什么，向空吠叫两声，他急忙走出院门来。

在他背后，只听见一声库拉。陈文起两手抱着围狗站住不动了。眼睛机警地回顾，手电光在他脸上照着。只见他，镇定地说："我的打围的干活。"他的围狗被夺去，那狗还在狂吠，立刻被日本兵刺倒在地下。陈文起的腰刀被摘去，手电光集中在腰刀上。一个日本大尉，满脸胡子在他面前出现。

日本大尉："你的土匪？"

陈文起摇头，满不在意，悲哀地望着他的被刺死的围狗。

日本大尉："呵！你的不是土匪？"

陈文起："我的打围的干活。这样的！"举两臂做熊状，又以手勾枪，瞄准势。"明白？"

日本兵甲："呵！明白，明白！"

日本大尉和日本兵甲交谈什么。

日本大尉："这里的土匪的没有？"

陈文起："土匪的没有！大大的没有啦！"

日本大尉："太平？"

陈文起："太平，我的老百姓，害怕的大大的！"

日本大尉："大日本皇军大大的好，害怕的没有啦！"陈文起在日本侦察兵挟持中，走向村南的河套，只见沙滩上，有许多篝火、手电筒闪闪发光。所有马匹、车辆、炮车、军用卡等都在各个篝火四周，构成围墙。车上、车轮底下，全是打鼾的敌兵。

二十

在"墙缝"有独株小树的悬崖背后。

李庆宾脸色憔悴，胡须满腮。在地铺上，手持马灯，在看地图。史忠恒、朴根重等人在灶头前烤火。副官呆呆站在那里。史忠恒以目示意。

副官："参谋长！"

李庆宾仍俯脸看图："我什么都不想吃，吃不下！"

副官："从昨天你就没吃什么啦！"

李庆宾摇手以示不要扰乱："我不饿！真的！你们谁走过松乙沟那条路？"

史忠恒："松乙沟？大麻子，你走过吗？"

大麻子："走过！"

李庆宾："那边地势怎么样呢？"

大麻子："净是些榛木林子、荒草地。"

李庆宾："山上呢？"

大麻子："山上全是小树林子，离着草地远。那地方，七八十里不见一户人家。荒草长得人一进去就找不到了！就在大路上有两家开店的！"

史忠恒："难道天野旅团还会绕道走松乙沟吗？"

李庆宾坐起来，严肃地若有所思的口吻："这批法西斯匪徒，是很狡猾的。"又似自语地："为什么他们离开敦化一百四十里，整整两天按兵不动，他们是犹豫什么吗？"

哨兵："口令！"

答声："英勇！"

哨兵："杀敌！"

李庆宾静听着，有哨兵带来两三个人的匆促脚步声……

哨兵："报告！他们俩说是找指挥部送信的！"

李庆宾："坐下，烤火吧！你们从哪来呀？"

站立在他们面前的是父女俩，年老的农民带着他的十七岁的独生女儿。

女："我们是瓦房店东，小三岔口的，我爹怕你们开枪，就叫我陪着来，过卡子好搭话！"

农民："你别说啦！说这些做什么？长官！日本子兵到了瓦房店南河套啦！鸡叫头遍的时候，我……"

女："那是鸡叫头遍？听到马队声鸡才叫头遍！"

农民："那还不是鸡叫头遍，离这还有四十里，马队跑得可快啦！你们赶快准备吧！"

少女天真而又故作声势地："我们还听到汽车和电驴子响呢！"

农民："你们赶快准备打吧！"

李庆宾在他们的谈话中，愉快地向史忠恒等环顾着，便极为振奋地说："那么说，果然是我们估计的情况对啦！日本匪徒，所以在半途整整两天按兵不动，是得到了我们大批部队向汪清开的情报，犹豫过。现在，他们要自投罗网了……"

二十一

拂晓，敌寇以骑兵作前卫向"墙缝"开进。

陈文起镇定自若地作为向导,在骑兵大尉和士兵的马匹之间步行。他的眼光中，时时闪着窥机逃走的机警神气。

日本大尉："土匪的没有？"

陈文起："没有！"

日本大尉："土匪的没有，你的大大的好人啦！抗日军的有，你的大大的良心坏啦！明白？"

陈文起假作笑容："明白！"

在说话中间，日本骑兵大尉以望远镜注视遥远的东山，及房身沟一带，反而完全没有注意已走进的山脚，在每大块岩石之后抗日军正潜伏在那里。因为那些山岭是光秃秃的，陈文起在他瞭望中，故意遥指房身沟一带的远山："从那到阎王鼻子，东京城的就到啦！"

岭顶悬岩背后，李庆宾隐蔽在树后窥伺。

零一、零三阵地，史忠恒、朴根重都在岩石后，跪伏着往下窥望，口里都咬着帽耳或是围巾之类的东西。

日本马队向前缓缓而行，步兵军靴橐橐，还有什么人小声讲着话。他们的眉毛、嘴巴周围裹着的毛巾都挂着霜，马匹不时发出惊人的嘶鸣。

日本大尉："镜泊湖的哪边有？"

陈文起："快快的看见啦！"他似乎发现什么，神色逐渐紧张，眼光越来越机警地左右暗窥。

日本大尉："那边的什么干活……"

话还没完，一声枪响，马就昂身站立起来，从每个岩石背后，投出大量手榴弹，爆炸声和惨厉呼叫声同时暴起。全长五里的狭路上，骑兵和步兵被截成若干段，可以看见有一匹失去骑者的马在爆炸的火光和烟雾中，来往奔窜，猎户陈文起猛然卧倒在岩石底下，又伏身跳跃着奔走。

天色大亮，沿着山岩石下的狭长公路上，烟气在消逝，可以清楚地看见，在一片片岩石堆之间的空隙处，正是手榴弹集中爆炸的地点，日本步兵和骑兵的尸体、马匹的尸体，堆积如山，血在地上流着。枪支、钢盔、皮手套散乱一路。

周围已沉寂，只有大堆卧牛岩石底下，有些拉给养的四轮车的马匹叫啸和跳跃声。日本残余的步兵和离开了马匹的骑兵，三三五五，都隐蔽在崖脚岩石底下，窥探岩石之间缺口的动静，准备试探着冲上石崖去，但一露头，就被手榴弹炸毙。

陈文起注意到周围已无活动的日本兵，就一跃蹿过缺口，来到卧牛石底下。这时，从岩石背后飞来一颗手榴弹。那手榴弹发出嘶嘶响声，滴溜溜乱转。陈文起痴呆地看着。只见手榴弹越转越快，开始冒白烟，他突然明白过来，迅速地踢开去。

手榴弹在附近一块崖石底下爆炸了，一架机关枪周围的日本兵全部伤亡。

陈文起注意到距离五步远的狭路当中，一个日本军官的尸体旁，有一只短枪。于是他猿猴一样跳过去。

有人喊："打围的，你还不跑呀！"

陈文起注意到在大块卧牛石底下一些被抓"官差"的大车，车把式们都蹲在车厢底下。喊声就是从那里发出来的。陈文起已捡起那只短枪跳回去，背依崖壁。

一个壮年汉子从车轮底下露出头来高喊："快跑吧！你糊涂了呀？"

"我还得弄杆三八式呢！"陈文起自得地眨眨眼，往怀里揣着短枪。

在陈文起的活动中，人们可以望见远处日本兵在两组巉岩之间冲锋、攀登，手榴弹爆炸，炸死一群日本兵。

陈文起一边往腰间插短枪，一边又喃喃自语："还得弄点子弹呢！"此时，正是枪声冷落，冲锋间隙的时候，他又跳到三轮摩托车旁。突然有日本骑兵大尉的高呼声，所有前后匍匐在崖石底下，一直注意缺口处的日本兵，都转脸向着陈文起，那些惊疑、胆怯畏缩的日本兵，顿然怒气勃发，向崖脚爬过来。

"快跑！"陈文起在车户们的喊声中，被日本兵所包围，并被刺刀刺中。

陈文起满面流血，依恃岩石而立，喘吁着，微笑地说："我早就没……打算活……你们杀了我的大青，你们……全完蛋啦……我们中国不会亡，你们……"

二十二

天已正午。

狭路口一带，全是敌寇的尸体，除了在大车底下，有少数的日寇活动以外，五里长的"墙缝"见不到活动生物。枪支、车轮、马匹的残缺尸体，狼藉地散布着。这里极寂静，但南岭上，枪声激烈。有机枪声，有炮声，有敌寇侦察机在岭巅盘旋。

岩石背后，突然响起一声："冲呀！"出现了史忠恒所率领的补充团士兵，他们全都跳下山崖，直奔大车聚集所在，向车轮底下包围过去！喊声大震："中国人躲开！"中国车户四散奔走，车底下响起机关枪。补充团的士兵卧倒，车轮底下手榴弹爆炸。机枪却仍在响。

岩石后出现了以矿总指挥为首的矿工队。

矿总指挥："赶快收拾敌人的枪支！"

矿工们对被包围在大车底下的日寇残部发起搏斗，群起跃下石崖，并抢拾武器。

在独立营所坚守的山头上，在大炮和机关枪声中，戴凤岭手提短枪，转着身子，极为冷静。一个传令炮手持枪，急急跑来。

炮手："警备队刘连长受伤啦，朴营长要咱们全营顶上去。"

戴凤岭："他们守不住，咱们能听老高丽营长的指挥吗？"

炮手："敌人就要冲上来啦！要是咱们不顶上去，日本人就要抄补充团的后路啦！"

戴凤岭沉吟着："等一等！"

两人扶着刘连长走来。

刘金风："独立营跟我来！要守住后门，保住我们的胜利……跟我来……"说完昏倒。

戴凤岭见事已如此便大声喊着："撤退！"

传令炮手："这可要坏大事呀！"

戴凤岭："咱们在抗日救国军里待不住啦！"又对炮手乙说："快，向汪清，崔家大甸子撤……咱们抱山头，当胡子去……"

独立营的炮手纷纷撤走，尽管还有一部分炮手在山头上带伤作战，但却影响了阻击。反正的警备队刘金风连，在一片惶然喧嚷声中，纷纷离开防线。

在刘金风连全线崩溃，纷纷往回窜的山路上，远远出现了骑在马上奔驰而来的李庆宾参谋长，追随他的只有两三个警卫骑士。

仓皇奔逃的刘金风连士兵，由惊疑而全部停下来。

李庆宾手持短枪："跟我来！弟兄们，我们要守住后门，掩护补充团撤退！"说完打马急驰而过。

所有逃散的士兵们，全都振奋地哄然高呼，追随在李庆宾之后，奔跑。

山头上还有朴根重营的三名负伤炮手向呼啸冲锋的敌寇射击，但敌寇已在山头上出现。一个扬臂高呼的日本少佐刚登上山头，就被李庆宾击毙。李庆宾随即跳下马来。

在肉搏战之后，少数占领山头的日寇士兵全被朴根重与刘金风连士兵肃清。

李庆宾移开刘金风的尸体，占据了机枪阵地，开始向敌寇后继部队扫射。

所有刘金风连部队，都各自在原地射击。

阵地巩固了。

史忠恒所率领的士兵，仍匍匐在马匹和敌尸背后，向车轮底下潜伏的日兵射击，在连续的手榴弹爆炸下，机枪不响了。矿工们在打扫战场中欢呼。

矿工们以及各连的补充团士兵，已经在肩上各挂两三支枪，并搜索残敌。

巉岩上，传令兵骑在马上高呼："史营长！指挥部命令马上撤下来，戴凤岭已经私自撤走啦！快！"

史忠恒："全营往南湖头撤走！弟兄们，我们已经大胜啦！"
空中响起三声枪响。
李庆宾："弟兄们，我们补充团的人已经安全撤走啦！现在我们已经胜利啦！不能恋战！你们哪一班掩护撤退呀？"

炮手："我们哥儿三个掩护，你们撤吧！"
朴根重："你们负伤了，快下去！我带二营一个班来掩护。"
李庆宾："好！留三挺机枪给你们！"

补充团的队伍在丛林间行进！
在沟谷间矿工的队伍全部武装行进，李庆宾在马上热烈地招呼，矿工爆发出欢呼声,李庆宾挥手在矿工队伍间走着与史忠恒并肩谈话。

远处,王德林率领总部人员迎来。

"我们胜利了!"欢呼声震动着整个山野。回韵在响——"我们胜利了!"

一九八〇年十月

关于《镜泊湖畔》的通信

骆宾基同志：

一九七○年底我们读了您写的《过去的年代》，一九八一年底我们又读了您在《电影创作》上发表的《镜泊湖畔》，不知道您写这些文章的材料来源是否进行了深入细致的核实调查？因为这是在写真人真事，我们作为王德林的子女，愿意把我们所知道的当时一点情况提供给您参考。

九一八事变那年十一月份，老三营驻防在吉林省延吉县的瓷声砬子，也就是现在的明月沟，那是两峡一沟，战士们经常住在这两座山顶上的碉堡里，扼守着这条由敦化县通往延吉的大道。在这时有一队由一排中国兵保护下的日本勘测人员通过这里，九一八事变的事实早就使每一个爱国者义愤填膺了，守卫在山头上的战士在没有命令的情况下射击出了仇恨的子弹，当即打死了七个日本侵略者。事情发生后，日本人出来交涉，王德林说这是出于误会。而他们说这不是误会，如果是误会，为什么人打死之后把死者身上的钱撕得粉碎，表也砸了，每一个死者的身上又扎了那么多刺刀。同时延吉镇守使也叫三营交出肇事者。王德林说："人是不能交的，要交我自己去。"在这种情况下，王德林只身回到了延吉，随即就被扣押了。此事传到了三营，三营的连长们有孔宪荣、吴大城等人，即时打电话通知了延吉，限他们三个小时把王德林放出来，否则三营就进攻延吉市，王德林在这样情况下安全返回了三营的驻地。但省内随即命令三营全部由敦化上火车调赴吉林去，这样三营全体成员，在王德林和各连长的决议下，就由敦化开始真正举起了抗日救国的大旗，在吉东一带发展成为事后的东北抗日救国军。在这段时间里，老三营里从没有李庆宾即李延禄同志，他是在九一八事变后的第二年夏天，我在吉林省乐宁县的时候，才认识李延禄同志的，这些事实是有案可查的。因为，王德林的爱人现在还健在，周保中同志也是知道的，他很早就是三营的成员，打死日本勘测队员的事他也在场的。所以这些事件的过程，他自始至终都没有离开过老三营，这也是人所共知的。

周保中同志自九一八后，在东北坚持抗日斗争，在历次战斗中曾多次身负重伤，直到抗战胜利。周保中同志虽然去世了，他的爱人王一知同志是知道的。王德林活动过的吉东一带的父老们是知道的。虽然周保中、高崇民、车向忱等老人家都去世了，但当初由苏联去新疆的，参加过救国军的老人现在还是有的。

一九三四年初，我们由东宁县过境到了苏联，我在那里看到了李延禄同志。一九三七年我在南京见到他，一九四三年我在陕西省西安市又见到了李延禄同志。随后他在延安，这些情况他知道的也是一清二楚的。

七七事变后，王德林又转回山东，在沂蒙山区组织了群众武装，再次开展了抗日斗争。但时间不久，就在一九三八年的十一月份，王德林在沂蒙的北石庄病故。全国解放后，他被追认为革命烈士，直到现在，那里的父老们还在念颂着他，年年主动为他添土扫墓。这些事实我希望您能深入实际去调查核实，这信如有不妥之处，请您来信指教。

此致

王德林的长女刘　凌（王剑萍）　　　长子王殿森

次女王剑华　　　　次子王殿甲

三女王剑虹

一九八二年元月二十八日

《电影创作》编辑部请转

王剑华诸同志：

您们一月间的信于二月二十三日转到，敬悉一切！现在分项答复如下。

一、承问：《镜泊湖畔》的作者，是否做过"细致"的调查？

"细致"未敢说，调查是做的。是六十年代由李公延禄陪伴，不但到了当年"墙缝"战役大捷的遗址上查看过山形地势，访问了当年参战人之一（交通员）李发，且作者还独自走访过依兰、方正以及大罗勒密等等"四军"活动过的地区，访问过当时的参战人员。

二、承告：周保中将军不但是"老三营的成员"，而且开枪打死"日本勘测人员"时，周保中同志本人也"在现场"。

六十年代周保中将军曾对访者说过自己为党中央所派遣，由北平出关……，另外，今年二月一日的《人民日报》第五版记载，周保中将军是一九三一年九一八之后由苏联归国，一九三二年二月始奉派出关去东北。而一九三二年二月十七日李延禄将军任参谋长的抗日救国军已开始攻敦化，二月二十二日打响。此时此刻周保中将军虽已出关，是在路上。不但未及见抗日救国军的竖旗建制之举，更不会早在抗日救国军未起义之前，于史忠恒班长开枪打无视于中国哨兵的再三警告，闯入军事禁区的日本勘测队员时就已经是"老三营的成员"，而且"在场"目睹了。显然这是传闻之词。于此也可见握史笔之艰难了！

三、承告：由于"老三营"开枪打死敌测量人员，而王德林营长在延吉被扣留之事，甚感！

《湖畔》为电影文学剧本，与回忆体的报告文学——《过去的年代》不同。它主要希望通过孟泾清、李延禄两同志写出中国共产党在秘密领导着抗日救国军，由于王德林将军给予民族正义的支持，才仅仅依靠步枪与手榴弹，在镜泊湖畔获得连环战役的首次大捷，吉东人民的抗日热情由此更加高涨，抗日救国军威倍增，以人员不断扩大为标志，都由此开始了一个新的里程。目的在此，非属某个人的功绩。而猎户陈文起的关键作用代表着抗日战争中人民的支持和九一八事变后，三千万东北人民同仇敌忾的爱国献身精神。因之同样不能抹煞，这是对于历史的尊重。

四、从敦化开经吉林途中的兵变，有事实根据，如车站上职工献血，惜在发表时删去了。但也有虚构之笔，如以解开军腰带为号之类。因为这是剧本，非比史实报告文学《过去的年代》。

五、至于错处，是有的，如"二十四旅李杜的代表"误为"二十八旅"之类。

总之，中国共产党领导的抗联在东北的战斗史，不但是党的光荣史，中国人民的光荣史，同时也是世界人民的反法西斯光荣斗争史的一部分。这里曾经产生了多少可歌可泣的英雄人物，涌现出多少震撼心灵的光辉事迹与战例啊！作者不但希望作为东北抗日联军著名的将领之一周保中将军的"传略"或五军军史出版，希望有东北抗联一、二、三军的军史出版，也希望有"冯仲云传略"以及非党人士前东北抗日救国军将领之一"王德林传略"等专著陆续问世。否则百年之后，就更难执史笔以取信微了！（不过，也或许反而比现在更容易写了！）

最后，《过去的年代》一书决定将来改名"李延禄将军的回忆"改版印出，有需要订正或补充处，欢迎提供史料，以供作者参考。

并向

王德林夫人致以敬意

专此祝

阖府康泰

骆宾基

一九八二年二月二十八日写